花葬

悠木シュン

Yuki Shun

小学館

花葬

目次

装画　agoera
装幀　岡本歌織（next door design）

第一章

栞

風でスカートがゆれた。

ざらざらと花粉を含んだ空気が甘やかな香りとともに通り抜けていく。

始まりの予感を知らせる桃色の時の中で、誰もがなにかを期待している。その浮ついた季節を浮ついた心であてもなくふわふわと漂っていられればそれでよかった。ついこないだまでは。

踏み出したローファーのつま先に桜の花弁がひらりと乗った。桜並木は緩やかな坂道となって古い鉄筋コンクリートの校舎までまっすぐに続いている。頭上を見上げると、すでに若葉が輝き始めていた。

わたしは、あと何回この道を通ることができるだろう。

＊

春休みを三日延長し登校すると、教室内が異様に騒がしく感じられ、挨拶するタイミングを失った。わたしたちインテリアコースは三年間クラス替えがない。変わらない顔ぶれに安堵《あんど》しつつ、自分の定位置を目の隅で確認する。おはよ……と親友の優子《ゆうこ》に手を振ったが周りの声に掻《か》き消されフェードイン失敗。ああ、とうなだれると肩から鞄《かばん》がずり落ちた。

優子たちは、わたしに気づかずそのまま話を続けている。ひそひそと顔を寄せ合ったかと思えば、体を大きく開きながら手をたたいて笑う。気後れしたわたしは、輪の中に入っていくのをいったんあきらめ、自分の席に歩みを進めた。

そのとき、後ろからふいに手首をつかまれ、はっと振り返ると恋人の弘樹《ひろき》が立っていた。

「美術の鷹宮《たかみや》の奥さん、亡くなったって。自殺だったらしい」

「へー。そうなんだ」

わざと視線を逸《そ》らしていうと、短い舌打ちが返ってきた。わたしの素っ気ない態度が気に入らなかったのだろう。しくじった、と後悔してももう遅い。この猛獣のような男の扱いには慣れてきたはずなのに、つい平静を装うことばかりに気がいってしまった。

取り繕うように何度も謝ったが、さきほどよりも強い力で腕をつかまれ、引きずられるようにして教室から連れ出された。わたしは、もうその時点で観念していた。これからなにをされるのか。思わず、きゅっと臍《へそ》の下に力が入る。

無言のまま廊下を逆走していく。渡り廊下で、朝練を終えたバレー部やバスケ部の子たちとすれちがった。陽光に照らされた汗がきらきらと輝いてまぶしい。体育倉庫の裏に剣道部と柔道部の兼用部室があり、卓球部、バドミントン部と続き、その一番奥がボクシング部の部室となっている。

弘樹は、慣れた手つきでそこの鍵を開けると、わたしを中に押し込んだ。右手で内鍵を閉めながら左手でズボンのベルトを外しファスナーを下ろすと、膨張した股間を押しつけてきた。無駄のない動きでズラされたショーツの隙間から無遠慮に入ってきたそれをわたしは黙って受け入れた。

1、2、3、4、5、6、7、8、9……無心になって突き上げられる回数を数えていると、次の呼吸のときには終わっている。

いつものことだ。抜かれた性器がぴくぴくと痙攣《けいれん》しているのを見て、自分の役目は果たしたのだと安堵する。弘樹は、果てるのが早い。といっても、他の男がどんなものか知らないけど、たぶん早い。

ああ、終わった。と呆《ほう》けたように突っ立っているわたしに、弘樹が急げよとせかしてくる。ティッシュペーパーをばばばっと数枚抜き取り自分のだけぬぐうと、そそくさとズボンを上げて部室を出て行った。わたしは、熱く湧き出るところに蓋をするようにティッシュペーパーを押しあて、散乱したゴミと一緒にビニール袋に入れると口をきつく結んだ。

初めてのセックスも、ここだった。汗と埃《ほこり》まみれになりながら、何度も体勢を変え、なんとかヤり終えたときには疲労困憊《こんぱい》で動けなかったにもかかわらず、妙な達成感だけはあった。あのときの行為が嘘《うそ》のように、今では短い時間でもサクッとできてしまう。もちろん、そこに感動はない。超お手軽。なんでも簡素化されるこの時代のせいなのか、単にせっかちだからなのか、極力愛撫《あいぶ》をしなくなった弘樹に文句をいうことさえめんどくさい。

いつだったか忘れたけれど、弘樹がわたしの右乳房をつかみながらいった。

「ここに、印入れてやろうか」

なんのことかわからずにぽかんとしていると、拳を目の前に突きつけられた。わかるだろう？

という笑みを浮かべながら。薬指には一文字、中指には三つ星。俗にいう年少リングってやつ。

「ぜったい、イヤ」

わたしの思いは弘樹には届かなかった。無理やりつけられた無数の青黒い点。二センチほどのハートをわたしの胸に刻もうとしたのだ。下描きもせずに。

インクで黒く染まった安全ピンの尖端《せんたん》がわたしの胸を容赦なく突き刺してくる。乳房に食い込んでいる汚い爪を見つめながら、さっさと終わってと心の中で何度も祈った。

もう無理……。

最後まで堪えられなかったせいで小さくて歪《いびつ》な青黒い点の塊は、未完成のままわたしの右胸に張りついた。ダサいにもほどがある。どうせやるなら美しく入れてほしい。不満を口にしたわたしに弘樹が「レーザーとかで取れんじゃねーの？」と無責任にいい放った。

なんて勝手なんだ。動物のマーキング行為のように自分の体液をわたしの体に放つくせに、後処理はいっさいしない。そのうえ、妙な印をつけられたり消せといわれたり。

「じゃ、お金ちょうだい」

忌々しいといった感じでわたしを睨《にら》むと、乳房をつぶすように乱暴につかんだ。ぶちぶちと血管が切れるような痛みが走る。悔しさに下唇を嚙《か》みしめた。ひりり、と感じて胸元に視線をやると、弘樹の爪痕が青黒い印の上に伸び、薄く皮膚がめくれていた。うっすらとにじんだ血と透明の汁の下にピンク色の肉が見えたときに思った。

——消せるかもしれない。

急いで教室に戻ると、優子がわたしに気づいて手を振ってきた。にたにたと笑いながら、横《ひ》、縦《ろ》、横《き》と唇を動かしているのがわかったが、なんとなく戯《じゃ》れる気になれず、適当に笑い返して席に着いた。タイミングよく鳴ったチャイムに救われほっと安堵のためいきを漏らす。

起立、の声で立ち上がった瞬間、こぼれ落ちたのがわかった。白濁したそれは、卵のカラザによく似ている。ほのかに熱を残したままわたしの外へ出て行った。

かつ、こつ、ぽき、耳障りな音が不規則に響いて煩わしい。新しいチョークは使いにくい、と世界史の男性教師が呟《つぶや》いたところで、ねばっこい液体がまたこぼれた。尾骶骨《びていこつ》に意識を集中させるが、やっぱり気持ちが悪い。しばらくの逡巡《しゅんじゅん》のあと、上履きの先で机の脚パイプを押し、ゆっくりと立ち上がった。

「あの」と声は小さめだが、お腹《なか》に手を当てた仕草で不調を訴えてみる。勘のにぶい男性教師が不機嫌そうな顔をしたので、具合が悪いと続けると保健室へ行くようにとうながされた。一礼をし、教室を出るとすぐに、校内で唯一ウォシュレットのある二階の職員用トイレを目指した。早く洗い流したい。その一心で歩くスピードは加速する。誰もいないのを確認してトイレに入り、便座に座るなりビデボタンを押した。生温《なまぬる》い水がちょろちょろと陰部に当たって落ちていく。水圧を徐々に上げて洗い流した。

トイレを出ると、自然と足が保健室に向かっていた。老朽化の進んだ校舎の階段は歩くたびにぎしぎしと音が鳴る。保健室の扉を開けると、冷たい部屋の中にクレゾール特有の匂いが立ちこめていた。わりとこの匂いはきらいではない。生理痛です、と嘘をつくと保健の先生は鎮痛剤をＰＴＰシートごと手渡し、少し横になっていきなさいといった。

ベッドに横たわると、ポケットをいじって安全ピンを取り出した。セーラー服の襟元をつかんでズラす。ぶすっ、まずは一刺し。ピンの先端が赤く染まる。最初は、浅く。イタッ。けど、ちょっと気持ちいいってやつ。乳頭よりやや上にある青黒い印を刺す行為に意識を集中させた。チクチクとリズミカルに。

突く、刺す、突く、刺す。浅く、深く、浅く、深く。そして穿《ほじく》り返す。

弘樹に無理やり突かれたときは、死ぬほど痛いと感じたはずなのに、自分でやってみると思いのほか気持ちがよかった。イタ気持ちいいってなんて最高のセンス。青黒い印は、赤い血をにじませ、黒い傷となりやがて茶褐色の瘡蓋《かさぶた》ができ、また元の白い肌に戻るだろう。もし、消えない傷痕が残ったとしても今よりは幾分マシなはずだ。

痛い、痛い、でも気持ちいい、と心の中で悶《もだ》えながら弘樹との出会いを思い出していた。

＊

——高校二年生。

わたし——栗咲栞《くりさきしおり》——の通う柴崎《しばさき》高校は、自然と近代的な構造物が融和したほどよい都会感が味わえる最高の立地にある。一応、都内ではあるけれど、近郊都市に住んでいるという感覚が強い。電車に乗れば都心まで三十分で行けるにもかかわらず、学校帰りに渋谷や原宿に繰り出そうとする生徒は少ない。最寄りの立川駅界隈《かいわい》は高層マンションや巨大ショッピングセンターが並ぶいわゆるベッドタウンの趣だが、高校の周囲は小高い丘となっており、緑の多い風景の中にある。元々、進学校だったらしいが少子化の影響で生徒数が激減したことにより、五年前に総合学校へ移行した。学力的には中下位といったところで、四年制大学の進学率は二十五パーセントを切る。男女比は七対三で、コースによっては女子が一人もいないクラスもあり、良くも悪くもわたしたちは貴重な存在として扱われている。

「恋をするためだけに毎日学校へ通っている」と高らかに宣言していたのは親友の優子だけではなかった。わざと大きめのカーディガンを羽織り、ぐうの手で袖口を握り、笑うときはそのまま口許《くちもと》に持っていく萌《も》え袖は必須。下着が見えるか見えないかギリギリの短いスカートを穿《は》き、駅の階段を上るときに鞄でそっと押さえるのは女の嗜《たしな》み。ラルフのハイソにリーガルのローファーを履き、日焼け止めの上にオイルコントロール・パウダーをはたいて、リップグロスをたっぷり塗れば完璧。

すべての行為は恋をするための布石だった。

クラス中、いや学校中が、恋という伝染病に侵されていた。恋をしていないとハブられてしまうと誰もが躍起になり、自分の気持ちが不確かなまま告白して玉砕したり、よく知りもしない異性と雰囲気に流されてノリでつきあってみたり、とにかく校内は蜂の巣を蹴ったように騒がしかった。セブンティーンという響きだけで、誰もが心をときめかせられる貴重な時間。くだらない、と鼻で笑いたい気持ちを隠したまま、友達の告白の手伝いに精を出し、夜な夜なメールで相談を受けては、さも経験豊富なホステスのような見事なアドバイスとフォローで、次々とカップルを誕生させた。

目立ち過ぎず、地味過ぎず。大事なのは、個性なんかより遥《はる》かに鍛え抜かれた協調性。これさえこなせば、自分の居場所は確保されると信じて疑わなかった。うまくやっていたほうだと思う。

とある昼休み、同じ仲良しグループの美波《みなみ》が、声を弾ませて寄ってきた。

「栞、二組の阿久根《あくね》がさ、番号教えてっていってるんだけど」

このひとことで、平和だったわたしの高校生活が一変した。

「なんで？　ってか、誰？」

聞き覚えのない名前。

わたしたちの教室は本館の一階にあり、三年間移動はない。他のクラスとはちがい、授業のカリキュラムで週に約九時間も美術の授業があるため、美術室に近いこの場所が与えられている。その阿久根という男子のいるスポーツコースの教室は別館にあり、イベントや集会でもなければ、顔を合わせることはない。一学年に二百人以上もいる男子生徒の顔と名前なんていちいち覚えているわけがない。

阿久根と美波は、同じ中学で家も近所だという。美波は、鞄の中からジェラートピケのポーチを取り出しながら話を続けた。

「なんかさ、栞のこと気になってるらしいんだよねー」

携帯型コテに毛先を巻きつけ、甲高い声を出す。

気になっているというのは建前であって、本音をいえば、仲良くなりたい、できればおつきあいしたい、更にはヤりたいということだ。言葉選びって大事だと思う。

「んー。とりあえず顔見てから」

「じゃ、今から別館まで繰り出そうよ」

美波がいうと、チュッパチャプスを舌で厭《いや》らしく舐《な》めながらポップティーンを見ていた優子が振り向きざまににやりと笑った。

二人の目は、潤いと輝きを伴っていた。おもしろいイベントには是が非でも参加したいタチなのだ。

優子と美波には既に彼氏がいたが、わたしにはいなかった。なんとなくめんどうで、とりあえず今のところはいらないか、と適当にかわしていたけれど、やはり持っていないよりは持っていたほうがいいのだろうか。人とかぶるのは嫌だけどあえてのお揃《そろ》いならありだよね、って双子コーデをやりたがる女子の気持ちがわからないわたしは、周りの反応を探りながらでしか前へ進めない。今さら、「スマホって便利なの?」と訊《き》くくらいバカな質問だということもわかっているから、あえて作らないというスタイルを強調し続けていたのに。

美波は、阿久根という男子の情報を知るかぎり話してくれた。たとえば、彼は双子の弘樹と幸樹《こうき》の弘樹のほうだとか、お父さんは昭和記念公園近くのパン屋の雇われ店長だとか、カラオケの十八番はコブクロの『蕾《つぼみ》』だとか……。

どの情報もわたしにはどうでもよかったけれど、ふんふんと頬を弾ませて聞いているふりをした。

かくして、恋に背を向け続けていたわたしにも、ついに年貢の納めどきが訪れた。女友達のお節介ほどめんどうなものはない。わたしと阿久根弘樹をくっつけようと立ち上がった、美波と優子の熱意に一瞬怯《ひる》んだものの、すぐに考えを直したのは打算が働いたから。〝彼氏アリ〟という肩書きさえ手に入れれば仲間はずれにされることもなく、安全に自分の定位置を築けるのならば、わたしは甘んじてそれに倣う。何度もいうけど、やっぱり協調性って大事だから。

我が校伝統の「手作り風さくさくメロンパン／一日限定五十個」をいちごオ・レで流し込むと、別館へ直行した。口の中が甘ったるくて、舌の上にざらざらとした苔《こけ》ができる。でも、それが好き。

「ああ、なんかドキドキする。楽しみー」と、優子がはしゃぎまくる。

一方、わたしは阿久根弘樹を見て発する適切な第一声を探していた。うまくリアクションできるだろうかと余計な思考で頭がいっぱいになる。頼んでもいないのに、彼氏とのツーショット写真を初めて見せられるときのドキドキ感と似ている。お世辞にもカッコよくなかった場合、なんといえばいいか非常に困るのだ。「ああ、あの人に似てるね」なんてジャニーズの誰かの顔が浮かべばいいけれど、出てきたためしがない。いい人っぽいね、よりも、優しそうだね、が一番無難で適切な答えとされていたのは過去の話。今は、「ラブラブだね」が主流らしい。

「ほら、あれ。短髪で黒髪のやつ。右から三番目」

美波の指した方向に視線を移し、目を凝らした。後方の棚の上に座った男子生徒がざっと十人弱。顎で右から三番目を数えると、浅黒い肌に薄い唇、そこから真っ白い歯とピンク色の歯茎をもろに出して豪快に笑っている男子を捉えた。

可もなく、不可もなく。これが、弘樹に対する第一印象。

「ねえ、どう、どう?」と二人が横から小突いてくる。

視線はしっかり捉えているのに、第一声が出てこない。それは、「いい人っぽいね」とも「優しそうだね」ともいいがたい野性的な男子だったから。

「いや、んーとね。いい……かな」と濁すと、興奮した二人が黄色い歓声を上げた。本当は、「どうでもいい」の「いい」だったけど、この場でいえるはずがない。

「オッケー。阿久根に栞の番号教えてくる」声をはずませ、美波が男子の集団の中に入っていく。

そこで、初めて阿久根弘樹と目が合った。

廊下、体育館、グラウンド、通学路のどこかで、すれちがうたびに彼はわたしを見ていたのだろうか。存在すら知らずに素通りしていた阿久根弘樹から、突然ラインでメッセージが来たとき、ふいにほっぺたを指で突かれたようななんともいえない不思議な感じがした。

それから、日に三回のメールと一回の電話。内容は他愛のない一日の報告みたいなもの。苦痛ではなかったけれど楽しみでもなかった。まさに、どうでもいいと思える日課。

二学期の中間試験が終わり、晴々とした午後の日差しを浴びながら正門を出ると、阿久根弘樹が待ち伏せていた。

「好きなんだけど」なんとシンプルなこと。好きなんだけど。けど、なんだよ。

「つきあってください」とどめのひとことが発せられた。

「はい」と答えたわたしに、にっと歯を見せて、走り去って行った。

逃げんなよ、阿久根。置いていくなよ、阿久根弘樹。

心の中で叫びながら、ためいきが漏れた。

ついに、彼氏できちゃった。べつに、弘樹じゃなくてもよかったけど。まあ、タイミングってやつかな。

告白をされて毎日いっしょに帰るようになったものの、手をつなぐまでに一ヶ月かかった。それからはあっという間で、ファーストキスのあとにはバージンも捧げた。あのボクシング部の部室で。捧げたなんて、当時は大袈裟《おおげさ》に思っていたけれど、いざとなってみれば大したことはなかった。得体の知れないなにかが失われたような錯覚だけが残った。

弘樹とのセックスは激しかったけれど、短く、動物的で、いつでもシャンと背筋の伸びた性器がわたしの体を突き刺して、何度も体がまっぷたつに裂けるような感覚を味わった。痛みが快感に変わるまで時間はかからなかった。失ったなにかを取り戻せた……気がした。

＊

結局、昼休みまで保健室で過ごしてしまい、重い足取りで教室に戻ると優子たちが財布を持って待っていた。

「栞、進路調査票まだの人は職員室に持ってこいだってー」

「わかった。出してくる。先に、学食行ってて」

入学当初から変わらず、進路希望は近場の大学の名前を書いている。他に、行きたい学校が思いつかないからとりあえず適当になんとなく空欄を埋めているだけ。

とりあえず
適当に
なんとなく
わたしはこの言葉を好んで使う。だって、便利だもの。

「なんとなく親にいわれて入ったから、適当に卒業するつもり。まあ、どっちでもいいんだけど、とりあえず四年間は遊べるかな」

って、そのうちいいだすだろう。この高校を選んだのだって、家から一番近いからだし。

廊下を走った。職員室に入る前に、スカートを一段落とし、踏みならした上履きの踵《かかと》を直していると中から鷹宮先生が出てきた。

目が合ったので「えっと、これ出しに」と呟くと、小さく会釈をして鷹宮先生は静かにそこを立ち去った。胸のざわめきを抑えるように呼吸を整え、中に入る。

担任が不在だったので、机の上に進路調査票を伏せて置いた。風で飛ばされないように、セロハンテープのカッター台を重石代わりに載せ、職員室を出るとダッシュで学食に向かった。

ラス1のAランチを持って優子たちの元へ行くと、鷹宮先生の話題で盛り上がっていた。耳が痛い。誰にもいっていないから知らなくて当然だけど、鷹宮先生は義理の兄だ。つまり、皆が噂している自殺した奥さんというのはわたしのお姉ちゃん。お葬式やなんだかんだで春休みを三日も延長したことと、鷹宮先生に関するあれこれがつながっているなんて誰も想像すらしていない。

わたしたちはお父さんがちがうのよ、と教えてくれたのはお姉ちゃんだ。たしか、家の裏の公園で遊んだ帰り道だったと思う。十歳も離れていたせいか、怒られたり喧嘩《けんか》した記憶はない。家にいる間は部屋にこもってずっと絵を描いていたけれど、どんな絵を描いていたかは覚えていない。わたしとちがって勉強もできた。お父さんやお母さんに成績のことで叱られている姿も見たことがない。なんとなく、お姉ちゃんの着ている制服に憧れていたのは記憶にあるけど、まさか同じ高校に進学できるとは思っていなかった。昔は、けっこう偏差値も高かったらしい。お姉ちゃんは、美大への進学が決まって高校を卒業するとすぐに家を出て行った。

お父さんもお母さんも、自分たちはやりきったという感じでお姉ちゃんを送り出すと、すぐに夫婦関係は破綻した。お父さんは、忙しいことを理由にあまり家には帰ってこなくなった。負い目があったのか責任感からかわからないけど、お金だけは潤沢に与えられていたおかげで今もなに不自由なく暮らすことができている。お母さんは、愚痴っぽく「あの人は、私がダメな女だからいっしょにいてくれただけ」といっていた。たまに、「お母さんは大丈夫か？」といった内容の電話がかかってくるけど、なにをもって大丈夫なのかわからないし、心配なら帰ってくればいいのにと思う。お父さんは、いつも中途半端に優しい。お姉ちゃんへの態度もどことなくぎこちなかった。扱い方のわからない天然記念物を飼育しているような感じ。大事にしなければいけないのに、大事にする方法がわからないような。

わたしが小学四年生のころだったと思う。お姉ちゃんが結婚したと聞かされたことは覚えているけど、それ以外の情報はわたしにはなにも知らされなかった。結婚式もあげなかったし、どこに住んでいるかもわからないまま。大学に入って以来、一度も家には帰ってきていない。最近、お姉ちゃんの通っていた美大が意外にも家から近いことがわかった。電車で数分の場所に住んでいながら、一度も帰ってこなかったなんてふつうじゃないと思う。

子供ながらに、お母さんとお姉ちゃんの間にはなにか埋められない溝のようなものがあるのを感じていた。なんとなく、訊いてはいけないような気がしてそのことについて触れたことはない。恐怖と絶望に凍りついた眼《め》をしたお姉ちゃんを思い出す。愛されることをあきらめたようなあの眼。わたしは、遠く離れた安全な場所からそれを見て、自分だけは大丈夫だという安心感を覚えた。自分さえ愛されていればそれでいいと。

通夜のときに初めて、鷹宮先生がお姉ちゃんの旦那《だんな》さんだと知った。お母さんと一緒に葬儀社の霊安室に入るなり、見知った男の人がこちらに向かって頭を下げてきた。

「どういうこと？」

様々な疑問が頭を巡っているにもかかわらず、わたしの口から出てきた言葉はあまりにもシンプルで、どのようにも捉えることのできる訊き方だった。鷹宮先生は、申し訳ありませんと頭を下げたあと、苦悶の表情でお母さんとわたしを交互に見やった。

「謝る前に説明してほしい」と訴えるわたしに、お母さんは「やめなさい」と吐き捨てるように呟いた。興奮したわたしは、お母さんを問いつめた。うちの高校の先生って知ってたのとか、お姉ちゃんはそのこと知ってたのとか、なんで今まで黙ってたのとか、矢継ぎ早に質問を浴びせた。だけど、お母さんは最後まで、なにも知らなかったの一点張りでそれ以上口を開こうとはしなかった。

いくら疎遠になっているからといって、知らなかったなんてことあるのだろうか。申し訳ありませんのひとことで片付いてしまうほど、簡単なことなのだろうか。

祭壇に飾られた花は、白で統一されていてその場に不謹慎なほど美しかった。

いつごろ撮られたものかわからないけれど、遺影の中のお姉ちゃんは笑っていた。「そんなふうに笑うんだね」退屈なお経を聞きながら、わたしはお姉ちゃんに語りかけた。だけど、どんなに想像しても、お姉ちゃんと鷹宮先生が寄り添う姿は浮かんでこなかった。ただ、流れるように葬儀が進むだけ。

鷹宮先生は、終始丁寧に参列者に頭を下げ続けていた。そこから悲壮感のようなものはまったく伝わってこない。まるで、散らばった本を一巻から順番に棚に並べるかのように淡々としている姿は、ある意味不気味でもあった。あえて、毅然《きぜん》とした態度をとっているならいい。でも、きっとちがう。

そのとき、自分が先生のことをずっと目で追っていたことに気づいた。

でも、どうして？

ああ、そうか優子だ。優子は、入学当初から鷹宮先生のことを好きだといっていた。黄色い声を発して、好き好きと連呼していたっけ。思春期特有の、好き。移り気で脆《もろ》いあの、好き。

わたしが気になったのは、好きとか憧れの類ではなく、母親が風邪のひき始めの子供を心配するような感覚に似ているかもしれない。先生はいつも上の空で、どこかつかみどころのない不思議な存在感を放っていた。歳《とし》はお姉ちゃんと同じ二十七歳。長身痩軀《そうく》にユナイテッドアローズのコットンシャツがよく似合い、寝癖のような無造作な髪型と陽《ひ》を浴びていない肌に面長で淡白な顔立ち、深くて通る声を絶妙なバランスで持ち合わせていた。女は見た目、男は雰囲気と誰かがいったのを思い出した。確かに雰囲気はあった。それは、乾いた大地の中で咲き続ける一輪の花のような気品と切なさを湛《たた》えていた。

＊

「パースの課題を今日中に仕上げること。それを集めて、日直は放課後美術道具室に持ってくるように」

六限終了のチャイムと同時に鷹宮先生の声が美術室内に響いた。えー、と不満の声が一斉に漏れる。先生が振り返った瞬間、目が合ったような気がしてすぐに視線を逸らした。

ほとんどのクラスメイトが掃除も終礼もそっちのけで、机に張りついてパースの課題を終わらせようと奮闘するのは毎度のこと。鷹宮先生は、いつも提出期限を教えてくれない。だから、みんな戸惑ってしまう。「なんで最初にいってくれないのか?」と抗議した生徒に対し「そのほうが緊張感があっていいだろう」と答えた。それまで、美術の時間なんてほとんど遊びの時間だと思って過ごしてきたわたしたちは軽い衝撃を受けた。

終礼直後、日直である神田《かんだ》くんは、自分が終わったのをいいことに締め切りを告げた。

「はい、時間切れ。あとは、自分で持って行けよ」

スケッチブックを抱えて教室を出て行ってしまった。居残りをしていたクラスメイトが一人、二人と教室を出て行く。扉が開け放たれるたびに冷たい空気が流れ込んで首筋に鳥肌が立つ。ほんの少し前まで橙色《だいだいいろ》に染まっていた教室が青灰色《せいかいしょく》に変わっていく。シャープペンシルの線を引く鋭利な音が聞こえなくなり、やっと一人になったことを確認した。

よし、と声を上げて席を立ち、三階の美術道具室へ向かう。二階の踊り場辺りから美術部員たちの話し声が聞こえてくる。

美術室は道具室と広い作業ルームと授業用の教室の三部屋あり、美術部員たちは、作業ルームでデッサンをしたり、彫刻をしたり、それぞれやりたいことをやっている。

誰もいない道具室で並んだ石膏《せっこう》像を通観する。最初のデッサンの授業で描いたラボルト、右腕の切り口と俯《うつむ》いた顔が描くのに苦労させられたヘルメス、薄笑いを浮かべた美人のアリアス、マルス、パジャント、ブルータス……。

いつだったか、鷹宮先生は、わたしのデッサンを見て「狂っている」といった。あまりのはずかしさで顔を上げることができないわたしの真横で、狂っている原因を淡々と説明された。だけど、わたしの耳にはなにも入ってこなかった。

道具室の奥に小さなアトリエがある。元はただの荷物置きとなっていた場所を鷹宮先生が自分の作業用にと作り変えたらしく、誰も中には入れてもらえないという。

道具室の前で、深呼吸をした。八割程度しか終わっていないパースの課題を胸に抱き、話しかける言葉やタイミングをあーでもないこーでもないと巡らせる。生徒らしくいくか、義理の妹として挑むか。わたしは、ずっとチャンスを窺《うかが》っていたのだ。先生と二人きりになれる瞬間を。お母さんがなにも話してくれないのなら先生に訊くしかない。お姉ちゃんの自殺の原因を知っているのは、きっと先生だけだから。

奥のアトリエからは、サッサッと筆とキャンバスが擦《こす》れる音が聞こえてくる。先生が出てくるのをここで待っていようかとも考えたが、こっそり覗いてみたくなった。鍵はかかっていなかったが、立てつけが悪いのか数センチしか開かず、中がよく見えない。目を細めると、隙間から先生の背中が見えた。

ぐっと、顔を寄せて覗き込んだ瞬間、オイルと卵の腐ったような嗅いだことのない激しい匂いが鼻を衝いた。その一瞬で覗いたことを後悔した。

アトリエ内には、描き終えた作品やデッサンが乱雑に置かれていた。先生の絵は天変地異が起きても世の中はそんなふうに見えないだろうと思うような奇怪なもので、遠近感がバラバラな背景の真ん中に転がった人体の欠片《かけら》が描かれている。腕とか足とか胴体とか。なんだか、ぶつ切りにされた野菜みたいな感じで、そこに肉体らしさはない。マネキンを分解したら、あんな感じになるのかもしれない。白い皮膚に包まれた各部位には赤い血管のようなものが浮き出ている。もっと目を凝らしてよく見ると、その赤い線は模様になっていた。一つ一つが緻密で繊細に描かれているから余計に恐ろしい。デフォルメを施した抽象画ならまだいいのかもしれない。どちらにせよ、わたしにはとうてい理解できない荒唐無稽な絵。ゴキブリをスリッパの裏で踏みつぶしたときのような、ぬらりとした気持ちの悪さが背筋に走った。

「狂ってるのは、先生のほうだよ」

声をかけるタイミングを失ったわたしは、パースの課題をそっと置き道具室を後にした。気づけば、次の日の放課後もアトリエの前で先生の背中を見つめていた。吸い寄せられるように覗き込んでしまう自分がいったいここへ何を目的としてやってきたのか一瞬わからなくなる。途切れることのない筆の音に耳を傾けながら、今まで漠然と感じていた先生への心配の正体がここにあるのではないかと思った。

*

「栞、やばいって。阿久根、浮気してるよ。二年の清川《きよかわ》って子とキスしてたらしいよ」

優子がもの凄《すご》い剣幕でまくし立てた。

キスか。最後にいつしたっけ？　今となってはその行為すら省いてしまう二人の関係性に弘樹が飽き飽きしていることには、なんとなく気づいていた。ただ、取り繕うことさえめんどうだったのだから仕方がない。どのみち、別れるのならばできるだけ心のエネルギーは使いたくない。無心にセックスさえしていればつながっていられたのに。

弘樹とつきあいだして約半年、別れが間際に迫っている事実に焦りすら感じない自分自身に安堵する。ほらね、わたしは恋なんてしないんだよ。降りそうで降らない鈍色《にびいろ》の曇り空のように、つかみどころがなくて頼りない恋というやつに振り回されたくないんだ。

つきあってほしいと申し出たのは向こうだし、わざわざこちらから別れを切り出す必要もないだろうと、浮気の一件は見逃すことにした。先生の絵を見て以来、どうでもいい日常は早送りモードで過ぎていく。

そんな中、一日で何発できるかやってみよう、とわけのわからないことをいい出したのは弘樹だった。めんどくさいが頂点に達したわたしは、ゴールデンウィークの間中、弘樹のメールも電話も拒否し続けた結果、ついに別れたいと告げられた。

理由は「お前といるとボクシングに集中できない。闘争心がなくなる」といったわたしへの責任転嫁だったけれど、不思議と腹は立たなかった。別れ話とは非情な戦力外通告のようなものだと聞いていたのに、この清々《すがすが》しさはなんだろう？

こうして、初の男女交際は呆気《あっけ》なく終了した。

最後に、弘樹が「栞のことは好きだけど」とつけ足した。好きだけど、けどなんだよ？ そんなセリフにどれほどの価値があるのだろう。

きっと、ない。

じとじとと湿った空気が体じゅうに纏《まと》わりついて気持ち悪い、と思ったら梅雨の真っ只中《ただなか》だった。鷹宮先生の奥さんの噂も次第に落ち着き、わたしの求めていた平穏な日々が続いていた。先生は、生徒たちの前で、苦しい顔も悲しい顔も決して見せない。前と変わらない優等生の先生がいた。だけど先生の絵は、以前よりもさらに理解不能で捉えどころのないものに変わっていった。いつしか、絵のモチーフに数字が混じるようになり、歪《ゆが》んだ形のアナログ時計は、よく見ると指針が男性器の形をしていた。相変わらず遠近感は狂ったまま。その絵がどんな意味を持っているのかも、先生の心情もわからない。それでも、毎日アトリエに通った。

もう、弘樹を待たなくてもいい。わたしは先生と先生の絵を見ていたい。

決して力強くもない、しなやかでもない。ただ、キャンバスの上をうねるように筆が走るだけ。先生の絵は、多くのものが不確かさの上にしか成り立っていないことを教えてくれているような気がした。人がなにかに没頭したり、なにかを目標として時間と命を削ることに理屈はいらないのだ。その姿を見ていると、急に不安になってきた。いったいどんな言葉でどんなふうに訊けばいいのかわからなくなる。

自殺の理由やいきさつを訊いたところで、たぶんわたしは納得しない。自殺の理由なんて、本人にしかわからない。二人が寄り添う姿が想像できなかったように、先生の導きだした答えを受け入れられるわけがないのだ。

ふいにアトリエの扉を開けなければいけない衝動に駆られた。上履きのつま先に力を入れて徐々に開けていく。褪色《たいしょく》したカーテンで閉め切られた薄暗いアトリエには一縷《いちる》の光さえ差さない。先生は、わたしに気づかない。ゆったりとゆれる背中に哀愁が漂う。吸い寄せられるように近づくと、息を殺してその背中を凝視した。ポケットの中でずずずとスマホが鳴り、慌てて取りだそうとした拍子にかつんと音を立てて床に落ちた。あ、と声を上げた自分がひどく滑稽だった。振り向いた先生と一瞬だけ視線が重なる。先生は、すぐにキャンバスに向き直り、筆を走らせた。まるで、何事もなかったかのように。

潤いのない喪失感だけを漂わせた瞳。このアトリエにいる先生はわたしの目の前にいるのに、もの凄く遠くに感じる。ここにいて、ここにいない。わたしたち二人の遠近感も狂っている。一瞬よぎった喪失の予覚とともに、抗《あらが》いきれない渦の中に引きずり込まれていく感じがした。

無情にもお姉ちゃんの笑顔が消えていく。

なんとかしてあげたい、そう思ったときには、背後から先生に抱きついていた。思ったほど、大きくはなかった。むしろ、小さいと感じた。

先生は、わたしを歓迎も拒絶もしなかった。そのまま体を滑らせるようにして前に回り、先生に唇を押し当てた。

唇を離した瞬間、先生の瞳がわたしの胸をギュッと締めつけた。生温い空気と腐った匂いが鼻腔《びこう》をつく。それは、皮膚の裏がざわめくような欲望を誘った。手に汗がにじみ、呼吸が浅くなる。自分で胸元のホックを外し、先生のてのひらを胸に押し当ててみる。その手の指の冷たさとわたしの火照《ほて》った体の温度のちがいにはっとした。申しわけ程度に一度胸を揉《も》むと、先生の手は人形のようにだらんと下がってしまった。乳首を摘《つま》んだり噛んだりそれ以上触ったりもしない。作業台の上の絵の具やオイルの入った瓶を退《ど》かし、先生を座らせズボンのファスナーを下ろし、自分で下着を片方の足だけ外して先生の上にまたがった。あれっと違和感を覚えたときには、次の行動に出ていた。そっとしゃがみ、先生の酸っぱい性器を口に含んだ。それを夢中で吸う。勃起するまでにかなり時間がかかった。ふっと視線を上げると、先生は、虚《うつ》ろな目でわたしを見下ろしていた。映し返すだけのがらんどうの瞳。後悔と混乱の中で、必死に体がつながりを求めていた。ぬ、ぬ、ぬと鈍い感触を残して先生のやや硬くなった先端をわたしの中に押し込んだ。

わたしの吐息だけが漏れる。

先生は眉一つ動かさない。

わたしはゆっくりと体を引き上げたり下ろしたりして少しずつスピードを上げていく。足が攣《つ》りそうになっても腹筋が痛くても続けた。先生が果てるまで、ずっと。

だらんと伸びた先生の手がわたしの腕をつかみゆっくりと体から離していく。なにもいわず先生は白濁液を太ももに出した。つっとこぼれた液体をティッシュペーパーで拭き取り、床に落とした。オイルと生臭い匂いがアトリエ内に籠もって息苦しかった。

ちがう、息苦しいのは匂いのせいだけではない。先生はなにもいわないしなにもしない。わたしのほうも見ない。アトリエの空気は、硬くなったり柔らかくなったり緩んだり縮んだり、絶え間ない変化を生んでいく。

思い出そうとしてもうっすら陰影だけを残し、輪郭を現さない不確かな思い。わたしの中に眠る狂気にも似た感情を先生は呼び起こしたのだ。


次の日も、次の日もわたしはアトリエに行き、先生を襲うようにセックスをした。先生は、最初と変わらず歓迎も拒絶もしなかった。弘樹との激しく短いセックスとは全然ちがう。わたしは先生と狂ったように長くて激しいセックスがしたいだけなのに。

先生は、優しい。相手が傷つかないようにそっと線を引く。ここまでだよ、というライン。わたしは、確実に傷ついているのにそれを悟られないように平気なフリをする。だって、自信なんてないから。でも、拒絶されるのはもっと怖い。

パースの課題が返ってきた。評価は、C。ためいきをついて先生のほうを見つめると、伏し目がちに小さくうなずき、黒板を向いてチョークを手にした。わたしは、先生の背中とそこから伸びる腕に視線をやる。書いた文字が拳に隠れて見づらいのは、先生が左利きだから。

「さて遠近法の目的は、三次元の空間を平面上に、立体感、奥行きを伴って表現させることですが、これは言葉を変えると立体といえます。もともと平面上のことですから、根本的に無理があります。平面を二次元といい、立体を三次元といいますが、次元の異なる物を一緒にしようとしても物理学的に無理です——」

先生はいつだって正しいことをいう。誠実だとか真面目だとか母親たちの受けも先生たちの受けも生徒たちの受けもいい。生徒を叱りつけることはしないけれど、諭すときはきちんと諭す。常識だって建前だって世間体だって知っている。頭では理解できているのに心がそれに追いつかない。だから、先生の絵も先生自身も狂っている。あのアトリエにいるときの先生が本当の先生で、一歩外に出たらそれを頑丈な殻で覆う。いつか、その殻が壊れそうでわたしは怖かった。

何度目かのセックスのあと、先生はわたしの頭からつま先までゆっくりと視線を動かしていった。

「君に絵を描かせてほしい」

最初は、聞きちがえたと思った。

「君の」ではなく、「君に」——？

困惑するわたしを無視して、細く長い指を器用に使い、またたく間に制服をすべて脱がしていく。

先生は、徐《おもむろ》に卵をつかむと片手でかつんと割って右のてのひらに載せた。白身がだらだらと床に垂れる。そこに立って、とアトリエの中央を視線で示され、恐る恐る移動した。なにをされるのかわからない不安が募る。先生は、左の人差し指と親指で黄身をつまみ上げた。ぷるぷるとゆれる黄色の塊が落ちていくのと同時に、生温いものがわたしの股から滴り落ちていった。黄身は、透明の液体の中でぐるぐるとかき混ぜられていく。部屋中に広がる酸っぱさと生臭さに堪えられず息を止めた。先生と目が合い、苦しくなる。

次の瞬間、さっきの言葉が聞きちがいではなかったことが証明された。大きな刷毛《はけ》がわたしの体を滑っていく。みぞおちの辺りがぞわぞわと粟立《あわだ》つ。先生の淡い睫毛《まつげ》が上下するのが素敵で、見つめているとあっという間に全身が鮮やかなバーミリオンに染められていた。乱雑に塗られたボディベースの上に平筆で鎖骨の辺りから描かれていく曲線。わたしは、ふらつかないように必死で立っている。尖《とが》った乳首に紫や朱で色を乗せていく。小筆を握り、細かいタッチで点、点と。先生の髪の毛が乳首に当たってくすぐったい。声を出さないように神経を集中させると、耳にかけた髪の毛がさらりと先生の髪の上に落ちた。目をつむり、わたしの体を滑っていく筆の感触に身をまかせる。臭気指数計も測定不能なほどの強い悪臭が襲う。いつからいたのか、ぶーんと蝿《はえ》の羽音だけが響いていた。

鏡に映し出されたわたしの体には蝶《ちょう》でも花でも、エキゾチックなトライバルでもなく、子宮の中で眠る胎児の姿があった。

美しさと愛《いと》しさと憎悪が共存したその絵が先生の心の闇なんだね。

アトリエ内でわたしたちが言葉を交わすことはなかった。ここでわたしがなにか普遍的な質問をしたら先生はパニックを起こすかもしれない、そう思った。

たとえば、お姉ちゃんの死について。たとえば、上手なパースの引き方について。たとえば、未来について……。

先生がこれ以上狂って壊れないようにわたしは先生のキャンバスになり続けるしかない。遠近感を失った先生に、まっ平らなキャンバスは描きにくいはずだから。

＊

高校三年生、夏の入り口——。

わたしは縁遠かった受験生になった。どこでもいいから美大に行きたい、とお母さんに告げると好きにしなさいといわれた。お姉ちゃんの真似《まね》をしたかったわけでも、本気で絵を勉強したくなったわけでもない。ただ、描かれる喜びを知ったわたしは、自分でも描いてみたいと思うようになっていた。

優子は近くのデザイン専門学校に行くことを決めていた。募集要項はたった二つ。

【一、高校卒業資格（見込み）のあるもの。二、心身ともに健康であること】

授業料さえ払うなら誰でもオッケーなスタンスが、程度の低い専門学校らしい。

だけど、この学校に先生は入学できないな、と思う。だって、先生は心身ともに健康じゃないもの。

夏休みは、駅北にある美術予備校の夏期講習に通うことにした。新しい友達を作る気力もわかず、イーゼルの前で魂を擦り減らすように腕を動かすしかなかった。真っ白な木炭紙が黒く塗りつぶされていく。

あー先生に会いたい。先生とセックスがしたい。わたしの頭はそればかり。木炭を走らせる手も、練り消しを千切る指も先生に触れたくてしかたがない。

先生は、お姉ちゃんと住んでいたアパートに今も住んでいるらしい。調べる術《すべ》はあるのに、それ以上踏み込めない自分がいる。

次の日も、朝から予備校へ向かう。わたしにはそれ以外することはない。

夏がこんなにじれったいと感じたのは初めてだった。

午後の授業が終わり、遅めのランチを取るためにコンビニを目指した。その道すがら、コーヒーと小麦のいい香りに誘われて商店街の一角にあるパン屋の前で足が止まった。たしか、弘樹のお父さんが店長をしている店だと美波がいっていたような気がする。パン屋に罪はない。だけど、弘樹のお父さんには会いたくないと思い、また歩きだした。コンビニでおにぎりとお茶とお菓子を買い、昭和記念公園まで歩いた。ベンチに座り、袋からおにぎりを取り出すと、目の前に一台の自転車がゆっくり停《と》まった。

Tシャツにハーフパンツ、足元はビーチサンダルという夏の定番スタイルに身を包んだ同い年くらいの男子が立っていた。逆光で顔はよく見えないけれど、シルエットからするとかなりの痩せ形で、ひょろひょろよりも、ガリガリといった感じ。肘下よりも二の腕のほうが細い。

「これと交換しませんか?」

ガリガリ男子がベージュ色の袋を掲げていう。袋にはさっきのパン屋のロゴが入っている。辺りを見回すがわたし以外誰もいない。「大丈夫です」と断ったにもかかわらずその男子は、さっと自転車から降り、わたしの隣に腰を下ろした。反射的に数センチ横に避けてしまう。Tシャツの袖の隙間からは、地肌と日焼けした肌のちがいがはっきりと見えた。まるでチョコポッキーみたい。

「三年の栗咲栞さんですよね？」

なにかの取り調べでも始めるつもりか？　そもそも、なんでわたしの名前知ってるの？

「あんた誰？」

「オレ、二年の恵雄介《めぐみゆうすけ》です」

「ああ、同じ学校の子か」と適当に返事をしながら、長い前髪から覗いたおでこの白ニキビに視線がいった。皮膚を突き破って中のものがにゅるりと爪の上に乗る瞬間を想像する。これ、つぶしたら快感だろうな。

「どうですか、調子は」恵はさらに話しかけてくる。人なつこい笑顔にやや離れがちなタレ目、笑うと鼻にくしゃっと皺が寄ってなんだか子供っぽい。

「なにが？」

「だって、そこの予備校に通ってるんすよね？　オレも通ってるんで」

「え？　だってあんたまだ二年生でしょ？」

「オレ、藝大志望なんです。だから、一年の時からバイトして金貯《た》めてって感じです」

得意げにいいながら、袋から食パンの耳だけを取り出して食べはじめた。

「えらいね」心の中では、どんだけ貧乏なんだよ、とつっこんでいた。

「えらくはないですけど、親が国立現役以外、金は出さないっていうから必死なんですよ」

「ふーん。将来絵描きにでもなりたいの？」

興味はなかったが、とりあえず訊《たず》ねた。

「まあ、理想ですけど。先のことはよくわかりません。オレの場合、単純に今絵が描きたいってだけなんすよ。今描いておかないと後悔しそうな気がして」

そのときに発せられた恵の〝オレ〟という響きが気に入った。すっと耳に入る心地よい音がしたからだ。

「へー。先も考えず絵のことだけ考えて生きてるあんたが羨ましいよ」

「そうですか？　ふつうですよ」にっ、と歯を出して大きく笑ったあと、「これ、食べますか？」と食パンの耳を勧められた。

「いらないし。だいたい、なんで食パン？　ほかにもパンはあるでしょう」

「知らないんすか？　タンパン」

「なにその変なネーミング」

「ははは。でも、すっごく使いやすいんすよ。しかも、耳までうまい」

そこで、木炭デッサンのときに消しゴムとして使う食パンであることに気づいた。

「わたし、使ったことないんだよね」

「もしかして、食パン使わない派ですか？」少数民族を見つけたようないい方だ。

「だって、ベタベタするし、ボロボロ落ちるし、紙汚れるから。練り消しのほうがよくない？」

「木炭紙は柔らかいから、練りゴムだと紙の目がつぶれてしまいますよ」

「そうなの？」

「とにかく、これはオススメです。ベタベタもボロボロもしませんから」

「じゃ、今度使ってみるよ」

とくにそれ以上話題も見つからなかったので立ち上がると、

「じゃ、後ろに乗ってください。家の近くまで送るんで」

恵は軽い口調で誘い、わたしのカルトンバッグをさっとつかむとハンドルにかけた。

「いいよ。バスで帰るし」

「まあ、遠慮せずに」

遠慮してるんじゃない、自転車に乗ったことがないのだ。お母さんは、過保護すぎるというか、慎重すぎるというか、幼いころから危険だと判断したことはなにもさせてくれなかった。もっと、他の子みたいに遊びたいといっても、ケガしたら大変でしょと声を荒らげてわたしのやりたいことをことごとく邪魔した。

「ごめん。二ケツしたことなくて」

「えっ、マジっすか？」

恵は、強引に腕をつかむと、荷台にわたしを座らせた。

「しっかりつかまってください」恵の腰に手を回した。足を空中に浮かせると、どんどんスピードを上げていく。

「もうちょっと、ゆっくり」

背中に耳を軽くつけると、ＣＫ－ｏｎｅと汗の混じった匂いがした。この匂い、好きじゃない。

「家って、どっちですか？」

「日野側」

交通量の多い新奥多摩街道を越えると、多摩川に架かる立日橋《たっぴばし》が見えてくる。ふと、水面に視線をやると、羽を休める野鳥や釣り人たちの姿が見えた。頭上にはゆったりとモノレールが走り、南西方向遥か遠くには富士山が拝める。とくに、夕日の沈む時間帯はとても美しい。

橋を渡ったところに小さな公園があり、そこの小汚いかき氷屋でブルーハワイを買って食べた。じゃりじゃりと小さな粒が残る舌触りの悪いかき氷だったけれど、それはそれで美味《おい》しかった。真っ青な舌を見せ合って、取り留めのない話をして盛り上がった。なんだか、この安っぽい感じが今のわたしにはちょうどよくて心地いい。久しぶりに、腹の底から笑った気がした。

気温は上昇する一方で、じりじりと肌を焦がすような暑い日が続く。吐く息がすべてためいきに変わるほどついてないときのわたしはきっとブスだ。その日は、いつにも増して憂鬱だった。デッサンの講評で散々な結果だったわたしは、なかなか教室から出られずにいた。もう、止《や》めてしまいたい、家に帰ってお母さんに伝えるのは簡単なのに、だけど、と踏みとどまる自分がいる。恵に勧められて使いだした食パンは、本当に使い勝手がよくて気に入っている。ただ、才能のないわたしにはなんだかもったいない。

おしゃべりに花を咲かせていた予備校生たちが次々に教室を出ていき、ついに一人ぼっちになった。急に、心細くなり手持ち無沙汰にスマホをいじる。

「おつかれっす」恵が教室に入ってきて、つい笑みがこぼれた。正直、恵のタイミングの良さにはいつも助けられている。だけど、ありがとうとかは絶対にいわない。

「オレ、今日めっちゃついてる！　人生で初めて自販機のジュース当たりましたよ。栞さん当たったことあります？」ごきげんでまくし立てる。

「ないよー。すごいねー」と適当に返す。

「じゃ、一本どうぞ」

コーラを手渡され、さっきいい損ねた「ありがとう」を添付して受け取った。からからの喉に突き刺さるような刺激がたまらない。一気に半分以上飲んでしまい、ゲップが出そうになるのを必死にこらえた。

恵はいつも居心地のいい空間を作り出してくれる。隙がなかったわけではない。いや、どちらかというなら隙だらけだった。手をつなぐチャンスも、キスをするチャンスも何度もあったはずなのに。恵がなにも誘ってこなかったのは、わたしが彼に対してなにも望んでいないことを悟られていたからだと思う。重要なのは、適度な距離を保った関係性の永続。

恵が毎日話しかけてくれるおかげで、退屈だった予備校もなんとか休まずに通うことができた。花火も見ずに、海にも行かずに、高校最後の夏が終わった。

＊

夏休みが明けても、先生との関係は続いていた。互いの気持ちも確かめることはないまま。どちらかが止めなければ終わりはこないとも思ったし、このまま何事もなかったようにただの教師と生徒の関係に戻れる気もした。

休み時間になると、一心に分厚い本をめくるわたしに優子が話しかけてきた。いつしか、愛読書はポップティーンでもセブンティーンでもなく大学案内書に変わっていた。

「栞、どこの大学にするか決めた？」

「んーまだ。やっぱり、美術科よりデザイン科の方が就職率いいんだよね。美大じゃなくても芸学があればふつうの大学でもいいかな」

「就職率で選んでるの？」ふるるっと付け睫毛がゆれる。

「そりゃそうでしょ。美大行って四年間絵だけ描いて、就職はしません。絵を描いて生きていきます。なんて親にいえないもん。それに、あたしにそんな才能ないし」

「栞って、意外と現実的に物事考えるタイプなんだ。普段ぼーっとしてるわりにはちゃんと考えてたんだね」

「ぼーっとってなによ」わざと頬を膨らませる。

「あんた最近、いつもぼーっとしてるよ。阿久根のことまだ引きずってんの？」

「はあ？　引きずってないってば」

引きずるもなにも、元々好きではなかったのだから。わたしがぼーっとしているように見えたのなら、その原因は先生だ。

そのとき、見覚えのない女子生徒と弘樹が廊下を歩いている姿が見えた。美波がすかさず、「あの子が二年の清川だよ。栞、ひとこと、文句いってやんなよ」と、まくし立てる。涼しげな目元が印象的で、オリエンタルな顔立ちにショートカットがよく似合う子だった。

「いいよ。別に」

わたしがいうや否や優子が走って清川さんの肩をつかんだ。

「あんたさ、なに、堂々と廊下歩いてんのよ。人の彼氏盗《と》ったんだからさ、栞に謝んなさいよ」

隣の弘樹は、ばつが悪そうに下を向いている。美波が、わたしを無理やり廊下に連れ出して、ほらと背中を押した。無言のわたしをよそに、優子と美波がきゃんきゃんと吠《ほ》える。ついに耐えきれず、弘樹はその場を逃げ出した。

「えっと……。弘樹とつきあってるの？」

なにかいわないと場が収まらないような気がして訊ねたものの語尾が小さくなってしまう。

「あなたがちゃんと阿久根先輩の気持ちをつなぎ止めててくれないから。だから、こんなことになっちゃったんです」

清川さんは、少し涙目になりながらいった。関係のない生徒たちが好奇の目をむき出しにして集まってくる。きっ、とわたしを睨みつけたあと、ついに、清川さんは泣き出してしまった。勘弁してくれ。だいたい、なんでわたしが責められるわけ？

「いや、別にもういいんだけど。ごめんね、なんか」

わたしが話を終わらせようとすると、清川さんがまだなにかいいたげに睨んでいる。

「あなたのせいです」

清川さんは吐き捨てるようにいうと、踵を返した。またしても、責任転嫁。だけど、弘樹のそれとは別のなにかが込められているように感じた。周囲の目が痛い。「かわいそう」、誰かが呟いてそれが連鎖する。


夏の匂いも秋の匂いもこのアトリエ内では感じることができない。

わたしの体に描かれる胎児は日に日に成長し、ついに乳児となった。うっすらと頭頂部に産毛が生えているのがわかる。左の乳房には乳児の頭があり、穏やかな表情で眠っている。クリムトの『人生の三段階』を思わせた。首を傾け、包み込むようにそっと抱きしめる仕草をしてみた。先生は一瞬微笑むと、眉間に力を入れてわたしの体を見つめた。

わたしは、十八歳になった。そんなこと先生にはどうでもいいことだろうけど、伝えてみる。おめでとう、と呟いただけで空気はまた縮んでしまった。

その日がいつもとちがったのは、先生がわたしの体を拭いてくれたこと。オイルを塗ったあと、熱めのタオルで丁寧にわたしの体を拭いた。いつもは自分で拭いていたのだけど。大した意味なんか、きっとない。でも、わたしは嬉《うれ》しかった。

俯いていると先生の旋毛《つむじ》が真下に見えた。そして、わたしの臍の奥に詰まった絵の具を舌先で舐めて掬《すく》い取った。尖った生温い舌がわたしの中に入って出ていく。渇いたセックスよりもよっぽど感じる。その舌の温度にときめきよりも疼《うず》きを覚えた。その舌でわたしの秘部を舐め回してほしい。先生の指で掻き回してほしい。わたしの腰をつかんで激しく突いてほしい。だけど、その思いは声にはならない。じくじくと膿《う》んで熱を持った思いがあふれそうになるのを必死で抑えた。

拭き終えたわたしの体を先生はしばらく無言で眺めていた。そして、ひとこと「美しい」と呟いた。その言葉をしばらく頭の中で転がして、笑みがこぼれた。そのひとことで、十分だと思った。好きだなんて浮ついた言葉より、ずっと嬉しい。

わたしの右胸にあった青黒い印は、いつしか他の皮膚となじんで消えていた。わたしは、完璧なキャンバスになったのだ。

先生を押し倒し、またがった。萎《な》えた性器をしごいてまたわたしの中に押し込んだ。はまって。かちっとはまって。わたしの蓋になって、と心の中で呟く。

わたしはゆっくり上下に腰を動かしながら目をつむり、このままでいいと思った。わたしが先生とのセックスで達することはない。ただ、先生が達するのを静かに待つだけ。満たされているのか満たされていないのかわからないけれど、それでいい。わたしの肌がぱちっぱちっと発熱した。痺《しび》れるように、焼きつくように、体の奥が深い悦《よろこ》びを発見して火照っている。ただ、ひたすらに上下に腰を動かす。先生が気持ちいいならそれでいい。

「先生は、わたしが義理の妹だっていつから気づいてたの?」

「えっと……。君が入学してしばらくしてからかな」

「なんで、教えてくれなかったの?」

「もし、教えていたらなにか変わったかな」

先生の答え方は、ずるい。だから、質問を変えた。

「ねえ、先生、わたしとこんなことして楽しい?」

「楽しくはないな」抑揚のない声が返ってくる。

「じゃ、なんで?」

「君はぼくになにも求めてこない。それがいいんだ」

「わたしにだって、あるよ。先生にしてほしいこと」

「なに?」先生の顔が一瞬曇って、いうのを躊躇《ためら》った。

「わたしの絵を描いてください」

「いつか……」先生は、曖昧に答えるとわたしから離れた。

不確かな自分の思いを肯定したくていってみたけど、待てる自信はなかった。もしも、わたしの絵を描いてくれたら一生先生を思い続けるなんて重すぎるし、そんな約束で先生を縛っておくことができないのもわかっていた。

＊

風も冷たくなった秋の終わり――三日連続で遅刻したわたしは、反省文を書くべく居残りさせられていた。早くアトリエに行かなくちゃ。焦れば焦るほど反省の言葉は頭に浮かばず、定められた原稿用紙三枚を埋めるのに二時間以上もかかった。ようやく書き終えたころには、時刻は六時を過ぎていた。

急いでアトリエへ向かう。

扉を開けると、先生が振り向いて唇の端を緩めてふっと笑みを漏らした。

勢いよく抱きついて夢中でキスをする。そのまま、流れるように先生を導いて、またキスをした。ゆっくりと腰を浮かす。なんか、お行儀のいいセックスをしているみたい。きちんと順番を守ることで保たれる安心感とお互いの温度。次の行為に移るとき、先生は必ず小さく息を吐く。たぶん、無意識に入るスイッチのようなもの。

静かに定位置に立つと、先生の左手のひとさし指がカーディガンのボタンにかかった。わたしは、脱がされるのをただじっと待つ。するするとわたしの肌を落ちていった布たちが足下に溜《た》まって小さな塊になる。

次の瞬間、先生の手に握られていた筆が床に落ちて、心地よかった空気が一気に冷たくなった。

「どうしたの?」の代わりに「寒い」と呟いて先生の反応を見る。先生は、ゆっくりと毛布をわたしの肩に掛けて抱き寄せると、大きく骨ばった手で頭を撫ではじめた。その仕草は、母親が子供にするように優しい。訊くなら今しかないと思った。

「お姉ちゃんってどんな人だったの?」

先生の顔が一気に曇る。苦しそうに、自分のコメカミをぐっと揉んだ。

「優しい人だったよ」表情はなく、視線も宙を彷徨《さまよ》っている。

「今も、お姉ちゃんのこと愛してる?」先生の闇を必死に抉《えぐ》り出そうとする。先生は腕を押さえて言葉を探している。

「愛していたはずなのに……彼女をもっと信じてあげればあんなことには……」

「あんなことって?」もう少しで、と気が焦る。

「ぼくは彼女を守るために結婚をしたのに、彼女がしたことを最後まで責め続けてしまった。すべて受け入れるはずだったのに。どうしても、許せなかった」

先生はお姉ちゃんが死んだから狂ったのではない。それより以前から狂っていた。ずっと前から先生の遠近感はズレていた。まるで、この次元に存在していないかのように。

先生のシャツの袖をめくると腕には無数の傷や痣《あざ》が現れた。それを舐めると先生は眉間に皺を寄せる。傷自体はもう古いものなのに舌を這《は》わせると痛みがよみがってくるようだった。探っても探っても本心の見えてこない先生の闇。決して放すまいと、口を大きく開けてさらに舌を這わせる。舌先に感じた温かさだけでつながっているような心もとない寂しさの中でわたしは必死に考えていた。この傷とお姉ちゃんの死はなにか関係があるのだろうか……。

先生の闇は深すぎる。でも、知りたい。

「先生は、どうしてこの学校に来たの？」

ずっと、訊きたかったことをやっと訊けた。

「彼女が通った高校がどんなところか知りたかったんだ」

彼女とはお姉ちゃんのことだ。先生はまだお姉ちゃんを愛している。そんなこと、初めからわかりきっていたはずなのに。どうしてだろう。胸が苦しい。お姉ちゃんの代わりにでもなれた気でいたのかな。先生の左手の薬指にはまったシルバーのリングに青色の絵の具が付いているのをじっと見つめた。左利きの男の人の結婚指輪は、右利きの男の人とはなんかちょっとちがう気がする。煩わしいと感じたりしないのかな。

「本当にそれだけ？」

先生は、なにも答えないまま、散乱したキャンバスの奥から布に包まれた一枚をイーゼルの上に立てた。そーっと布を剝ぎ取ると、ランの花を胸に抱いた女の人が現れた。

たぶん、古い作品だろう。最近の先生の絵には、人物像はなかった。

「きれいな絵」それ以外の褒め方が思いつかない。

一見、その絵は写実的な絵のように見えたけど、よく見ると細かい粒子状になっていて様々な絵の具で描かれていた。女の人は、服を着ていない。少し離れて見ると、より一層その絵の美しさがわかる。ただ、どういうわけかその女の人の顔は影になっていて詳しく描かれておらず、背景に溶け込むようにして消えてしまっているのだ。

「もしかして、これはお姉ちゃんの絵……」

「ああ、そうだ」先生は、深くうなずいた。

「先生とお姉ちゃんは、いつ出会ったの？」

「君が生まれる少し前だよ」

「そんなに前から……」呟いたものの、わたしがショックを受けているのはそっちじゃない。この絵を描いたのが先生だということだ。それを気づかれたくなくて、絵からも先生からも背を向けた。今の先生の絵の雰囲気とはずいぶんちがうし、どうやったらこんなにすごい絵が描けるのかわたしにはわからない。先生がお姉ちゃんを好きだから描けた絵なんだと思う。そんな愛の証《あかし》を、わたしの前で堂々と見せないでほしい。

「『カソウ』っていうタイトルなんだ」

そのとき、お姉ちゃんの顔と声がよみがえってくるような錯覚におちいったのは、その言葉に聞き覚えがあったからだ。

「ねこ……」

思いだしたように呟いたひとことを先生は聞き逃さなかった。

「猫がどうした？　詳しく教えてくれないか？」

先生は、少し興奮したようにわたしの腕をつかんだ。

「小さいころ、親に内緒で猫を飼ってたんです。家の裏の倉庫に隠して、餌をあげてました。でも、お姉ちゃんに見つかっちゃって――」

　ふと思いだしたのは、お姉ちゃんとの古い記憶だった。先生は、終始無言でその話を聞いていたのに、なぜか猫が死んだ理由を知りたがった。

　ただの事故で、しかもわたしたちの目の前で死んで、二人でお葬式ごっこみたいなことをしたと順番に話した。先生は、過去にお姉ちゃんからその話を聞かされたのかもしれない。絵の雰囲気とタイトルからなんとなくそう思った。

　先生は、急にぼんやりと目を虚ろにして立ち上がると、声を絞り出すように「まちがっていたのかもしれない」と呟いた。

「え？」

　マヌケな声が静かな空間に投げ出されて行き場をなくして彷徨う。

「彼女にいわれたんだ」

「なんて？」口にした後で、訊かないほうがよかったのではないかと直感的に思った。

「あなたの目がわたしを絶望の淵に立たせる。わたしの中にある無力感が膨らんでこの次元にいることを苦痛に感じさせる。これ以上、押し寄せる孤独に抗《あらが》うことができない」

　呪文のように何度も唱える先生はとても苦しそうで、なんにもできないわたしはただ抱きしめた。だけど、先生は蝶々結びをほどくようにその腕をすーっと払い落とした。

「描いて」

　毛布を取り、定位置に立っていった。

　先生はもたもたと身を起こし、筆を拾い上げるとわたしの体に向き直って描き始めた。

もういいよ、と喉元まで出かかった言葉を飲み込んだ。先生は、立っているのがやっとな感じで描き続けた。

「この赤ちゃんも、なにか関係があるんでしょ？」

「ぼくたちの子供だ」

「え？」

「死んだんだ」

初めて聞かされた。

長い沈黙のあと、先生はわたしにすまないと頭を下げた。なんで謝られているのかわからずに立ち尽くしていると、服を着るようにと抑揚のない声で促された。

たまらず目をつむると、込み上げてきたものが目の裏を熱くしびれさせて一粒だけつたった。先生の傷だらけの腕が涙でにじむ。どうすることもできないわたしは、ただ力いっぱいに抱きしめた。

その後、先生は声を詰まらせたまま泣き崩れた。

ただ、確かなのはお姉ちゃんは死んだ。先生に深い傷を残したまま。

先生の狂った心はわたしがどう足搔いたって治すことはできない。これ以上壊れないように、わたしは先生のキャンバスでいるしかない。

描かれた乳児がそれ以上成長することはなかった。きっと、先生には想像することさえできないのだろう。

制服を着たわたしは、先生を残したままアトリエを出た。そのとき、道具室の扉が静かに閉まる音を聞いて目を凝らした。急いで後を追うと、廊下にはアリアスの石膏像を抱えた恵がいた。

「あんた、それどこに持っていくの？」

「家で練習しようと思って」悪びれずににやりと笑った。

「はあ？　ダメに決まってんじゃん」

「ダメなんすかぁ」間延びした声と、狡猾《こうかつ》そうな目がミスマッチだった。

恵は、わたしの眼球をしっかりと捉え、先生と生徒がそんなことをしてはいけませんよ、と責めるような目をしていた。

「栞さんて、意外と常識的なんですね」と恵は皮肉をいう。

ジョーシキテキ、その言葉がわたしの頭を何度もリフレインする。

恵は、ゆっくりとわたしの元に寄ってきて耳元で囁《ささや》いた。

「オレ、誰にもいいませんから、石膏像のことは内緒にしといてください」

それから恵は、わたしがアトリエを出るのを見計らったかのように、毎日靴箱で待っていた。

どんなに暗くなっても、恵がいてくれると思うと放課後の廊下も怖くなかった。靴箱に人影が見えるとほっとするわたしがいる。

＊

――大粒の雨が降り続く夕暮れ時。

「わたしのこと待たなくていいっていったでしょ」

心とは裏腹に、つい口調を強めてしまう。

「いえ、偶然ですよ」

「ねえ、あんたさ、」といいかけて止めた。

恵はもしかしたら、わたしと先生の行為をずっと見ていたのかもしれない。今まで誰にも気づかれなかったのは恵が道具室の外で見張っていたからではないか。都合のいい勝手な解釈かもしれないけれど、恵は、なにも訊き返してこなかった。

しばらく、沈黙が続く。窓越しに外を眺め、焦点を合わせずにただぼうっと空を見つめていた。

「これ、止みそうにないっすねー」

「先に、帰っていいよ」冷たくいい放つと、また沈黙が訪れた。

飲みかけのファンタグレープを差しだされ、無言で一口すすった。

「栞さんの初恋っていつ？」

「いきなりなによ？」

「いいから、いつ？」

「覚えてない」

「オレの初恋のヒトはね、」と言葉を切り、ニヤリと笑ってファンタグレープをつかむと一口飲んだ。「間接キス」と呟いたのを無視して、「幼稚園の先生とか？」と割り込んでいう。

「なんで、わかったんすか？」と真顔で返されて答えに窮した。

「あんた、それベタすぎ」

「いやー、でも、マジかわいかったんすよ、純子《じゅんこ》先生。白いTシャツが雨で濡《ぬ》れるとブラが透けて見えるんすよね。人生初のエロを感じたねー。十年以上経《た》っても初恋の人は忘れらんねーな。たぶん道ですれちがっても気づく自信あるな、うん」

恵は、まくし立てると一気に飲み干して、プハーっと気持ち良く息を吐いた。

「わたしね、」一瞬いいよどんで、続けた。

「小学一年生のとき、朝は雨が降ってなかったから傘を持たずに学校へ行ったの。そしたら、放課後どしゃぶりの雨でさ。ちょうど今日みたいな天気。靴箱で憂鬱になってたら、同じクラスの男の子が自分の傘を貸してくれたの。これ使えよって、カッコつけながら。ちょっと照れくさそうに。でも、わたしはその傘を使わなかった。手には持ってたんだけど、そのまま開かずに雨に濡れながら帰ったの。そしたら、お母さんにすっごく叱られた。風邪引くでしょって」

「なんで、使わなかったんすか？」

「んー、なんでかな。うまくいえないんだけど、不公平だなって思ったんだよね。男の子は濡れているのに、わたしだけ傘を差して雨を凌《しの》いでいいのかなって。なんか、申し訳なくって」

恵は、黙ってうなずく。

「夜になって、お母さんと一緒に傘を返しに行ったんだけど、その男の子は目を真っ赤にして、もうお前には貸してやらねーよってすごい怒ってた。なんで、わたしが傘を使わなかったこと知ってるのかなってお母さんに訊いたら、きっとあの子は栞のことが好きなのよなんていわれて。でも、そのときは意味がよくわからなくて拗《す》ねちゃった。次の日、学校で男の子にありがとうってもう一回いってみたんだけどやっぱり怒ってて。それから、クラスも別々になってしまって、中学卒業するまでひとことも口利かなかったんだ」

懐かしい子守歌でも聞かせるような口調でゆっくりと語った。

「好きだった？　そいつのこと」

「わかんない。でもね、雨が降るとそのときのことを思い出すの」

「行こう」

恵はわたしの手をさっとつかみ、昇降口を飛び出した。職員用駐車場をぬけ、駐輪場へ引っぱっていく。

「乗って」自転車にまたがった恵が笑顔で促す。

腰に手をまわし、背中に耳を軽くつけ、荷台に乗った。

「気持ちぃー。雨サイコー」

恵がシャウトして、わたしもシャウトする。濃厚な膜を覆った黄昏《たそがれ》の街を、しゃーしゃーびゅんびゅんと音を鳴らし加速させていく。

びしょ濡れのまま帰宅すると、やっぱりお母さんに叱られた。

「折りたたみ傘、いつも鞄に入れときなさいっていってるでしょ」

「うん。でも、失《な》くしちゃった」

わたしは、嘘をついた。だって、傘は……。

＊

卒業式——さよならもありがとうも告げずに去ることで、先生の気持ちを許ろうとした。それ以外の方法を、わたしはまだ知らなかった。

最初から、わたしたちの関係に終点などないことはわかっていた。あの部屋にすべてを閉じ込めて、自分だけは先生の特別な存在だと思っていられる時間が幸せだった。めんどくさい、と手放すことは簡単にできたはずなのに、最後まであきらめることはできなかった。わたしは、なにに期待していたのだろう。

正門を出たところで、見慣れた顔がわたしを待っていた。わざと気づかないふりをしてそこを通り過ぎる。すぐに声をかけてこないのが恵らしい。

拾われたがりの仔犬《こいぬ》のように、わたしの後ろをとろとろと自転車を押しながらついてくる。

「琹さんの夢ってなんすか？」

また、恵の不意打ち質問だ。きっ、と睨むように振り返った。恵はただぬぼっとした顔でいつものように佇《たたず》んでいる。

「夢なんてないよ。あんたはあるの？」

「オレは世界一好きな人と世界一のものに触れていっしょに感動したい」

歯をにっと出して大きく笑った。もう、おでこの白ニキビは消えていた。あのとき、つぶしとけばよかったと後悔してももうおそい。

いつものように、自転車の荷台に座り、背中に耳を軽くつけると恵の匂いがした。初めはこの匂いがきらいだったけれど、慣れてくればそれはそれで好きだと思えた。閉めきったアトリエのオイルと腐った卵と体液の匂いの混じる中でのセックスに比べればこんな匂い大したことはない。少し、鼻がバカになったのかもしれない。この甘ったるくて安っぽい匂いが、わたしにはちょうどいい。

恵が土手の途中で「ああ、オレも栞さんとヤりてー」と叫んだ。ぼかっと頭をたたいて、「先生のばかー」とわたしが叫ぶ。どうしようもない感情も、口にしてしまうと案外あっさりしているのかもしれない。二人の笑い声が澄んだ空に響き渡る。加速していく自転車の脇でさわさわと草木がゆれる。

春の入り口——風が頬に当たって気持ちいい。

わたしが卒業して間もなく、先生は交通事故で死んだ。

事故現場は、見通しのいい直線道路だったにもかかわらず、車は電信柱にかなりのスピードで突っ込んだ。先生は、即死。同乗していた女の人は、意識不明の重体らしい。友人関係と新聞には記載されていたらしいが、恋人同士だったのではないかとの見方もある。在学中も先生にまつわる噂は色々あったけれど、最後はさすがにこたえた。

無理心中ではないのかとの話もあった。そして、お姉ちゃんが死んだのは、先生の浮気が原因だったという人まで。SNSという便利すぎて不便なツールがわたしにそのことを告げた。

＊

「じつは鷹宮、アトリエに絵を残してたんだ」

「なにが描いてあったの？」

「とってもきれいな女の人の絵だった」

わたしは、あのアトリエで見た『カソウ』というタイトルの絵を思いだしていた。たしかにきれいな女の人の絵だった。先生がお姉ちゃんを思って描いた絵なんだからきれいに決まっている。

「それは、お……、奥さんだよ。先生の」

「あ、いや……。そうなんすかね」

先生は、きっと最後まで自分の描きたいように絵が描けなかったんだと思う。だから、あの絵をずっと見ていたんじゃないかな。かつて、自分が描いた最高の一枚を。結局、わたしはお姉ちゃんに勝てなかったのだ。もしもあの時、無理にでも約束していたら、先生はわたしの絵を描いてくれただろうか。

ちょっと大人になった恵が、今わたしの隣で鼻をおさえて悶絶している。

ピタパンの中に、スライス玉葱《たまねぎ》、バジル、トマト、サワークリーム、ゆでたジャガイモをつめ、世界一臭いと称されるシュールストレミングを中央に押し込む。缶の蓋についた汁を舐めて、犬が喜んでいる。なんて、無邪気なんだ。

わたしは目をつむって「先生」と呟いてみる。

スウェーデン製の生物兵器に鼻腔をつかれて過去を振り返るなんて悪趣味だ。でも、今ならはっきりといえる。あれはたしかに恋だった。

プルースト効果――嗅覚が記憶や感情を呼び起こす心理現象。

イカれた嗅覚が数年前の記憶の蓋を開けた。

風の中に悪臭が混じる。バリバリと玉葱を噛む音が心地いい。

第二章

愛

「でも、みんなやってるよねー」

　顔にも声にもぼかし処理をほどこされた女子高生がいう。そういえば自分だけ悪者扱いされることはないとでも思っているのか、あっけらかんとした口調からその子の顔がぼんやり浮かんできそうだった。その子の着ていた制服が自分の母校のものと似ていて一瞬ヒヤリとした。

「んもう、最近こんなのが流行《はや》ってるの？」

　台所でテレビを見ていた母が、誰に問いかけるでもなく呟《つぶや》いた。聞こえなかったふりをして玄関に向かう。母にとって、いつからいつまでが最近でどの地点からが昔なのだろうと思いながら外に出ると、冷たい風が吹いて鼻先がじんとした。眉間に力をいれたが、すでに液状のものが鼻腔《びこう》を下りていくのがわかった。ああ、と思ったときにはもう鼻水が上唇のへりまで垂れていた。ずず、と啜《すす》って郵便受けに手を突っ込むと、ひらひらしたものが睫毛《まつげ》エクステの上に載った。

　薄曇りの空、薄桃色の花びら、薄汚れたあたし——。

＊

＊

あのころ、あたしには夢があってそのためにちょっとヤバめのアルバイトをしていて、ほんの一瞬だけ自分を見失いそうになりながらもなんとか生きていて、そして同じ名前の男の子に恋をしていた。

そのヤバめのアルバイトをしていたということを女友達に話すと「あー、私もやったことある」とか「えー、私もやってみたかった」なんておよそ想像できる範囲の答えが返ってきたけれど、それを彼氏とか仲のいい男友達に（女友達に話したときよりも濃度三十パーセント薄めにして）話すと微妙な空気になるから話さないほうが身のためだということに最近気づいた。女同士の中では多少面白いネタとして扱われ、それなりの話題提供をしたことで自尊心は満たされるけれど、男女の間柄においてそれは汚物であり、半顔メイクでスッピンさらしちゃいました的な、男子にとっては隠しておいてほしい秘め事だったんだと学んだ。

幼少期のあたしは、同級生たちに比べ身体的にも情緒的にも発達がおそく、両親はかなり心配したらしい。ようやく言葉が出てくるようになったのは保育園の年少さんくらいで、お遊戯会や運動会でじっとしていることができないあたしを多動性障害だと決めつけた保育士が「小学校は普通学級ではなく特別支援学級をお勧めします」といってきた。それを真に受けた母は、妊娠中父に隠れてお酒を飲んでいたことが原因だと自分を責め、正直に父に打ち明けたところ大激怒されたため、逆切れした母が離婚をちらつかせると土下座までして泣きすがられたことがあると、この前なにかのタイミングで聞かされた。

結局、あたしは知的障害がないことが小学校にあがる前の市の検診でわかり、普通学級に入ることができた。それでも、他人との調和がうまくとれないあたしはなにかと除《の》け者扱いされ、まともな学校生活を送ることができなかった。

仲のいい友達も信頼できる先生もいなかったけれど、一つだけ楽しみがあった。週に一度視聴覚室で行われる映画の上映会。映画好きの先生が放課後数人の生徒を集めて自分の好きな作品を流すというもので、授業中に席を立って落ち着きがないあたしを見兼ねた担任教師の勧めで、半ば強制的に参加させられていた。思いのほか、映画が面白かったこともあり一度も席を立つことなく作品を観《み》終えることができた。あたしにとっての先生は、美人で優しいと評判の担任教師ではなく、映画そのものだった。

それからは、授業中に席を立つことはなくなったけれど、別の意味で担任の先生を困らせることになった。たぶん、『スタンド・バイ・ミー』とか『ぼくらの七日間戦争』を観たあとだったと思う。

問1　このなかで、なかまではないものはどれでしょう。

①イルカ　②マグロ　③イワシ　④タイ

簡単でしょ？　という笑みを浮かべて先生はいった。

答えは、①イルカ。

理由、イルカは魚ではないから。

これは、小学二年生のときに出されたせいかつの問題で、みんな楽しそうに授業を聞いていたけれどあたしは問題がまちがっていると指摘した。

「これは、差別じゃないんですか？」

先生の困った表情が今でも忘れられない。美しい顔がぐにゃっと歪《ゆが》んで「これは差別ではなく区別の問題です」と答えたけれど未《いま》だに納得できないあたしがいる。

そんなあたしが除け者にされていた理由は、容姿のせいもあったと思う。頭皮が透けて見えるほど薄い髪の毛、血管が浮き出た白い肌、骨にうっすら皮が張りついただけの貧弱な体、睨《にら》んでなくても睨んでいるように見える細い目、それらすべてが気味悪がられていたのだろう。

ついたあだ名はハゲコケシ。その後、何度か改名はあったものの気に入ったあだ名は一つもなく、最終的にはシケ子という名前におさまった。

あたしは、その日までずっとシケ子だった。自分の名前を忘れるほどに、『千と千尋の神隠し』の千尋のように、あたし自身に刷り込まれていた。

「清川さんって、愛って書いてメグミって読むんだ。じゃ、もしオレと結婚したらメグミメグミになるねー」

きれいに並んだ歯が印象的だった。彼は、高校のクラスメイトの恵雄介くん。初めて、男子に下の名前で呼ばれることがこんなに恥ずかしくて照れくさいことなんだと知った。

そのころはさすがに髪の毛も人並みに生えていたし、それ以外の毛も生えてきていたし、身長だって体重だってどうにか平均にたどり着いていた。

あたし――清川愛《きよかわめぐみ》――は、まだ十六歳だった。

＊

高一の文化祭でお化け屋敷をすることが決まったにもかかわらず、クラスの誰一人としてやる気を出さなかったせいで実行委員に選ばれた（ジャンケンで負けた）あたしと恵くんは、ほぼ毎日居残りをする羽目になった。あたしはイヤではなかったけれど恵くんは早く家に帰りたいと嘆いていたっけ。

「バイトがあるなら帰っていいよ。あたしやっとくし」

「いや、そういうわけにはねー。つーか、なんでバイトのこと知ってんの？」

「みんないってるよ。恵くんはたくさんバイトしてるって。なにか、欲しい物でもあるの？」

長めの前髪にポスターカラーの黄色がついていた。くしゃっと前髪をいじった隙間から赤いニキビが見えた。

「オレ、藝大行きたいからさ、予備校に通う金自分で稼がなきゃなんないんだよね」

思わず、絶句してしまった。絶句ポイントは、予備校代を自分で稼いでいるということではなく、藝大志望だということであった。

「そうなんだ。スゴいね」他にかける言葉が思い浮かばなかった。

「あ、今絶対に無理とか思ったでしょ？」

「ごめん。だって、うちの学校のレベル考えたらちょっと難しいかなって」

藝大の偏差値がどれくらいかわからないけれど、たぶん余裕で十とか二十くらい足りないと思う。

「知ってる。だから今必死。清川さんは、夢とかないの？」

「ええと、一応映画監督とか」って、答えたあとすぐにハズっとか思った。こういう場合、一応とつけていいのは東大女子が慶應ボーイにナンパされて「学校どこ？」と訊《き》かれ、不承不承答えるときのみである。

「すげー。マジかー」という恵くんに安堵《あんど》しつつ、その言葉の裏に嘲笑する箇所がまったく感じられなかったので驚いた。

「なんで？　ふつう笑うでしょ。それに、人に初めて話したし」

「笑わないよ」

きっぱりといわれて、逆に恐縮してしまった。そのとき、あたしは将来、恵愛《めぐみめぐみ》になっても構わないと思った。

「バイトって、なにしてるの？」

「朝は、新聞配達。夜は、コンビニ。あと、不定期で工事現場で働いたり。まあ、これが一番金にはなるんだけど。それ以外は、ひたすら絵描いてる」

「ん？　恵くんも、美術部だったっけ？」

「うん。でも、ほぼ幽霊部員。鷹宮、全然指導してくんねーから行っても意味ないし」

「そっか。あたしも最近全然行ってないけど」

「てことは、清川さんも美大とか狙ってるんだ」

「へ？」

「だって、映画監督になりたいっつーことはそういうことだろ？」

「あたしは、まだ……」

「藝大合格も狭き門だけど、映画監督はさらに狭き門だよな。まあ、一本でも映画を撮れば映画監督を名乗れるかもしれないけど、現実的に名前だけで客が呼べる映画監督って数えるほどだよな。それに、こうすれば確実に映画監督になれるという道も存在しないし」

そのとき、ノープラン・ノービジョンな自分が急に恥ずかしくなった。映画監督になるためには無闇に映画を観るだけじゃダメなんだという現実を知った。じゃ、どうやってなるつもりだったんだ？　と訊かれても困るけれど、情熱さえ持ち続けていればいつかなれるもんだと漠然と考えていた自分のバカさ加減にうんざりする。

「やっぱ、映像とかの勉強したいなら美大を視野にいれといたほうがいいかもな。一度、鷹宮に相談したらどうかな」

恵くんにいわれて、あたしはさっそく美術の鷹宮先生を訪ねた。すると、先生はこういった。

「夢を持つことは否定しない。だが、美大を出たからといってなにかを保障されるわけではない。シビアなことをいうようだが、美大はとにかく金がかかる。清川の家は金持ちか？」

「いいえ」

「成績は、学年でトップクラスか？」

「いいえ」

「奨学金には大きくわけると二種類ある。返さなくていいものと返さなければいけないものだ。清川の場合は、後者になるだろう。ぼくと同じ大学を卒業したやつで未だに奨学金を払い続けてるやつがいる。結局、そいつは家業を継いだ。ちなみに、農家だ。苦労して美大へ入ったのはいいが、なんの役にも立たず借金だけが残ったというわけだ。それでも、行きたいと思うか?」

「先生は、あきらめろというんですか?」

「いや、そうじゃない。映像の勉強がしたいなら、そこのデザイン専門学校でもいいだろ」

先生は、近くにある専門学校のパンフレットを見せてきた。金さえ払えば誰でも入学できる学校だ。当然、そこから著名なデザイナーやクリエイターが輩出された実績はない。映画監督なんて以《もっ》ての外。それどころか、退学者、未就職者が異常に多いという噂《うわさ》だ。進学はしたいが、夢はない。大学に行くほどの学力も経済力もない高卒者の掃き溜《だ》めのような場所だ。真面目に卒業してもまったく関係のない職種の仕事に就くのがオチである。あたしは、そんな学校に行きたいわけじゃなかった。

「どうしても美大に行きたいというなら、まずは親に頭下げて金を出してもらえるか頼んでみることだな」

そして、覚悟を決めてからもう一度相談に来いといわれた。

夢を持つのに覚悟がいるの?

ぼんやりと生きてきたあたしにはよく理解できなかった。


中学のころ、可能性について数学の計算式に当てはめて答えを導きだそうとする男子がいた。幼少のころから野球に打ち込んできた彼の夢はもちろんプロ野球選手で、そこそこの実力はあったし校内では有名だったけれど地域レベルでいったらそこまでの選手というわけではなかった。あるとき、自分のエラーでチームが大敗したときにふと思いついたらしいのだが、プロ野球選手になれる確率を独自の計算式に基づいて計算したところとんでもない数字が出てきて落胆し、しばらく引きこもりになってしまった。

それに倣い、あたしも自分の夢を計算式に当てはめてみることにした。

P↓Qを証明したいとき、Q↓Pを直に証明する。直接証明の数式だ。

x＝2、y＝4↓xy＝8

だけど、

xy＝8↓x＝2、y＝4

とは限らない。これを応用すると、【あたしの夢↓映画監督】だが、【映画監督↓あたしの夢】とはならない。

ダメだ。これ、確率の計算式じゃないし。

とりあえず、夢を叶《かな》えるためにはお金は不可欠だという現実を受け入れようと思った。

＊

自転車をマッハで飛ばして家に帰り、玄関でローファーを脱ぐと一目散に母のいる台所へ向かった。鴨居《かもい》をくぐって入ると母が機嫌よく夕飯を作っていた。

「ねえ、お母さん。ちょっと話があるんだけど」

「んー？」

「あたし、美大受けようと思ってて」

聞こえなかったようなのでもう一度いってみたが、反応がない。

「めぐ、冷蔵庫からバター取ってくれる?」

どうやらタイミングをまちがえてしまったらしい。一つのことに集中している母になにをいっても無駄だということをすっかり忘れていた。

母は、ニンテンドーDSの『しゃべる! DSお料理ナビ まるごと帝国ホテル~最高峰の料理長が教える家庭料理~』に夢中だった。

ああ、またいつものやつかとテンションが下がる。バッグをソファに置き、ヴィヴィアンのニーハイ・ソックスを脱いで洗濯機に放りこんだ。二階の自室に戻り、部屋着に着替えて階下へおりると、母を加勢する二個下の妹のキンキンした声が響いてきた。

「ちがうちがう。バターをスプーンですくってサーモンにかけるんだよ」

流し台の前に立った妹が、DSをいじりながら母に指示を出す。

「え? 無理よ。そんなことしたら火傷《やけど》しちゃうじゃない」

二人のいい合いはしばらく続いたが、一時間後、ようやく完成。

母の料理の腕は、いまひとつ。彩りにおけるセンスはまるでない。味は食べられなくはないけれどうまいといえるレベルでもない。あたしは、お腹《なか》を満たすことだけに集中して咀嚼《そしやく》を繰り返した。

そこへ、仕事を終えた父が戻ってきた。

「めぐ、ビール」

冷蔵庫からビールを取りだし栓を抜き、父お気に入りのグラスに注ぐと、目尻に皺《しわ》を寄せて一気に飲み干した。

「ねえ、お父さんちょっと話があるんだけど、いいかな？」

「なんだよ改まって。怖いな」

「進路のことなんだけどね」慎重に言葉を選んでいう。

「おう。その前にケチャップとって」

「えー。ひどい。どれにケチャップかけるの？」と母が嘆く。

冷蔵庫からケチャップを取りだし、父に手渡したころには話題が変わっていた。

「お母さん、今日も銀行に断られた」

「あら。やっぱりどこも厳しいのね」

母は、パサパサのチーズ・カツレツをご丁寧にナイフとフォークで食べながら眉間に皺を寄せ、真っ赤に染まった父の皿を睨みつけていた。

うちは祖父の代から卵屋を営んでいる。「お父さんの仕事は、卵屋です」と答えると、たいてい「ああ、養鶏場ね」と返されてしまう。だけどうちは養鶏場ではない。養鶏場から卵を買って加工するのが主な仕事だ。生みたての卵は泥やら糞尿《ふんにょう》やらがついたまま運ばれてくる。それを洗い、大きさごとに分けて出荷する。他には用途に応じて冷凍卵や液卵や黄身白身に分けた卵を作るのが卵屋だ。

つまり、隙間産業ってやつ。一グラム何円単位の世界なのでそう儲《もう》かる仕事ではないと父はいう。そもそも論を語りだしたらキリがないのだけれど、なんでこんな儲かりそうにない仕事を始めたんだ？　と祖父に訊いたところ「誰かがやってる仕事ではダメなんだ。誰もやっていない仕事をするのが商売なんだ」といわれた。

「は？　そんな仕事この世にあるの？」ってツっこんだら、「それを自分で探すんだ」と返されてイラっとした。

要するに、あまり人がやっていない競争率の低い職業を選べということだと勝手に解釈したけれど、はっきりいって儲からないのなら意味がない。現に儲かっていないのだからお話にならないし、あたしが美大を受験したいと申し出ることも当然できない。

結局、親には頼れないと悟った。

＊

友達に優劣をつけるのは良くないこととわかっているけれど、どちらかというならば悪いお友達に属する、中学時代に通っていた塾で知り合ったリカちゃんに「短期間でがっつり稼げて、ウリとかじゃなくて、詐欺とかでもなくて、あたしでもできるバイトない？」と、ダメもとで訊いたら「あるよー」と、無駄にカワイイ目がチカチカする絵文字を貼りまくったメールがそっこーで返ってきた。ヤバめのアルバイトへようこそ、と耳元で悪魔が囁《ささや》いたことには気づかないふりをした。

そのヤバめのアルバイトとは、女子高生が軽くおもてなしをすると謳《うた》ったサービス業で、いわゆるＪＫビジネスと呼ばれている。表向きは、街の観光案内をしたり、会話をしたり（ただし体を密着させた状態で）、といった健全さを売りにしたものであるけれど、そこから派生した裏オプなるサービスは計り知れない。

立川駅周辺には新宿や池袋に負けず劣らずの大きな繁華街がある。はじめの一歩さえ踏み込んでしまえば、怖さなんてマッハで吹っ飛ぶ。

「じゃ、アイちゃんこれお願いね」

小太りで頭がハゲ散らかってるけど、実はまだ四十歳の店長があたしに「W30」と記された紙切れを渡しながらいった。その紙切れは三十分後には五千円札に変わる。なんて素晴らしいマジックでしょう。

あたしは、無言でそれを受け取ると客のオヤジに作り笑いで自己紹介をした（もちろん偽のプロフ。ここでのあたしの名前は、メグミちゃんではなくアイちゃん。店長が勝手につけた）オヤジは、いっしょについてきてほしいところがあるといった。場合によっては追加料金になってしまうということを事務的に告げると、そんなこと知ってるよとなんの得にもならない、この業界は初めてではないんですオーラを浴びせられてウザっとか思った。

手を引かれてついて行ったところはホテル街の角にある下品なネオンがビカビカ輝く小汚いレンタルショップだった。看板には、「格安レンタルＤＶＤ　旧作99円」の文字が躍る。中に入り「十八歳未満お断り」と書かれた暖簾《のれん》の向こうに引っ張られて行った。オヤジが股間を押し付けてきたので、買ったばかりのスマホを取り出してタッチ＆スワイプ。「別料金」と打った画面を見せると、オヤジが眉間に皺を寄せながら離れた。

「手こきいくら？」

と訊かれて、ああこれどっかで見たことあると思った。エヴァの監督が撮った実写映画で、仲間由紀恵のブレイク前のお宝映像とかいうポップに躍らされて観た援助交際を題材とした作品『ラブ＆ポップ』のワンシーンと似てる。こんなとこで手にザーメンとかマジ勘弁してほしいんですけど。

「五万なら」

というと、案の定「それは高すぎでしょ」と返ってきた。

JKお散歩やJKリフレなどと呼び名を変えて復活したブルセラや援助交際とほぼ同等の性サービス。ギリギリOKだから、売春じゃないから、という甘い言葉に誘われて一度軽いノリで手を出してしまったが最後、止《や》めるタイミングを完全に見失った女子中高生は数知れず。その気になれば、一日でマックのバイト一ヶ月分なんか楽に稼げてしまう。世の中、そんなに甘くないって大人はいうけど実際甘いからこのありさまなわけで。甘いといえばS（スピードではなくオシッコのこと）。「どうやったら、甘いオシッコがでるんですか？」と、先輩JKのM美さんに訊くと、「午後ティーのミルクを大量に飲むこと」と教えてもらった。「どんぐらいですか？」と真顔で訊いたところ、「一・五リットルのペットボトルを一気飲みしなきゃダメだよ」といわれ、「えー」とどん引きするあたしに「本職のおねーさんに教えてもらったからまちがいないよ」と、自慢げに語ってくれた。つっこみどころ満載なM美さんは、年上の彼氏に誕生日プレゼント（グッチの財布だったかな？）を買いたくてこのバイトを始めたらしい。一週間で目標額を上回ったと上機嫌で卒業宣言をしたくせに、一ヶ月もしないうちに性懲りもなくまた現れ、今度は、クリスマスプレゼントにロレックスの腕時計を買ってやりたいといいだした、とリカちゃんから聞いた。それはそれは御愁傷様。そんじょそこらの気合いじゃ稼げない額ですよ、と誰か教えてあげて。

とかいいながら、あたしはオヤジに抱きついて「大好き」と叫んでいた。これで、野口英世一人ゲットしました。オッパイを揉《も》まれるのはイヤだけど軽くお尻を触られるくらいならOKとか、オマンコを見られるのはイヤだけど唾液やオシッコを提供するのはOKという自分なりのルールがあった。そのルールに則《のっと》って稼ぐことで自分はまだ大丈夫という暗示をかけていたんだと思う。ミスチルでいうところの「傷つかない為の予防線」ってやつ。

次のオヤジはカラオケに行こうと誘ってきた。「あたし、あんまり歌が得意じゃないんです」というと「ねえ、彼氏とかいるの？　いないの？　じゃ、今度、ディズニーランドに連れて行ってあげようか」と、嚙《か》み合わない答えが返ってきた。完全にシカト。トーク力なんて一円も反映されないんだし、リピーターなんて必要ないんだから時間が来たらさっさと帰れ。福沢諭吉がニヒルに笑ってる顔を想像してやり過ごした。「太客捕まえたほうが後々楽だよ」とリカちゃんはいうけれど、少しでも気を許したらとんでもないことに巻き込まれそうな気がしてその場しのぎの営業スタイルを続けている。

脱法ドラッグ、脱法風俗、脱法売春……。

どれも運良く逃れられただけで、手放しで許されたものなど一つもない。呼び方を変えればいいってもんでもないけれど、結局あの手この手でいろんな脱法〇〇はゾンビ並みの生命力で増殖し続ける。見つからなければなにをしてもいいとか、赤信号みんなで渡れば怖くない的な危険極まりない要素をはらんでいることに誰も気づいていない。いや、気づいてるけど見て見ぬふりをしているだけだ。だって、その方が楽だからね。

最近じゃ、かわいくなければAV女優にもなれないって聞くし、人目を忍んで（それが快感だという人は別として）エッチなDVDを借りに行かなくてもネットでしかも無料で見れちゃう。いくらカワイイAV女優がたくさんいたところで、結局彼女たちは絵に描いた餅なわけで、何百万回ダウンロードしたところでただの一度もセックスはさせてもらえない。

今やアイドルは会いに行ける時代になったとはいえ、ハゲでデブでキモいオヤジはせいぜいパイプ机越しに握手してもらうのがやっと。ＣＤ一枚買って五秒握手するのと、千円出して女子高生に五秒ハグしてもらうのとどっちが得かってことを考えればすぐに答えは出る。

だけど、あたしたちが期間限定で高値で取引されるのは今だけだということを十分に理解していて、なおかつ生身の女子高生とお近づきになれるのはそのへんの下手なアイドルよりもよっぽど難しいってことをオヤジたちが気づいているから成り立っているともいえる。なにより、その生身の女子高生はお金さえ払えば確実に触れることができるというこのお得感。「買いですよ、お客さん」といわれているようなもん。こんなことでお金もらえてラッキーとあたしたちが浮かれている一方で、この程度の金で女子高生のパンツゲットラッキーとオヤジたちは思っているにちがいない。百均で買った粗末なパンツに穿《は》き替え、ほぼ未使用の状態で一枚五千円から八千円の値段で取引されたパンツは、オヤジの家の電子レンジで人肌に温められて夜のおかずにされている。前述のことをオヤジは知らないし、後述のことをＪＫは知らない。いや、知ってて知らないふりをするのがこの業界のルール。かもめかもめカチンカチンの「か」だけ取っていってみ、という小学生男子の言葉を思い出す。

そりゃ、まあ多少危険はつきものですけどって強がって自分にいい聞かせるしかない。でも、毎日お札の入った封筒をもらうたびにあたしの理性なんか吹っ飛んだ。それこそ瞬殺で。「世の中ってチョロい」なんてね。そしたら、つい目的を見失いそうになった。ええと、なんだったっけ。あ、思い出した。美大の学費稼ぐんだったっけって。

＊

春は、人を油断させる。財布の紐《ひも》も緩みがち。そんなことをいってた人は誰だっけ？

油断してしまったのは、あたしだ。

「見ーちゃった」

振り返った先に、ジャージ姿の男が立っていた。

「やばいよね。こういうバイトは」

知らない男だった。

「は？　なんのことですか？」

「知ってるって。この店がどういう店か」

男は、明らかに若さを持て余したギラギラした目であたしを見てきた。どう見ても客ではない。スカウトマンにしては若すぎる。

「あなたに迷惑かけてないでしょ」

「じゃ、学校とか親にバラしても大丈夫？　それ、シバ校の制服でしょ？」

男は、一瞬怯《ひる》んだあたしを見逃さなかった。完全に油断していた。やっぱり、駅で着替えるべきだった。補習授業の帰りとはいえ、バイト先に制服を着てきたことを後悔した。

「学年、組、コース、名前、携帯の番号教えて」

男は、勝ちほこったような面でｉＰｈｏｎｅを取り出し、了解も得ずにあたしの顔写真をいきなり撮った。ついさっきまで、オヤジたちより優位に立っていた自分が嘘《うそ》みたいだ。

——一年三組　総合コース　清川愛（現在、春休み中につきもうすぐ二年三組になる）。

薄い端末にあたしのパーソナルデータをすべて吸い取られていく。

男は、阿久根弘樹と名乗った。

「俺さ、今日誕生日なのに彼女が忙しいとかいって全然相手にしてくんなくてこの辺うろうろしてたんだよね。十八歳になったからこういうお店も入れるかなーって思ったんだけどやっぱ高校生じゃ無理だよね」

訊いてもいないのに自分のことをべらべらしゃべられてイラっとした。

「ちょっと、今から遊ぼうか。オヤジ相手だと疲れるでしょ」

阿久根は、自身のツイッター画面を見せながら脅すようにいった。今からあたしのことを呟きますといわんばかりに。お金は稼げても退学になったら元も子もない。美大受験どころではなくなる。

阿久根に手を引かれ、センスのかけらもない名前のラブホの前であたしは途方にくれた。

処女なんだけど、というと「マジで？　ラッキー」と声をはずませながらなんの躊躇《ちゆうちよ》もなくベルトを外してギンギンに勃《た》ったチンコを顔に押し付けられて泣きそうになった。こんなサービス金もらってもしたことないんですけどと涙を流して同情を誘ったけれど阿久根には通用しなかった。

さっき、オヤジが上機嫌で歌った『金太の大冒険』というへんてこりんな曲の歌詞がリフレインする。

「訴えてもいいけど、そしたらお前がやってることも全部バレるから」

と、阿久根はあたしを怯えさせ、鏡張りの部屋の真ん中で開脚させられて指を何度も出し入れされた。まるで、カタツムリを殻から無理やり引き出す子供のような目をした阿久根は、たぶんなんかヤバい物を吸っていたんじゃないかと思う。てらてらと光った指を口に突っ込まれて吐きそうになり、血で染まったシーツをiPhoneで撮られたときは本気で殺意が芽生えた。

死ねっ。


春休みが明け、恵くんと久しぶりに会えたものの晴れやかな気持ちにはなれなかった。阿久根からメールがくるたびに頭痛がした。もう夢なんてどうでもいいとさえ思った。

だけど、学校が始まって三日もすると阿久根からの連絡は途絶えた。解放されたと思った。が、甘かった。とある昼休み、体育館裏へ来いとの指示があった。

「俺があんなバイトやめさせてやるよ」

一瞬ほろりとするようなことをいってきたかと思いきや、とんでもない計画を持ちかけてきた。

「お前さ、金がほしいんだろ？　俺と組んで、オヤジから金を巻き上げよーぜ」

ええと、それは犯罪の匂いがぷんぷんしますがどうせあたしの意見なんて聞いてもらえないから続きをどうぞ。

「客の男とラブホへ行け。最初は、ふつうにしてろ。相手がその気になるような会話で誘いだせばいい（そんなことしなくてもだいたい誘われますが）。んで、ラブホの前で拒んだところに俺がいいがかりをつける」

えらそうにいってるけど、それ立派な犯罪ですから。ほら、なんだっけあれ？　読み方はわからないけど、美人な局アナみたいな漢字。

「無理」

「じゃ、バラしてもいいわけ？」

と、バカの一つ覚えのようにｉＰｈｏｎｅを取り出していう。

「捕まったらどうするの？　退学とかのレベルじゃないんだけど。あんたなんかと地獄に落ちたくない」

「じゃあ、俺とつきあったら許す」

じゃあってなに？　許すってなに？　どっちも変なんですけどといおうとしたらなぜかキスされた。反応に困っていると、「考えといて」と捨て台詞《ぜりふ》を吐いて去って行った。

はい、意味不明。


なんとなくその日はバイトに行く気分にはならず、そのまま帰宅することにした。家の玄関を開けると焦げくさい臭いがした。母がまた変なものを作っているのだろうと察した。駆け足で二階に上がり、トレーナーワンピースを着てデニンスを穿き、適当に髪をシュシュで結んだ。昼間、食べそびれた学食のメロンパンを持って階下に下りた。

「お姉ちゃん、これ、味見して」

妹が走ってきて、はいっと皿の上に載ったピンポン玉サイズの黄色の塊を差し出してきた。ぬいぐるみの中身を強引に穿《ほじく》り返したような、やたら汚いスポンジだった。

「は？　なに、これ」

「カステラ」

あたしの知っているカステラとは明らかにちがう。いや、どこからどう見ても食べ物には見えない。

「焦げてるし。てか、まずそう」

手で小バエをはらうように妹をかわし、冷蔵庫の中を物色した。

「じゃ、これはどう？」

今度は、母が殻のついた卵を突き出した。ゆで卵を作ったらしい。でも、わざわざ紙のパックに入れている理由がわからなかった。

「これ、ゆで卵よね？」

「あら、ゆで卵に見える？」

質問に質問で返されてイラっとした。母は、ニタニタ笑いながらさらにゆで卵らしき物を勧めてきた。

「だから、なに？」

「むいて、食べて」

妹もニヤつきながら、あたしの反応を待っている。

「はいはい。むけばいいんでしょ、むけば」

投げやりにいい、紙パックから卵を取った。通常のゆで卵より軽く感じた。裏返してみると先端部分に一センチほどの穴が開いていた。質問するのも億劫《おっくう》になって、無言で殻をむき始めた。すでに、この卵がゆで卵ではないことに気づいていた。

むき終わると、黄色いスポンジが現れた。さっき、妹が皿に載せて味見しろといってきたゲテモノと同じだった。

「これ、なに？　説明して」冷たくいい捨てる。

「卵の殻に入ったカステラってのが、この前テレビに出てたから真似《まね》して作ってみたの。うちでも売れないかなって思って」

ああ、また始まった。母は、料理のセンスだけではなく商売のセンスもまるでない。毎回、流行の物を見つけてはすぐに真似をし、商品化に持ち込もうとする。だけど、毎日の食事さえまともに作れない主婦の分際で他人様《ひとさま》に食べ物を売るという発想がそもそもまちがいなのだ。築地風だし巻卵に始まり、パステル風なめらかプリン、堂島ロール風ロールケーキ、ルタオ風チーズケーキ……数えたら際限がない。毎回、売れずに赤字を被るのだ。今回は、断固として反対しようと思った。

「お母さん。こんなボロボロのカステラ見たことある？　食べなくてもまずいってわかるよ。こんなのより、うちの学校の手作り風さくさくメロンパンのほうが数倍マシよ」

そう喚《わめ》きながらメロンパンを母に投げつけた。

「それに、二匹目のドジョウを狙うのがよくない。あのね、このご時世オリジナリティーがないと絶対に売れないんだよ」

完全に八つ当たりだとはわかっていても、イライラがおさまらなかった。

「わかった！　カステラじゃなくてちがうのなら、いいってことね？」

母は閃《ひらめ》いたように目を輝かせた。

ダメだ。あきらめが悪すぎる。もう勝手にしてくれ。心の中で呟きながら台所を出た。

＊

ゴールデンウィークの初日、阿久根に呼びだされた場所はなぜか美容室の前だった。

「この髪型にしてもらってこい」

「は？　なんで？」

「俺が好きな髪型だからに決まってるだろ」

「イヤだといったら？」

「そんときは、俺が切る」

やっぱりね。あたしには断る権利も選ぶ権利もないってわけだ。阿久根に指示された雑誌に載っている台湾系美女の髪型を店員に見せ、されるがままになった。やっと、伸びた髪の毛なのに。ヴィダルサスーンのカットモデルばりに直角のラインで短く切りそろえられたスタイルはコケシ顔のあたしに不思議と似合っていた。

その日も、ラブホに連れて行かれてヤられそうになったけれど、生理だから無理といって拒否ったら意外にあっさり引き下がった。ちょっと待って。あたし、あんたの彼女とかじゃないよね？　なんかモヤモヤするけど、訊いたら負けのような気がしてただ黙ってチンコを咥《くわ》えて耐えた。もうなにも考えないように脳みそがぐちゃぐちゃになるまで頭を上下に振り続けた。何度も青臭い精液を飲まされて気持ちが悪くなって嘔吐《おうと》した。

ゴールデンウィーク後半、あたしは午後ティーを大量に飲んでがんばって自分のオシッコを売りさばいた。血の混じったオシッコがなぜか飛ぶように売れて、オプションでナプキンをつけたらまた飛ぶように売れた。いまだかつてない売上金を見ても、もうそこに感情はなかった。あたし、いつまでこんなことやるんだろうと自暴自棄になりかけたところで阿久根からメールがきた。

——俺、彼女と別れることにしたから。

は？　だからなに？　あたしには関係ありませんけど。

それからしばらくして、阿久根弘樹と正式につきあうことになった。ていうか、無理やりそういうことになったんだけど、とくになにが変わったということはない。相変わらずセックスは乱暴だし、デリカシーにかけるし、かなりのオラオラ系であたしを自分色に染めようとしてくるし、胸に変なタトゥーを入れられたときは正直勘弁してくれと思ったけど、それから阿久根は人が変わったように優しくなった。こっちの都合も考えずに呼び出されることもなくなったし、あたしが嫌がる行為も徐々にしなくなった。だけど、あたしの気持ちに一ミクロンの変化も起こらないまま夏休みに突入した。

リカちゃんから久しぶりにメールがきて、バイト行こうと誘われた。待機時間のことを考えると、友達がいっしょのほうが気楽でいい。

「あー、髪の毛ピンクメッシュ入ってるー。カワイイ」「あー、髪ショートだしー。フツーに似合ってるしー」と、とりあえずお互い褒めてからの近況報告。リカちゃんは通信制の高校に通っているので基本、校則はないに等しい。

リカちゃんが最近つきあいだした彼氏とのおのろけトークから始まり、客の話に流れた。リカちゃんは、お金がもらえるならHも全然ＯＫというスタンスで、あたしはそれをスゴいともバカだとも思わないし「そんなのやめなよ」という安っぽい友情を振りかざそうとも思わない。自分をフリースタイラーだといっちゃうリカちゃんがたまに羨ましかったりする。

「ほら、この前話した太客なんだけど、めちゃめちゃ羽振りがいいんだよぉ」

「へー」

たぶん、この手の話は何回か聞いたと思うけど、あたしが毎回適当に聞き流すからリカちゃんは話したことを忘れて何回も同じ話をする。

「この前、ラブホ行っただけで十万もくれたんだよ」

「嘘？　それ、めっちゃ怪しくない？　なにされたの？」

「とくに、なにもされてはないんだけど、Gしろっていわれたよぉ。めっちゃ、ハズかったけど触られるよりはマシかなって。前金で十万くれたし、まあいいかなって」

そこまで説明されてようやくGを自慰に変換して話を飲み込んだ。

見知らぬオヤジの前でオナニー？　マジ、ありえないと軽く引いてしまったことを気づかれないようにスマホをいじっていると、やっと指名がかかった。自撮りした写真があたしたちの宣材写真となり、メニュー表の横に張り出されている。思いっきりぼかして撮った写真は実物よりかなりかわいく写っていた。あたしは、いったいなにがやりたいんだろう。

十七歳の夏は駆け足で過ぎていった。

うだうだとなんだかんだ理由をつけてはやるべきことを先延ばしにし、阿久根と無味無臭なセックスをし、映画を観ることだけをノルマのようにこなす日々に慣れつつあるときだった。阿久根の元カノの栗咲栞に、阿久根とつきあってるのかと訊かれた。余裕たっぷりな瞳で、どちらかというならめんどくさそうに、野良犬をあしらうくらいのテンションで「別にもういいんだけど」といわれてムカついた。まるで「バーゲンセールで洋服買ったのはいいけど、いまいちあたしには似合わなかったからあんまり着なかったんだー。もしよかったら使ってくれない？」的なニュアンスがあたしをさらにみじめにさせた。

なんで、あんたはそんな清々した顔してるのよ。もっと、泣いて喚いて悔しがってよ。泣いていたのはあたしのほうだった。ただ、あたしはあの男にほんの少しでも価値を見いだしたかっただけなのに。ごんっとハンマーで心臓を殴られたような鈍い痛みが走った。それは体中に広がったまま一日中消えなくて、イライラしたあたしはわざと阿久根のチンコに歯を立てた。そしたら、容赦ない右フックがあたしのこめかみにメガヒットした。

＊

二学期の期末試験も終わり、クリスマスまでの間をどう過ごすか持て余しているクラスメイトたちの中であたしはやっぱり浮いていて、授業中に手紙を交換し合う女子たちのくすくすと笑う声が自分の悪口なんじゃないかといつも思っていた。休み時間、昼休み、移動教室、あたしはたいてい一人だったけれど一人でいることに孤独はあまり感じていなかった。ずっとそれがふつうだったから、ってかなり加藤ミリヤ入ってますけど、会いたくて会いたくて震えたい今日このごろなあたしはどちらかというなら西野カナ派です。

でも、やっぱり一人でいるほうが楽だった。たまに、女子に話しかけられてすっとんきょうな声をだして笑われたり、男子の下ネタに的はずれな答えをいって「天然？」と訊かれたり、昔とはだいぶ状況が変わったことは少しありがたかった。そんなあたしを恵くんは、面白いと評価してくれた。


「すごーい。恵、げきうま」

「やだー。毛穴まで描かなくていいってば」

「でもさー、絵なんかうまくても将来なんの役にも立たないよ」

教室の真ん中で、女子の集団が恵くんを取り囲んでいた。クロッキー帳に誰かの似顔絵でも描いているのだろう。

「そうだよ。絵ぇ描いて食べていける人間なんてそういないって。鷹宮だって、武蔵美《むさび》出たのに高校の美術の先生止まりじゃん。恵は先生になりたいわけじゃないでしょ？」

「ムサビーってなに？」

「美大だよ、美大」

「知らなーい。そこって、レベル高いの？」

「偏差値も高くて、授業料も高い上に、画材なんかにもお金がかかるよ。四年間通ったら、かなりの額になるだろね」

「マジ？」

「でもさ、恵は、ゲーダイ一筋なんだよねー」

「えー。東京藝大？　そりゃ無謀でしょ」

「なに、目指してるわけ？」

好き勝手をいう女子たちのラリーが続く。恵くんの様子が気になり、ゆっくりと視線で追う。いきなり、バンっと机をたたいて恵くんが立ち上がった。

「私が持っているものといったら、絵を描く能力くらいで、それが自分のすべてである以上、それを自分の生涯にしようとした。私は描いて描いて、描きまくった」

人差し指をピンと立て、演説でもするかのように滔々《とうとう》としゃべると、またいつものふざけた恵くんにもどった。「第二の伊勢谷友介になってみせる」なんて冗談を飛ばす。その声に密《ひそ》かに癒されつつ、あたしは手帳を広げた。

恵くんは、イケメンという部類には属していないけれど、持ち前の明るさと気さくな人柄で好かれていた。ただ、幸か不幸かモテるというのとはビミョーにちがっていて、誰かに告られたとかいう噂は一度も聞いたことがない。それは、あたしにとっては嬉《うれ》しいことだったけれどすでに阿久根とつきあってる（しかも略奪愛ということにされていた）ことはクラス中に知れ渡っていて恵くんがフリーかどうかなんていっさい関係のない話だった。静かになったな、とおもむろに顔を上げると恵くんが机の前に立っていて、思わずげっと短い悲鳴が漏れた。

「清川さん、なに書いてんの？」

「えっと……。観た映画の感想とかを書くのが好きで……」

いいながら恥ずかしくなって手帳をパタンと閉じた。

「それより、さっきの誰かの名言？　私は描いて描いて描きまくったってやつ」

「ああ、うん。ノーマン・ロックウェルっていうオレの好きな画家の言葉だよ」

ほら、これ見たことない？　とスマホの待ち受け画面を見せられてすぐにわかった。サンタをモチーフにしたイラストで、コカ・コーラの広告などで知られる温かくて優しい絵だった。

「あのさ、オススメの映画を教えて。例えばガキが成長するやつとか」

「子供？　えっと、『リトル・ランボーズ』とか『ぼくは怖くない』とか『運動靴と赤い金魚』かな」

恵くんはふふっと軽く鼻で笑いながら「あ、変なこと訊いてごめん」と謝ってきて、ちょっと選択ミスだったかなと反省した。

「『リトル・ランボーズ』は観たよ」

笑顔で返されて安堵した。〝ボクたちの、想像力と友情が世界をちょっとだけ変えるんだ〟っていうフレーズがいいよなと話を続けた。うんうんとうなずきながら、たとえ一生触れられなくてもあたしはこの人のことが好きだと思った。

「映画監督に必要な資質ってなんだと思う？」

恵くんと共感しあえたことが嬉しくて、つい口走ってしまった。

「もし、映画監督になるための教科書があるとすれば〝プライドと自信と責任感〟って書かれてるんじゃないかな」

照れくさそうに笑った顔がかわいくて、思わずあたしはキュンとした。

放課後。部活を引退したという阿久根はすでに推薦で大学進学が決まり、もう学校でやることは色んな場所でのセックスだけだとわけのわからないことをいいだしたのでそれにつきあわされる羽目になった。若さ故の挑戦？　なんだそれ。阿久根は妙に浮かれまくっていた。なんか、もう気持ちいいとか痛いとかめんどくさいとか通り越して単なるルーティンワークと化していた。生物室の人体模型の横でヤったあと、うす暗い廊下を阿久根と並んで歩いた。無言のまま、靴箱へ向かう。自分の靴を取ろうとしたら恵くんのＶＡＮＳのチェックのスリッポンが視界に飛び込んできた。

嘘、まだいたんだ――。

あたしは、阿久根を振りきり教室に戻ったが誰もいなかった。部活に行ってるのかもしれないと思い作業ルームを覗いてみたが、美術部員が数人いるだけだった。

「そこに、名簿あるから。名前の横に◯しといて」三年生にいわれ中に入った。所在なげに立っているあたしには目もくれず、絵を描き続けている背中が眩《まぶ》しかった。六時になるとみんな静かに帰っていく。取り残されたあたしは、しばらく放心状態で暗い部屋でスマホの液晶画面を見つめていた。

どれくらいいたのかわからない。気づいたとき、外はもう真っ暗だった。急に寂しくなって足早に靴箱に向かうと石膏《せっこう》像を抱えた恵くんがいた。

「なにしてるの？」

「やべー」舌をぺろっと出して笑った。

「まさか、それ、持って帰るの？」

「うん。家で練習しようかと思って」

あたしは、思わず吹きだした。面白いのは恵くんのほうじゃない、って。

「大丈夫。あたし、口堅いから」いう相手もいないけど。

「サンキュ。使いたいときは、いって。貸すから」

「あはは。ありがと」

「それにしても、さみーな」

恵くんは、ふらふらと前を進んで校門を出た。

「あのね、前に恵くんが美大のこと鷹宮先生に相談してみたらっていってくれたことあったじゃない？」

「うん」

「そしたら、バカで貧乏なやつはそのへんの専門学校に行ってろーみたいなこといわれたんだよね」

「オレも同じことといわれた。しかも、オレの場合もっときついこといわれたし」

「なんて？」

「三浪しても藝大合格は厳しいだろうって」

「えー、そんなこといわれたらあたし立ち直れないかも」

「うちの学校は国公立向けの授業じゃないから、塾へ行って一から勉強しないと無理だ。そのうち、まちがいなく挫折《ざせつ》するぞって。なんのために藝大を目指してるかわからなくなって、結局、時間の無駄遣いになるっていわれた」

「それ、きついね」

「でもさ、進学率をあげるためだけに無責任に奨学金制度を勧めてくる教師よりは断然親切だとオレは思う。鷹宮って、なんか物事を達観してるっつーかあきらめてるような冷たさがあるよな。でも、女はあーいうなに考えてんだかわかんない男に魅力を感じたりするんだろ？」

「そうかな。あたしは、わかりやすい人のほうが好きだけど」

ちょっと告白でもする感じで答えたけれど恵くんはなにも気づいてなさそうだった。首を傾けて空を見上げる。つられて見上げると、もう星が出ていた。

「鷹宮は、美大を出てからのことを心配してるんだよ。たぶん、夢を叶えられなかった人たちをたくさん見てきたからだと思う。鷹宮自身がそうだったように」

「どういうこと？」

「オレ、訊かれたんだ。なんで、藝大に行きたいんだって。藝大というネームバリューが欲しいとか、就職に有利とか、国立だから金をかけずに絵の勉強ができるっていうのが本音だったけど、それをいったらアウトだったかもな」

「じゃ、なんて答えたの？」

「最初の試練って、答えた」

「正解だったの？」

「どうかな。半分くらいは当たってたんじゃないかな。藝大に合格する才能も根性もなくて、絵の世界で食べていこうなんてどうあがいても無理ということを鷹宮はいいたかったんだと思う」

「鷹宮先生って、藝大志望だったの？」

「たぶんな。じゃなきゃ、なんで藝大に行きたいんだ、なんて質問寄越さないだろ」

「あたしからしたら、武蔵美も変わらないくらい超難関だよ」

「映画監督はもっと難関だと思うけど」

恵くんにいわれて撃沈した。

「鷹宮が、大学へ行く本当の意味は勉強のためだけじゃない、みたいなこといいだしてさ。なんかそれが教師らしいっちゃ教師らしいんだけど、鷹宮っぽくなかったんだよな」

「うん、たしかに鷹宮先生っぽくないかも」

「同じ夢を志した仲間は一生自分の財産になる、ってさ」

そこで、あたしは小学二年生のときのせいかつの問題を思い出した。仲間、たぶんそれはあたしにとって一番必要なものだ。やっぱり、大学へは行きたいと改めて思った。

「あたしの最初の試練ってなんだと思う？」

「親を説得することだな」

「それ、すでに失敗したよ」

「ちゃんとプレゼンした？　ただ話すのと、なんでそこに行きたいのか、なにをしに行くのか説明するのとじゃ全然ちがう。オレは、ちゃんと説明したよ。まあ、納得はしてもらえなかったけど。でも、現役一発合格したら学費を払ってもらうってことで、なんとか折り合いがついた」

「でも、うち本当に余裕なさそうなんだよね」

「それも、ちゃんと話してみないとわからないだろ」

でも、という言葉を咄嗟《とっさ》に飲み込む。あたしは、石膏像を盗むくらいの覚悟なんか持ち合わせていなかった。

——三月九日。

「今日でやっと卒業だ」

「おめでとうございます」

「そうじゃなくて、お前も卒業だ」

「は？」

「俺、これから大学の寮に入るからもう会えなくなる。だから、自由にしてやるよ。嬉しいか？」

「ありがとう。バイトのこと、誰にもいわなかったでしょ」

「結局、お前も俺のこと本気で好きにならなかったな」

ふて腐れたようにいうと、目の前であたしの番号やら写真やらを全部削除しはじめた。阿久根の寂しそうな顔を見て、この人はバカで不器用で全然優しくはないけれど正直な人だなと思った。

「俺は、マジで好きだったんだけど」という捨て台詞を吐き、振り返りもせず去って行った。

澄んだ空を見上げて、深呼吸をする。そこには、解放感も寂しさもなにもない。

バイバイ、阿久根。

*

なんの覚悟も持てないまま、あたしは、高校三年生になった。

「卒業しても来ていいからね」と店長にいわれてぞっとした。卒業したら、あたしたちに価値なんてあるのかな。一気に需要が減るんじゃないかと不安になった。そう思った瞬間、耳元でカウントダウンの声が聞こえた。待合室にいる女の子たちは、あたしよりも一オクターブくらい高い声でしゃべる。妹のキンキンした声と同じ声質が耳障りで、スマホをいじって時間をつぶした。待合室の女の子の人数がやたらと多いのに、見知った顔は誰もいない。自分とは異質な甘い香りが一面に漂って、なんだか息苦しかった。

リカちゃんからのメールは相変わらず楽しいならそれでいいじゃん的なノリと派手さで、悩みなんて微塵も感じられなかったけれど、それはあたしには話さないだけで本当のことは誰にもわからないんじゃないかなと思った。あたしには、リカちゃんがどんな顔でどんな気持ちでオヤジの前でオナニーしてるのか想像できない。お金さえもらえたらいいっていうリカちゃんの線引きはどこなんだろう。別に減るもんじゃないし、ってかなり使い古された言葉を簡単に吐くけど、あたしは確実になにかが減ってると思う。お金では買えないなにか、取り戻そうと思っても取り戻せないなにか。その正体はよくわからないけれど。

ようやく指名がかかって安堵した。わざとらしいくらい大きな声で「こんにちはー」といった先に立っていた男の人を見て、あたしは、思わず走り出した。

「おい、待て」

二十メートルも走らないうちに簡単に追いつかれてしまった。

「なんで？　こんな趣味あったなんて意外ですね」息を切らしながらいう。

「最近、この界隈《かいわい》でうちの制服を着た子がうろついてるって学校に連絡があったんだ。それで、虱《しらみ》つぶしに店に入ったら清川に似てる写真を見つけた」

鷹宮先生は、怒っているというよりは困惑したような声で事務的にいった。なんでこんなことしてるんだ？　と開口一番怒鳴らないのが鷹宮先生らしいなとも思った。

「それ、あたしじゃないと思います」

先生は、あたしの着ていた制服がなゝゝゝんちゃってだということにようやく気づいたみたいで、「わざわざ着替えてるのか」とぼそっと呟いた。

「まさか、あのことが原因か？　美大はお金がかかるとかいったからか？　だからこんなことを……」

眉をひそめて心配そうに顔色を窺《うかが》ってきた。関心があるのに無関心を装ってわたしたちに近づいてくる大人はたくさんいる。バカなオヤジたちはみんなそうだ。だけど、先生は無関心なくせに関心のあるふりをして無理に教師を演じているように見える。

「先生、教師でしょ？　ふつうここは怒るとこですよ。なんなんですか、そのテンション。逆に心配しますよ」

「理由がないとこんなことしないだろ」

「そうでもないですよ。けっこう楽しんでやってる子もいっぱいいるし、暇つぶしにやってる子もいるし……」

「他の子じゃなくてお前は理由もなしにこんなことするやつじゃないだろ」

「先生、あたしのこと買いかぶり過ぎです。まあ、確かにきっかけは学費のためでした。でも、なんかやめるタイミング逃しちゃって。また明日もよろしくねっていわれたら出ないとって気にもなるし、妙な責任感が湧いちゃって。バカみたいだけど。なんか、自分で自分のコントロールがきかないっていうか……」

だんだん舌がもつれてきてうまくしゃべれないと思ったら泣いていた。そしたら、先生の顔色が急に青ざめていくのがわかった。立っているのもつらそうだったので裏通りにある公園へ誘導した。

「大丈夫ですか？」

「ああ、ごめん。今日は一日歩きっぱなしだったから。でも、もう平気だ」

先生は、以前よりも少し痩せたような気がする。肉体的なことよりも精神的なストレスからくるものだろう。先生の奥さんの死についての噂が頭をよぎった。それは、たくさんあったけれどどれも信憑性《しんぴょうせい》に欠けていた。ただ、想像はできた。好きな人がこの世からいなくなることがどれだけつらいかという思いを。

「先生、もう一度誰かを好きになる可能性はないんですか？」

「わからない」

「あたしの友人でいろんな可能性を計算式に当てはめて確率を導きだすのが得意だった子がいってたんですけど、絶望的に可能性が低いってわかっててもあきらめられないのが人間なんだって」

しばらく沈黙になり、自分のいったことと置かれている状況の辻褄《つじつま》が合わなくて急に恥ずかしくなった。

「なんで、先生にこんなことといってんだろ。すいません」

「あ、いや、ありがとう。なんとなくわかったから」

「あたし、退学ですか？」

「いや。あの店で清川の写真を見たことは誰にもいわない。学校に報告するつもりもない」

「本当ですか？」

「ああ。ちゃんと今日限りでやめると約束してくれたらだが」

「はい。約束します」

「それより、ご両親には受験のこと相談してないのか？」

「はい。前もいいましたけど、うち、あんまり裕福じゃなくて。父の会社の経営もあまりうまくいってなさそうだし。とても、いえる状況じゃありません」

「どのみち、話さなければいけないことだろ。相談するだけしてみたらどうだ。美大を受験するなら急いだほうがいい。どこを受けるかはそれからだ」

「まあ、無理だとは思いますけど、一応話してみます」

家に帰るなり父に美大を受験させてほしいと頭を下げた。父は、よっこいしょ、とソファから立ち上がり、会社の書類や印鑑が入った黒鞄《かばん》を持ってきた。

その中から、メモ紙を取り出し読み始めた。

「生卵を約八メートルから落下させ、割らずに着地させるためのパッケージを、制作すること。条件は、A2ケント紙一枚のみで作る。接着剤、テープなどを一切使わない。以上」

勝ち誇った顔で、あたしを見つめた。なんのつもりだろう？

「わけわかんないけど」

「毎年、大学生がうちに大量の卵を同じ時期に注文してくるのが気になってな、なにに使ってるのか訊いてみたんだ。とある美術大学で毎年決まって行う卒業制作の課題らしい。おそらく、相当な数の卵が捨てられてるはずだ。もったいないと思わんか？」

「それって、正解があるの？」

「さあ？　お前は、卵屋の子だ。できるよな？　期限は三日。トライは一回のみ」

「わかった。これクリアしたら、受験していいの？」

「もちろん」

とはいえ、勝算は皆目なかった。一晩考えても、なんのアイディアも浮かばないまま朝を迎えた。

冷蔵庫から取り出した卵を、ひたすら舐《な》め回すように見つめ、触り、また見つめた。軽い衝撃でも簡単に割れてしまう卵を、どうやって、守ればよいのだろう？　八メートルは、およそ三階の高さに値するらしい。人間が飛び降りたら、死にはしなくても骨折くらいするはず。いくら、重量の軽い卵とはいえ、簡単な包装くらいじゃ、まちがいなく割れる。接着剤もテープも使わずに作るなんて、絶対無理。

〝できる限りの衝撃を減らす〟〝空気抵抗を増やす〟〝A2ケント紙（420×594）を無駄なく使う〟

この三点が大きな鍵を握るだろうということはわかっても、それから一向に進展しなかった。

〝落下速度を遅くする〟〝力の分散〟さらに、言葉を書き足す。万有引力については、確か物理の授業で習うはず。でも、残念ながら物理の授業は取ってない。仮に取っていたとしても、あたしに解ける問題じゃない。

学校に着くなり、恵くんに声をかけた。

「あのね、ちょっと相談があるんだけど――」

父から出された課題を話した。

「へー。面白そう。それ、オレも手伝っていい？」

「じゃ、さっそく今日の放課後作ってみよう」

「うん。ありがとう」

＊

誰もいない放課後の教室に恵くんと二人きりでいることが不思議だった。隣り合わせに座り、ノートを広げ、手持ち無沙汰なあたしはシャープペンシルを何度もノックする。ちらちらと恵くんの横顔を覗《のぞ》きながら幸せを噛《か》み締めていた。刻々と沈んでいく夕日が、あたしたちの影を消していく。時間が止まればいいと、これほど願ったことはない。

「これ、製図してみたんだけど」

数学の展開図よりも複雑な図面が、ノートにいくつも描かれていた。数式みたいなものも、横に走り書きされている。

「これって、なんの式？　計算で導き出せるものなの？」

「こっちの左辺の〝物体の質量〟ってのが、卵の質量のこと。まあ、一個六十グラムと仮定する。で、これに〝速度の変化量〟を掛けてやる。それから、右辺が力積。つまり、〝力〟×〝力を及ぼす時間〟」

わかり易《やす》く説明してくれているはずなのに、さっぱり内容が入ってこない。

「速度については、プロテクターの作り方を工夫することで、小さくできると思うんだ」

プラモデルの設計図に悪戦苦闘する少年のように声をはずませていう。楽しそうな表情を見て、思わず嬉しくなった。

「速度を小さくするって、どういうこと？」

「要するに、ゆっくり落とすってこと」

「うん」方法は依然わからなかったけれど、とりあえずうなずく。

「で、ゆっくり落とすためには、どういうプロテクターがいいか、ってのを考えないといけないんだけど」

「うん」

「なにか、アイディアある？」と、恵くんが顔を近づけて訊いてくる。胸の高鳴りが止まらない。なにかいわなければ、と気持ちがはやる。

「あ、パラシュートみたいなやつは？　キノコみたいな形の傘作ってさ」

もの凄《すご》いアイディアだといわんばかりに声をはずませた。

「それはオレも一番に考えた。ガキのころ、傘持ってアニメみたいに飛べたらいいなって思ったりしたろ？　でも、実際ふわっとも浮かばない」

「それは、飛ぶ距離が短いのが原因じゃない？　でも、今回は八メートルから落とすんだし、卵だし、なんとかなるんじゃない？」

「んー。いや、パラシュートって意外と着地したとき足に負担が掛かるって知ってる？　確かに傘をつけると空気抵抗はやわらぐけど、かなり補強してやらないとつぶれると思う」

「じゃ、余った紙をぐるぐるに巻けば？」

「それぐらいじゃ、簡単につぶれる。つーか、テープも使わずにぐるぐるに巻いて固定するのは無理だな」

「じゃ、パラグライダーは？」

「グライダー式は、まず、落とすという行為に反している気がする。それに、前に進むスピードが加わるから、ちょっと厳しいかも」

「んー。テープが使えたら、全然ちがうんだけどな。強度も上がるし。じゃ、こっそりテープを貼るとか。お父さんには見えないようにして」

「正々堂々戦わないと！」

きっぱりいわれてしまった。

「とにかく今日中に形にしよ。時間ないし」

恵くんの考えてくれた図面をしばらく眺めていると、ノートの左端に鉛筆で×印をつけたものが目に入った。

「ねえ、これって、なに？」

よく見ると、それは桜の木のイラストで、花びらが舞い落ちる瞬間が描かれていた。

「ああ、これはただの落書き。ゆっくりと落ちるものを連想して、なんとなく描いただけ。頭の中のイメージを掘るときにする作業。掘って掘って掘りまくると、意外にアイディアが出てきたりするんだ。予備校で習った」

頭の中で、恵くんの描いた桜がパラパラ漫画のようにつながり、いつしか映像となって現れた。

「あ、そうか。ひらひら落とせばいいってことだよね？　桜の花びらとか螺旋《らせん》を描くように落ちるじゃん。そんな感じのプロテクターって、作れないかな」

恵くんは、くるくると回していたシャーペンを止め、しばらく考えこむとノートになにやら描き出した。

「まず、大きめの円柱形を作って、その中に衝撃をやわらげるもう一つの筒を上部に取り付ける。卵はその筒の中に入れてやる。で、この円柱形の下に、四角いお皿を敷いて。四隅に線を入れて、器みたいに。これが羽根の代わりとなって空気抵抗をやわらげるんじゃないかな。一番下を皿にしとけば、そこで衝撃も吸収してくれると思うんだ」

恵くんが一気に説明した。アイディアがあふれる瞬間を共有できるのはとても楽しい。

「なんか、よさそうだね」

「あとは、卵を固定する方法なんだけど」恵くんが、うーんと首を捻《ひね》る。

「それなら、いっぱい折り目をつけて多角柱を作って卵を巻いてあげたらいいんじゃないかな。ほら、電球を巻いたダンボール紙みたいな感じで」

「イケるかも」

そういうと、恵くんは、ケント紙を無駄なく使えるように製図してくれた。接着剤もテープも使わずに組み立てられる、A2ケント紙ぎりぎりの配置で完璧だった。きっと、大丈夫と恵くんが背中を押す。

近距離で目が合い、ドキドキのマックスを迎える。一瞬、目を閉じてみたけれど、恵くんの唇が触れるなんて、そんな映画みたいな展開はあたしの人生には起こらない。

気を取り直して、急いで家に帰り制作に取りかかった。

――そして、決戦の日。

学校が終わると、そっこーで家に帰った。

着替えを済ませ、プロテクターを持ち、台所に入ると、母が流しの前でこんこんこんっとリズミカルな音を鳴らしているのが聞こえた。

「じゃ、行こうか」

父に促されて外へ出ると、玄関前にフォークリフトが置いてあった。

「最大揚高は、六メートルだ。足下のコンテナが約十四センチ。これに乗って、頭上から落とせ。めぐの身長を足せば約八メートルになるはずだ。いいか？」

父は、いつになく真剣な表情だった。高い所に恐怖心はないけれど、フォークリフトのツメの上に乗せられるのはちょっと怖い。そーっと、コンテナの真ん中へ乗り、しゃがんだ。

父の操縦により、ゆっくり、上昇していく。想像よりも高く感じた。足元に気をつけながら、立ち上がった。更に高さを感じて恐怖が襲う。

〝卵を割らなければ、オムレツは作れない〟

ドイツの軍人、ヘルマン・ゲーリングの格言だ。映画『オール・ザ・キングスメン』の中にも引用された。

何事も行動を起こさなければ前には進めないという意味と、自分の殻を割る行為でしか得られないなにかがあるという意味がこめられた、勇気を与えてくれる言葉だ。

だけど、と思った。

〝卵を割ってしまえば、あたしの夢は叶わない〟 ｂｙ清川愛心の底から、願っていた。割れるな、割れるな。

深呼吸をする。頭上にプロテクターを上げ、手を離した。

桜の花びらが舞うようには見えなかったけれど、くるくると螺旋を描いてふぁさりと落ちた。

父がフォークリフトから降りて、卵を確認している。

「お父さん、どう？　卵は？」

固唾を呑《の》んで答えを待つ。

父は、小さくうなずいて卵を頭上に掲げた。

「やったー」大声を上げると、バランスを崩して、コンテナがガタっとゆれた。

フォークリフトのうぃーんという耳障りな音と共に、ゆっくりと降りて卵を自分の手に取って確かめる。プロテクターの下部が拉《ひしゃ》げていたが卵は無事だ。ホームラン・ボールをキャッチした少年のように興奮しながら、卵を持って台所へ向かった。

「お母さん。卵、割れなかったよ。成功だよ、成功」

「良かったー。それ、ちょうだい」

すると母は、受け取った卵をスプーンの柄《え》でたたき、小さな穴を穿《うが》ち、中身をボウルに出した。

空になった卵殻を水で洗い、流しの前に置いた。大量の卵殻が流しの前に並んでいる。母はまた、新しいなにかを作りだそうと目論《もくろ》んでいる。その姿を、今なら少し応援してもいいと思った。

＊

ようやく覚悟をもって前に進むことを決めた翌日、鷹宮先生は交通事故で帰らぬ人となった。あたしは、先生からもっといろんなことを教わりたかったのに。

高校三年生、片思い、受験。目まぐるしく時間だけが過ぎていく——。

そして、文化祭の季節が訪れた。

高校生活最後のイベントということもあり、いつになくクラス内は活気にあふれている。黙々と看板の色塗りをするあたしの耳元で、恵くんが囁いた。

「オレ、抜けるけど、一時間後に昇降口で待っててくれない？」

ドキッとした。もしかして、なんて淡い思いがよぎる。

一時間後に現れた恵くんは、石膏像を抱えて笑っていた。

「ちょっと、つきあって」

〝つきあって〟という言葉を何度も反芻《はんすう》させる。

「これ、返しに行こうと思う。美術道具室までいいかな」

やっぱりちがう意味だよね、なんてがっかりしつつも無言でうなずいた。

隣に並び、美術道具室へ続く階段を上る。美術道具室はなんだか気味悪くて苦手。でも、薄暗い部屋で二人きりになる瞬間を想像すると、つい笑みが漏れた。

「もしかして、いつ返そうかってタイミング見計らってた？」

「うん。この時期なら石膏像抱えててもあんまり怪しまれないかなって」

「そうだね」

美術道具室の前で深呼吸をし、扉を開けた。恵くんが石膏像を棚に載せると、任務完了という感じで微笑《ほほえ》んだ。急に胸の鼓動が速くなるのを感じ、言葉を探したが見つからない。

「ねえ、あそこ覗いたことある？」

奥にある鷹宮先生が生前使っていたアトリエを指さした。

「いや。鍵かかってるだろ」

「開けてみようよ」

「覗いたら後悔するって、噂あるじゃん」

珍しくノリの悪い恵くんにがっかりしつつも、わたしの好奇心は歩みを止めない。

「大丈夫だよ」

いった手前、ここで引き下がるのはちょっと恥ずかしい。ずんずんと奥へ進み、アトリエの前に立った。

あたしは、舞い上がっていたんだと思う。恵くんと、二人きりでいるこの瞬間に。大げさなことをいえば、卒業する前になにか思い出を作ろうと必死だった。単に、恵くんと秘密を共有したいという欲求に駆られたのだ。

扉の持ち手に指をかけたが、硬くて全然開かない。たたいたり蹴ったりしてみたけど、ダメだ。

やっぱり、鍵がかかっているのだろうか。

「貸して」恵くんが、真顔でいった。

持ち手を揺らすようにしてわずかな隙間をつくると、勢いよく上履きのつま先を突っ込んで少しずつズラしていく。もしかしたら、恵くんは前にもこの扉を開けたことがあるのではないかと思うほど上手に開けた。

つい、見とれていると、ものすごい悪臭が漏れ出てきて、思わず鼻を塞いだ。もわんとした爛《ただ》れた空気があたしの顔の膜を覆う。小さな粒子が目に染みて、痛い。

細めた目の先に、絵の具や筆が散乱しているのが見えた。重ねられたキャンバスは埃《ほこり》をかぶっている。それは、先生の死後、この部屋が開かずの間だったことを物語っていた。なにがどう混じり合えば、こんな匂いが出来上がるのかあたしには皆目見当がつかなかった。

恵くんは、微動だにせずアトリエの中央に置かれた一枚の絵を見つめていた。その視線の先に自分の視線を重ね合わせた瞬間、不思議な感覚に襲われた。まるで、あたしはそこに存在していないような寂しさを感じた。微笑をたたえた女の人の絵は、文句なく美しくて、鷹宮先生のイメージにぴったりだった。ああ、やっぱりこういう優しい絵を描く人だったんだって。

「ねえ、この女の人、あの人に似てない？　栗咲栞さん」

「全然、似てねーよ」

恵くんは、ぶっきらぼうにいい捨てた。なんで、そんなふうにはっきり似てないといいきれてしまうのか不思議だった。ふつう、知らないとか、わからないって答えそうなものなのに。だけど、あたしはそれ以上なにもいえなかった。いえるような雰囲気じゃないことに気づいて、この扉を開けてしまったことを後悔した。

その日の帰り、家の近くで「シケ子」と呼ばれて振り返ると、見覚えのある丸坊主頭の男子が立っていた。

「よっ、久しぶり」

「野球、続けてるんだね」

「おう。まだあきらめてねーからな」

「確率は、どう？　上がった？」

「今日、ドラフト会議なんだ」

「マジ？　選ばれんの？」

「なわけねーだろ。絶対にないとはわかっていても、もしかしたらって期待してしまうもんなんだよ」

あたしには、ドラフト会議の仕組みがよくわからず、なんといえばいいか困っていると、彼は、じゃあまたなと手を高く上げて去って行った。

起これ奇跡！　その背中を見送りながら祈った。

*

あれからいくつかの季節がすぎ、あたしはそれなりに恋をして、傷ついたり傷つけたりしながら、それでもしぶとく立ち上がってはまた恋ができるくらいたくましくなっていた。制服を脱いだ瞬間、ＪＫという響きが一気に遠くに感じた。もう、あたしは戻れないんだと知って、安堵よりも焦りのほうが勝っていた。ＪＫというブランドに一番執着していたのは、もしかしたらあたしたち自身だったのかもしれない。

さっき、ニュースでＪＫリフレのなんとかという店が摘発されたといっていた。顔にモザイクをかけられてインタビューに答えていた彼女たちにあたしがいえることなんてなにもない。ただ、一つでも信じられるものがあれば少しは救われるのかなとも思う。だけど、なかなかそれが見つからないから難しい。

そんなあたしも、まだ夢の実現には至っていない。こないだ、仲間内で撮った短編映画で小さな賞をもらった。映画が完成したことよりも仲間ができたことが嬉しかった。

郵便受けの中のものを取り出すと、あたし宛のハガキが一枚紛れていた。恵くんからのかなり遅めの年賀状だった。どうやら、結婚したらしい。奥さんの名前を見て、思わず笑みが漏れた。

良かったね、メグミじゃなくて。

第三章

恵

もう限界かもしれない。

＊

昨日、コンビニで買った桃の缶チューハイとアタリメの食べ残しが強烈な匂いを放っている。桃の甘ったるい匂いと、イカ独特の臭みが混じり鼻孔を刺激する。あの人を忘れないための儀式みたいに、また同じ朝を迎える。

スマホで時間を確認すると正午近かった。

ああ、もったいない。時間だけが無駄にすぎていく。だけど、オレにはなにもすることがない。なにも予定がないのだから、しょうがない。

「しょうがない」

小さいころからずっと付き纏《まと》って離れないこの言葉を、オレは一日に何度も唱える。言葉が空気に触れたとたん、なんだかいつも虚《むな》しい気分になった。そして、一つずつなにかをあきらめていく。

キャラメル箱を真横に倒したような黄土色の二階建てアパートの角部屋がオレの住処《すみか》だ。外は明るいのに部屋の中は薄暗く、しんとしていて、空気がよどんで息苦しい。窓を開けると冷たい風が一気に吹き込んできた。ゆっくりと深呼吸をして、新しい空気を体の中に取り込んだ。灰皿を引き寄せ、一番長い吸い殻を摘んで灰を指ではらい、口に咥《くわ》えて火をつけた。ふーっと、長めに息を吐いて煙を見つめる。ああ、と呻《うめ》いて慌てて火を消した。タバコなんて、喫わなかったのに。ヤバい。完全に朽ちかけている。人って、こんなに変わってしまうものだろうか。

高校を卒業してもう二年になる。本来なら、来月から大学三年生になっているころだ。テレビをつけると桜の開花予想が発表されていた。いつになったら、オレのサクラは咲くのだろうか。

念願の藝大現役合格にかすりもしなかったオレは、その瞬間も「しょうがない」と呟《つぶや》いた。原因を辿《たど》れば腐るほどある。己以外のなにかに責任をなすりつけることで自分自身を守ろうとしてきた。その結果がこれだ。

最初の受験に失敗したオレに、母ちゃんは「もう一年がんばれば？」といってくれた。お金の心配はいらないから、受験に専念したらいいとまでいってくれたが、オレはそれを断った。まるで、その言葉を用意していたかのような態度がオレを苛立《いらだ》たせた。父ちゃんは、オレが中学一年のころ、外に女を作って出て行った。それから、女手一つでオレと姉ちゃんを育ててきた母ちゃんに、迷惑はかけられないと思い、家を出た。有言実行できなかった自分が悪いと戒めるために。

だが、一人暮らしをしながら予備校へ通い、生活費を捻出するのは想像以上に厳しくつらい日々だった。予備校へ通える日は徐々に減っていき、当然、二度目の受験も失敗した。そして、三度目もダメだった。先日発表されたばかりだ。

それでも、実家には帰りづらくてそのまま一人暮らしを続けている。最初は、日当のいい解体作業などをやっていたが、一度手をケガすると、二日も三日も筆が持てなくなってしまうことがあり、すぐにやめた。その後も、いろいろとやってはみたが、どれも続かず、夢を追う気力も体力もフェードアウトしていった。無限の可能性と先の見えない不安はいつだって背中合わせだ。オレは、いったいどこに向かえばいいのだろう。

重たい体を起こして、身支度をする。洗面所で顔を洗い、のろのろと時間をかけて髪の毛をセットした。ここ最近、バイトの予定は入れていない。財布とスマホだけをズボンの後ろポケットに突っ込んで玄関を開けると、隣に住む大学生も同じタイミングで出てきた。金髪というより白髪に近い髪の毛は、とろろ昆布のように縮れた状態になっている。去年の春に越してきたから、浪人していなければ一つ年下ということになる。

会釈をすると、大学生もぺこっと頭を下げた。バンドをやっているらしく、毎晩、彼がギターの練習をしていることには目をつぶっている。うるさいというほどではないが、「練習させてもらってます。ご迷惑ではありませんか」とひとこといってくれればオレも「がんばれよ」といってあげられるのに。

よし、今日こそいってやろう。気の利いた言葉をかけてやろう。夢を追いかける若者は応援するべきだと、ずんと一歩前に出て仁王立ちする形をとった。

「ま、毎晩遅くまで精が出るな。うちは、気にせずやってくれて構わないから」

急に大声を出したせいで、少し裏返ってしまった。大学生はじーっとオレの顔を見て、嚙《か》んでいたガムを上あごの裏に張りつけ、舌でカンカンと鳴らすと「はあ?」と凄《すご》みのある目つきで睨《にら》んできた。ああ、なんでこうなるんだろう。声なんてかけなければよかった。ついてない。でも、まあ、しょうがない。

——しょうがない。

最初にこの言葉をオレに教えたのは、姉ちゃんだ。姉ちゃんの持っているキラキラしたファンシーな箱とか、ラムネのおまけについているピカピカしたアクセサリーとか、ピアノの発表会で着たヒラヒラした花柄のドレスにオレは心を奪われた。オレがそれらを欲しがると、姉ちゃんはいつもいった。

「しょうがないでしょ。あんたは男の子なんだから」

オレ——恵雄介《めぐみゆうすけ》——には同い年だけど、双子でも義理でもないちゃんと血のつながった姉ちゃんがいる。四月二日生まれの姉ちゃんと、それから三百六十四日後の四月一日生まれのオレは、運とタイミングの悪さで同じ学年になってしまった。年子でさえ恥ずかしいという人もいるが、じゃあオレと姉ちゃんのパターンはなんなんだ？　双子とか連れ子とか呼び方があればまだいい。オレたちは、ただの姉弟《きょうだい》なのに、生まれたときからなんとなく肩身が狭い。母ちゃんを責めると、だって生まれてきたんだからしょうがないじゃない、と笑った。

どんなにがんばっても姉ちゃんに勝てるものは一つもなかった。一年というハンデの重みをオレは生まれながらにして背負わされていた。身長だってかけっこだって九九だって一輪車だって、いつも姉ちゃんはオレの一歩も二歩も先で余裕な顔して立っていた。ほら、早くここまでおいでよ、と。

だってオレは……。

しょうがない、しょうがない、しょうがない。

＊

夏になった。隣の大学生の部屋からギターの音が消えた。代わりに、女の喘《あえ》ぎ声が毎夜聞こえるようになった。恋人ができたらしい。オレは相変わらずクソみたいな生活の繰り返しで、すでに浪人生という肩書きさえ失いかけていた。ここ最近、生きているだけでやっとという日々が続いている。

近所のコンビニでバイト情報誌を立ち読みしていると、ボーダーのモコモコしたセットアップを着た女がオレの隣に立った。女が、あ、と大きな声を出したので顔を向けると、さらに声をはずませて叫んだ。

「やっぱり、ユウくんだー」

フードを取ると、艶のあるピンクブラウンのボブが現れた。彼女を認識するまでに時間がかかった。

「おう、久しぶり」

名前が思い出せず、ごまかすように「なにやってんの？」と言葉を足す。それを察したのか、「ショウだよ！」と彼女が頬を膨らませた。小、中学の同級生の小田翔子《おだしょうこ》だった。きゅっきゅっとクロックスもどきのサンダルを鳴らし、少しだけ距離をつめながら話を続ける。相変わらず、背が低くてちんちくりんだなと思った。「前に倣え」と号令がかかり、腰に両手をやる姿が思い出された。

出会ったときにはすでにみんなからショウと呼ばれていた。小柄だからショウなのか、小田の小の字を音読みしてショウなのか、単に翔子を略してショウなのか、今となっては確かめようがない。考えてもしかたがないし、どうでもいいことなので勝手に翔子のショウでいいかと納得した。

「ユウくんって、今、大学生？」

「いや。浪人生……だった」

「なにそれー。ウケるー。あたし、ショップの店員やってんだー。もしかして、おうちこのへん？

あたし、最近引っ越してきたの」

「へー。オレはそこのボロアパート」

「どこ？」

「ああ、ここからだとちょっと見えないかも。あの新しいマンションの裏手にあるんだけど」

「あ、あたしそのマンションに越してきたんだ」

「えっ、あそこ家賃高くね？」

「そうなの？　彼氏ん家だから家賃がいくらかとかは知らないんだ」

オレが、首を大げさに伸ばしてカゴの中を覗《のぞ》く仕草をすると「あたし、きのこよりたけのこ派ー」といいながら、翔はレジに並んだ。他に、ライムとレモン風味の炭酸水とハーゲンダッツの抹茶とZipperがカゴに入っていた。

翔はニコニコと楽しげに彼氏の愚痴（最終的にはのろけに変えて）を散々しゃべり「あ、アイス溶けちゃう」と帰って行った。

それから、彼氏といるときにも何度か遭遇したが、会釈をする程度でとくに会話はなかった。かなり年上の男とつきあっているようだ。

ついに食うものがなくなり、「完全日払い／履歴書不要／作業は決まった場所までひたすら資材を運ぶだけ」という理屈は考えるな、体を動かせ系のバイトを始めた。ここに自分の存在価値を見いだそうとする人間は誰もいない。オレはちがう。おまえたちとはちがう、と腹の中で毒づくのが精一杯の抵抗だった。

帰りに立ち寄ったいつものコンビニで翔を見かけた。イートインスペースでフライドポテトを摘《つま》みながら雑誌を読んでいる。

「おつかれ。今日は、一人？」

「うん」

「雨が降るらしいから、早く帰ったほうがいいぞ」

聞こえなかったのか、翔は雑誌をめくりながらむつかしい顔をしてオレの顔を覗き込んだ。

「ねえ、クーラーの温度って何度に設定してる？」

「うち、エアコンついてねーから、扇風機のみ」

「マジ？」

翔は声をはずませながら目を見開いた。瞳より数ミリデカいブルーのカラコンがブライス人形みたいだ。

「あのね、あたしと彼、体感温度がちがいすぎるんだよね。ガンガンにクーラーが効いてないとダメなんだって。あたし冷え性だからさー」

そこまで話されて、これは長くなると思ったので一旦打ち切って桃の缶チューハイとアタリメを買って翔の目の前に座った。

「飲む?」

「あ、あたしお酒ダメなんだ」

と顔をしかめたので、あっそといってプルタブを引き、ぐびぐびと喉を鳴らした。化学的に調合された独特の苦みと強い桃の香りが癖になる。

「でも、なんかそれおいしそうだから一口もらっていい?」

翔は缶を奪うと一口だけ飲んでテーブルに置いた。

「で、まだ帰んないの?」

「んー。でも、帰ったらしないといけないし、そしたら寒いし……」

黙って愚痴を聞きながら、翔のポテトを一つ摘んで口に放り、桃の缶チューハイを流し込んだ。

「てかさ、なんでユウくんは成人式出なかったの?」

「いや、なんとなく」

センター試験前でそれどころじゃなかったのだ。結局ダメだったが。翔は、ユウくんのスーツ姿見たかったな、などと呟きながら、オレから缶を横取りすると一口だけまた飲んだ。

「二次会だけでも来ればよかったのに。美佐子《みさこ》ちゃんもしばらく会ってないって、心配してたよ」

美佐子ちゃんとは、姉ちゃんのことだ。

「あー、そういや姉ちゃんから写メ送られてきた。ほとんど誰かわかんなかったけど。女って、変わるよな」

「男も変わるよ。鈴木《すずき》とか別人だったし。覚えてる? 鈴木武史《たけし》。なんか、めっちゃザイル系になってた。ヒゲとか生やしててさ」

——武史。久しぶりにその名前を聞いて、苦い記憶が一瞬よみがえった。

「あいつが登校拒否になったのって、やっぱあたしたちのせいだよね」

翔が、過去を穿《ほじく》り返そうとしてくるので話題を変えた。

「彼氏さん、なんの仕事してる人？　いつも、高そうなスーツ着てるっしょ」

「んー。だねー。広告の営業だって」

「どうやって知り合ったの？」

「えーとね、あたしちょっと前までキャバクラでバイトしてたんだ。そのとき、まとまったお金がほしくて。あ、でも借金とかそんなんじゃないんだけど。彼氏は、そのときのお客さん」

ありがちだな、とは思ったがなにもいわなかった。オレが、へーとか疲れたーとか帰りたいオーラを出しながら背伸びをすると、察してくれたのか翔が急に立ち上がった。二口しか飲んでいないのに、頬がほんのり桃色に染まっていた。

「おうち、見に行ってもいい？　帰るついでに」

「まあ、別にいいけど」

アパートの前までで帰るかと思ったら中も見ていきたいというので、とりあえず部屋に入れた。電気をつけ、急いで万年床となった布団を半分に折ってスペースを広くした。翔は、おもむろに扇風機の前に座り込み、あーこのくらいがちょうどいいと宇宙人のように声をふるわせた。

「その絵の人って、もしかしてユウくんの彼女？」翔は、部屋の隅に立てかけてある五十号のキャンバスを指しながら訊《き》いてきた。

「いや、ちがう」

「そういや、昔から絵上手だったよね」

「オレが描いたもんじゃねーし」

「誰が描いたの？」

「高校の美術の先生」

「なんでここにあるの？」

「その先生死んだんだ」

翔は、ひとこと「そう」とだけ呟いてしばらく絵を眺めていた。帰んなくていいの？ と訊くと、んーとかもうすぐとかいいながら畳の上に寝転がった。彼氏が待ってるぞ、と促すと翔がオレの首に手を回してきた。顔を引き寄せられてキスされて、そのまま舌を入れてきたので従うようにからませた。女の人から迫られるのは初めてのことだった。桃の香りが鼻から抜けていく。

そのとき、オレの脳裏にあの人の顔がチラついた。

――春よ来い　卒業したら　筆下ろし（当時のオレのスローガン）

好きだった一つ上の先輩が高校を卒業するとき、オレはダメ元で頼み込んだ。「一回でいいからヤらせてください」と。すると、あの人は「あんたが無事に卒業したらね」といった。オレはその言葉を信じて、ただただ待った。あの人を想像してはチンコを床に押し付けて自分を慰めた。藝大合格できなかったのは、あの言葉があったからといっても過言ではない。どうして、「無事に合格できたらね」といってくれなかったのだろう。

むいた桃のように白くて瑞々《みずみず》しい肌のあの人は、オレの目の前で他の男にまたがり腰をゆらしていた。オレが覗いているとも知らずに。小振りだけど形のいい乳房、うっすら浮き出たあばら骨、縦長の臍《へそ》、やや茶色がかった陰毛、そのどれも手を伸ばせばすぐそこにあるのに、オレは一度も触れることはできなかった。

卒業式のあと、真っ先に電話をすると、

「あれ？　いわなかったっけ。無事に藝大を卒業したらって」

かわされた。オレはお預けを食らわされた犬のようにシッポを振って、「よし」の声がかかるのを待ち続けた。そして、未《いま》だにそれを待っている。

翔から顔を離し、少しずつ体をずらして起き上がった。タオルケットをかけてやると、静かな寝息を立て始めた。

ふと、視線を感じて部屋の隅を見ると絵の中の女の人と目が合った。行き場のない感情が込み上げるのと同時にオレのチンコも勃《た》っていた。女の人と目を合わせたままオレは腹ばいになって自分のチンコを布団に押しつけた。体重をかけて腰を動かすと熱い鼻息が漏れた。溜《た》まっていたものをすべて出し切ったオレは、そのまま眠りに落ちた。

翌朝、目を覚ました翔がオレの顔を見てヤバいという顔をした。スマホには、彼氏からのメールやら着信が鬼のようにきていて、どうしようどうしようといいながらも、適当に嘘《うそ》のいいわけをラインで送信してオレの頬にキスをした。

「あたし、ずっとユウくんのこと好きだったんだよ」

突然の告白だったが、思い当たる節はいくつかあった。

好きな女子にフラれて落ち込んでいると、真っ先に飛んできて肩をたたいてくれたし、テストの点数が悪いときは次があるよと背中を押してくれた。「がんばってね」翔は慰めるときも励ますときもいつもこの言葉を添えた。まったく、同じトーンで。

小学生のころ、翔に一番好きな食べ物はなにかと訊かれ、メロンパンだと答えたことがある。それを覚えていたのかは不明だが、翔は小学校の卒業文集に「世界一のパン職人になる」という内容の作文を書いていた。

別々の高校に進学してからは顔を合わせることはなくなった。たしか、オレが通っていた予備校の近くのパン屋でアルバイトをしていると姉ちゃんがいっていた。働く時間帯とオレが行く時間が合わなかったのか、その店で翔を見かけたことはない。外観は、ごくふつうの街のパン屋といった感じでとくに有名店とかではなかったが、デッサン専用の食パンを買いにたまに寄った。翔が本気でパン職人を目指していたかどうかは別として、真面目《まじめ》に働いていただろうということは想像がつく。余ったパンはすべて家に持ち帰っていいと店長にいわれ、毎日大量のパンを持ち帰り食べ続けていたせいで激太りしたという噂《うわさ》が流れていた。帰りしなに、ホームレスや部活帰りの高校生に余り物のパンを配るとものすごく喜ばれたらしい。ところが、ある日バイト仲間にそのことがバレて「あんた、うちの廃棄のパンを駅で売りさばいてるらしいね」と詰め寄られた。どんなにちがうと弁解しても信じてもらえず、それ以降バイトに行きづらくなって辞めてしまったという。

なんかついてない、そこがオレと少し似ている気がして憎めない。

＊

翔は、オレの家にときどきやってきては扇風機の前に座りこみ、気づけば体感温度のちがう高収入の彼氏とも別れ、いつのまにか家賃五分の一のボロアパートに住みつくようになった。つきあおうとか好きだなんていったことはまだないが、そんなことわざわざいう必要もないだろうと思っている。それに、いちいち「あたしたちってどういう関係？」なんて訊いてこられてもうまく答えられない。そして、翔に内緒でオレはあることを続けている。

この部屋に遊びにくるようになって一ヶ月ほどしたころだったと思う。性欲に勝てず、オレはついに翔に手を出してしまった。

手順は、頭に入っていた。ブラのホックを外す方法だって、ズボンとトランクスと靴下を同時に脱ぐ技だって。財布からお守り代わりに入れていたコンドームをすっと抜き取ると、体勢を整えた。オレに失うものなんてなにもないんだ。捨てられる物ならさっさと捨て去ってしまいたい。

さらば、童貞。

だが、その数分後オレは自分自身のふがいなさを目の当たりにすることになった。コンドームの袋を糸切り歯で開けるところまではうまくいったのだが、そこで流れが完全に止まってしまった。チンコが勃たなかったのだ。そのことを悟られないように、右手でしごいてなんとか挿入に成功したものの途中で折れてしまった。オレは、冷や汗が止まらないほど焦っていた。咄嗟《とっさ》に思いついたのがイッたふりをして早々に切り上げることだった。なにも放出されず無用となった空のコンドームをティッシュに包んでゴミ箱へ放り投げた。翔がオレの腕にからまり、大好きといっているのがいじらしかった。

次こそは、と意気込んでみたものの挿入すらうまくいかず、イッたふりを演じることさえできなかった。二度も三度も中折れしてしまうオレに、翔は毎回「がんばって」といい続けた。決して怒らず、決して責めず。

翔は自分自身を責めることでオレのプライドを守ろうとした。あたしが悪いんだね、と。オレは焦った。原因を追及するよりも前にこの状況をどうにかしなければいけないと思い、そっこーで精力剤に手を出した。ネットで買うと翔に気づかれてしまう恐れがあるので、三駅先にある精力剤専門の薬局で購入した。恥ずかしさよりも、男としてのプライドを傷つけられるような気がして病院へは行っていない。自分と年齢の変わらない看護師に、まだ若いのに、なんて哀れんでほしくないのだ。

翔には、ただ疲れが溜まっていただけだと弁解し、こっそり精力剤を飲んでセックスを成功させた。今では、精力剤が手放せなくなってしまった。翔はオレが腰を振っているときは、目を開けて気持ち良さそうな顔をして必死に声を出そうとするが、指で突起をいじったり中をかきまわしてやるときはじっと耐えるように目を閉じている。そして、体をよじりながらもっと触ってとせがんでくる。翔が目を閉じてどんなことを想像しているのかはわからないが、本当に気持ちがいいのはあの瞬間だけなんだと思う。翔の体がぴーんと張ってつま先が伸びきるまでオレは指を動かし続けるしかない。だって、オレのチンコではイカせてあげることができないんだから、しょうがない。

決して安くはない精力剤を買うために働いていると思うと自分がひどく滑稽に思えた。毎朝「がんばって」と声をかけてくれる翔に、毎晩「がんばって」といわせるわけにはいかないしいわれたくもない。

薬局のじいさんは、加齢であまり目が開かないのか表情が乏しい。オレの顔が見えているのかも定かではない。そのじいさんに思い切って訊いてみた。

「インポって、どうやったら治りますか？」

返事はなかった。聞こえなかったのだろう。あきらめて出口のほうへ回れ右をすると、咳払《せきばら》いが聞こえた。

「兄ちゃん、自分ではできるのかい？」小さくしゃがれた声だった。

「は？」

「マスターベーションでは射精できるのか、と訊いてるんだが」

「それは、まあふつうに」

「いつも、どんなふうにやってるのかい？」

そこで、いいよどんだ。だが、しょうがないと心の中で呟いて症状をじいさんに話してみることにした。

「手で握ったり、床に押し付けたりです。むしろ、彼女とするよりはそっちのほうが気持ちいいです。精力剤飲むと、一応最後まで持つことは持つんですけど、気持ちいいとかはないです。体は火照《ほ》《て》ってるけど、頭が冷めてしまっていて。とりあえず、彼女を満足させてあげないといけないなってそっちばかりに意識が集中して……」

急に恥ずかしくなって、それ以上話すのをやめた。

やつだな」

「兄ちゃんみたいなやつ、最近増えてるんだ。インポテンツとは少しちがう。膣《ちつ》内射精障害というやつだな」

「は?」

「やりすぎたな」

「それってどういう?」

初めて聞く症状だった。

「生身の女じゃ感じない、射精できないという症状だ。主に、若いうちから変なマスターベーションをやりすぎたことが原因といわれている。床や壁に擦《こす》り付ける強い刺激に慣れてしまったため、女性の膣ではもの足りない体質になってしまったんだな」

「治るんですか?」

「時間はかかるけど、治らないわけではない」

「どうすればいいんですか?」

「手っ取り早いのは、今までのマスターベーションをやめることだな」

藝大に落ちたときと同じくらいの衝撃で目の前が真っ暗になった。やめろといわれてやめられる男がいるのか? 翔には悪いが、一人でするときはいつもちがう女を想像してしまう。

あの人だ。オレの憧れの人、琹さん。

＊

街中の樹々《きぎ》たちが色づき始めた。季節は秋を迎えていた。

いい加減掃除をしないと寝るスペースがない。日に日にゴミが増えていく。隣で寝ていたはずの翔の姿はすでになく、冷蔵庫にいつものメモが貼ってあった。

「がんばってね」

昨日も一昨日もその前も翔はこの言葉を残して出て行った。なにをがんばればいいんだよと呟いて、布団に顔をうずめて絶叫する。翔は気づいていない。がんばってね、という言葉がどれほど残酷かを。投げっぱなしにされたその言葉はオレの体を貫通して空中に漂う。

丸一日、図書館で過ごした。ＤＶＤを見たり、インターネットをしたり、時間はあっという間に過ぎていく。アパートの階段を上ると、翔の鼻歌が廊下まで漏れ聞こえてきた。鍵はやはり開いていた。危ないからちゃんと閉めろと何度もいうが、一向に直らない。そのときも、しょうがないとオレはあきらめた。

「ねえユウくん、これ見て」

翔が駆け寄り、閉じていた両手を開くと中から卵が出てきた。ごくふつうの白い殻に包まれた卵だ。なにか、仕掛けでもあるのだろうか。

「ただの卵、だよな？」

「えー、知らないの。今、話題のキヨタマだよ」

「なにそれ？」

流しの下に置いてあった紙袋から和紙でできたパックを取り出し、ほら、と差し出して微笑《ほほえ》んだ。六個入りのパックに白い卵が並んでいた。

「中にフランが入ってるんだよ」

嬉《うれ》しそうに上気させた顔が子供っぽかった。

「ふらんって、なに？」

「ええとね、タルト生地にカスタードクリームを入れて焼いたパイだって。むいて食べてみて」

翔は、パッケージの裏に書いてある説明書を読むと、嬉しそうに目を細めてオレの腕にからみついた。こんこんと、机の角に打ち付けてむくとつるりとした黄色の塊が出てきた。食べると、ただのエッグタルトだった。一口食べて、残りを翔の口に放りこんだ。

「これってさ、どうやって作るんだろ？」

オレが紙パックから卵を取り、蛍光灯の光に当てながらいうと、翔がそれを横取りして底に貼ってあるシールを見つめて、ふむふむとうなずいた。

「たぶん、穴開けていったん卵を空の状態にして、パイシート入れて卵液を流し込むんだよ。あとは蒸し焼きにして、穴をシールでかくせばいいんだと思う」

パン屋で学んだ知識なのか、翔が自慢げに説明した。

そのとき、パックの底に付いていた小さな紙がはらりと床に落ちた。

『エッグドロップをやってみよう』

そこには、〝懐かしい課題〟がイラスト入りで書かれていた。

――生卵を約八メートルから落下させ、割らずに着地させるためのパッケージを考えてみよう。条件は、A2ケント紙一枚のみで作る。接着剤、テープなどを一切使わない。

もしかして、と思って販売元の名前と住所を確認すると、見覚えのある住所の横に「清川フーズ」と書かれていた。高校のクラスメイトの清川愛の鋭いまなざしや黒くて艶やかな直毛を思い出した。

清川愛は、毎年律儀に年賀状を送ってくれる。オレは一度も送ったことがないのだが、彼女の年賀状にはいつもゆるぎない夢への情熱があふれていた。二人で夢を語り合い、腱鞘炎《けんしょうえん》になるまでデッサンを描いた日々が懐かしい。

「あのさ、オレ、来年も藝大受験しようと思っててさ」

「がんばってね」

翔はいつもと同じトーンでいうと、流しに戻って作りかけの野菜炒めを完成させ、皿に盛った。そして、冷蔵庫から二個の生卵を持ってきてテーブルに置いた。オレがご飯をよそっているあいだに、翔が麦茶を注ぐ。いただきます、と手を合わせると、

「卵、あたしに割らせて」

ニコニコと頬をゆらしながらオレが割ろうとした卵を横取りした。翔は、卵の尖《とが》ったほうをスプーンの柄で突き、割れた小さな欠片《かけら》を毟《むし》るように取りはじめた。逆さにし、穿った穴から箸を差し込んでかきまわすと、とろとろと黄色い液状のものが滴り落ちてきた。

「これ、どうするつもり?」

「卵の殻でなにか作ってみようかと思って」

「なにかってなに？」

「ないしょー」

野菜炒めの人参《にんじん》は火が通ってなくて硬く、もやしは生臭くて食べられたもんじゃなかった。取り出された生卵は混ぜる前からぐちゃぐちゃで、殻の破片が浮いていた。それを箸の先で取り除き、ご飯の上にかけてTKGを作る。全部取り除いたと思っていたが、口に含んだ瞬間じゃりっと音がしたので、嚙まずに流し込むように食べた。まあ、しょうがない。

翔が風呂に入っているすきに精力剤を飲んだ。

そこへ、翔が真っ裸で風呂場から出てきた。背が低くて肉感的な体の翔をみんなかわいいというけれど、オレはスレンダーで背の高い女の人のほうが好みだ。幼いころからかわいさよりも美しいものに惹《ひ》かれた。

翔が濡《ぬ》れた体のままオレにまたがってキスをしてきた。翔はわかりやすい。したい、という思いを全身でアピールしてくる。薬が効くにはもう少し時間がかかると思ったので、翔の窪《くぼ》んでちょっとつぶれた乳首を口で吸って出してやった。すると、小さな突起が現れる。

「片っぽ十万だって」

翔がぼそっと漏らした。

「なにが？」

「陥没乳首を治す手術」

「手術？　それ、ほっといたらなんか支障あるの？」

「今はないよ。でも、赤ちゃんができたらおっぱい飲ませるとき、困るみたい」

「そんな先のこと考えてもさ……」

赤ちゃんという単語を出されてオレは一瞬怯《ひる》んだ。なにか、試されているのかもしれないと身構えてしまう。

「前、病院行ったことがあるの。そんときは、お金がなかったから診察だけね。手術が失敗したら、授乳できなくなる場合もあるっていわれて怖くなってそれから行ってない」

「もしかして、そのために夜の仕事してたとか？」

「うん」

「マジか。でもさ、手術するほどのことじゃ……」

なんといえばちゃんとフォローしてあげられるのかわからなかった。体の悩みというのは他人にはわかりづらいということをオレは身をもって知っている。

「うん。陥没してるからって、まったく授乳できないってわけじゃないんだよ」

「だったら、しなくてもいいんじゃない？」

「ユウくんは、気にならないの？」

「なにが？」

「あたしのおっぱい」

「いわれるまでなんとも思ってなかったし、たぶんこれからも気にならないと思うけど」

そういって、完全に元に戻った乳首をもう一度吸って出してやると、あ、という声を漏らしてオレのズボンに手をかけた。やばい。まだだ。

「風呂入ってからな」頭を撫でながら微笑んでいう。

優しくするのは、うしろめたさを隠すためだ。

一時間後、オレのチンコがマックスを迎えたとき、翔はすでに眠っていた。翔を起こさないように、壁向きに立てかけている絵をこちらに向け直した。そして、いつものように布団にチンコを押し付けた。最高の瞬間を迎えるそのときまで栞さんを思って腰を動かし続ける。やっぱり、これをやめるなんて無理だと悟った。

そして、オレは「しょうがない」と自分のチンコに向かって呟いた。

＊

翌日、スマホの着信音で目を覚ました。相手は、高校のとき現場のバイトで世話になった五つ上の先輩、黒瀬《くろせ》さんだった。快活な声が寝起きの耳には少々わずらわしい。

「おはようございます。どうしたんすか？」

「お前、最近なにしてんの？　ゲーダイはどうなった？」

男は体動かしてなんぼでしょ、という黒瀬さんに藝大の難しさなんてたぶん一生伝わらないと思う。東大はトーダイ、慶應はケーオー。漢字を当てはめるなんて発想はさらさらない。

「あ、いや、まだです」

「じゃさ、ちょっと仕事手伝えよ。経験者募集してっからさ」

そういわれて、指定された場所に行くと商業施設の建設予定地だった。完成予想図が描かれた看板がデカデカと掲げられていた。

久しぶりに会う黒瀬さんは、昔よりやや日に焼けていて、腕と首が一回り太くなっていた。トレードマークの短髪とモミアゲからつながったラウンド髭《ひげ》は健在だ。煙たそうに喫うタバコと風になびくニッカポッカが日本一似合う男、オレはそう思っている。低くてドスの利いた声でオレの名前を呼んだ。

「おい、雄介」

「久しぶりっす」

「お前、また痩せたな。女みてーにナヨナヨしやがって。今日からびしびししごいてやるからな」

「あ、はい」

と、答えた瞬間、黒瀬さんがオレの金タマをつかんで「まだ、童貞か」と訊いてきた。

「いや、もう捨てましたよ」

「良かったな。じゃ、社長のとこにあいさつに行くからついてこい」

敷地内にある二階建てのプレハブ小屋を目指した。プレハブの前にピカピカに磨き上げられた白のレクサスが駐《と》まっていた。思わず、黒瀬さんよりパンチの利いた怖いオヤジが出てくるのではないかと身構えた。

「社長、今日から即戦力で働けるやつ連れてきました」

黒瀬さんがオレを促す。ずっと下を見ながら歩いていたオレが顔を上げると、奥の椅子に座っていた男が大声でオレの名前を呼んだ。見覚えのない男だった。

「雄介？　俺俺。武史だよ」

一瞬、目の前が真っ暗になった。黒瀬さんが、知り合いか？　と訊《たず》ねてくるが答える余裕はなかった。男は、ずんずんとオレに近づき耳元で囁いた。

「覚えてねーのかよ。お前の初恋って、幼稚園の純子先生だよな？　これ、知ってるの俺と美佐子だけだろ」

「本当に、武史なのか？」

オレが知っている武史とは明らかにちがう。そういえば、前に翔がいっていたことを思い出した。

――鈴木とか別人だったし。

たしかに、別人だ。いつも、シャツのボタンとボタンの間からは肌がちらりと見え、今にもはち切れそうになっていたデブで脂《あぶら》ギッシュのあいつはどこに行った？　内股で常に股擦れを起こして泣いていたあいつはどこへ行った？　目の前の男は、黒ぶちのだてメガネに横分けツーブロックをきめ込み、Vネックのロンに金のネックレス、下は黒のストレートパンツをさらりと着こなし、無駄に白い歯を出して笑っていた。

「雄介、変わってないな」

お前は変わり過ぎだけどな。

「そうかな。つーか、武史が社長なの？」

「おう。中学出て、親父の会社で三年修業して、十九のときに独立したんだ」

「マジか。すげーな」

「とりあえず、よろしく。あとは、黒瀬さんの指示に従って」

「武史、成人式出たんだってな」よく、出られたなと心の奥で毒づく。

「あー、美佐子から聞いたのか。もう、今となっちゃ昔かいた恥なんて小せぇーことだよ。それに、今めちゃくちゃリア充ってやつだから地元のやつらに自慢したくなってさ」

武史は、いきいきとした面持ちで近況を語りだした。オレの意識は、中学時代のことで頭がいっぱいになった。

そこへ、小さな女の子が「パパー」と叫びながら中に入ってきた。その子を武史が慣れた手つきで抱きかかえる。

「まさか、武史の子供?」

「おう。今子供が三人いる」

「すげーな」

脇汗が止まらないほど、なにかに焦っていた。後方から、カツカツとヒールの音がして振り返ると色白でスレンダーな女の人がやってきて、武史から子供を受け取った。少し年上だろうか。色気のある人だった。

「あ、これ嫁」

紹介されて、無言で頭を下げた。武史がオレとの思い出話をおもしろおかしく脚色して話し始めると、場がなごんでいった。

完敗だ。常に自分より下に見てバカにしていた武史に、オレは勝負をせずして負けたのだ。

久しぶりの現場はかなり骨が折れた。みんなが武史を社長と呼ぶたびに背筋がびくっとなった。

黒瀬さんが、お前顔色悪いぞと心配してくれたが、意地と気合いで最後まで働いた。武史がもしよかったら正社員として働かないか、と誘ってきた。オレは、考えておくと答えを保留にして、一日分の給料が入った封筒を武史から受け取った。いつもなら、「これでまた精力剤が買える」と安堵《あんど》するところだが、今日はそう思えなかった。武史からもらった金で精力剤買ってチンコ勃てて、気持ちよくもないセックスをして、自力では女を満足させることさえできないオレの人生って一体なんなんだ。社長という地位、美人の嫁、かわいい子供、何度もオレの頭をぐるぐる駆け巡る。

そして、苦い過去がよみがえってきた。

＊

「俺、美佐子に告ろうと思うんだけど」

小学六年のとき武史がいった。

「はあ？　おまえさー、その三段腹で勝算あると思ってんのかよ」

「じゃ、ダイエットする」

武史は、まるで女の人が好きな男を振り向かせるようなノリでダイエットという言葉をチョイスした。

オレと武史は幼稚園のころからのつきあいで、傍《はた》から見れば親友のような感じだったと思う。実際は、なにをするにもオレが主導権を握り、それに武史が従う構図だった。デブでとろくてバカでなんの取り柄もない武史は、どう見てもイケてなかったしダサかった。そんなやつと親友なんて思われるのが本当は嫌だった。どんなに突き放しても、そんなことはお構いなしに腰巾着のようにオレの後ろをついてまわった。

そして、ダイエットを決意した武史を追い込むことで、不満や苛立ちを快感に変えた。文句一ついわず、オレの指示に従う姿を嘲笑っていた。武史の無邪気さや優しさにオレはつけこんだ。

結局、武史は痩せることはできなかった。そのくせ、姉ちゃんに告白をした。結果は最初から見えていた。痩せようが痩せまいが姉ちゃんが武史なんかを好きになるはずがないことをオレは知っていた。

案の定、武史はふられた。だけど、その理由は武史を傷つけるものではなかった。

「ごめん。あたし、私立の中学に行くから」

なんではっきり、好きじゃないといってくれなかったのだろう。姉ちゃんは、吹奏楽部に力を入れている私立の女子校を受験し見事合格した。そのころは、まだ父ちゃんもいたから経済的にはなんら問題もなかった。姉ちゃんは、先手を打ったのだ。そのまま地元の中学に行けばオレたち姉弟は必要以上にからかわれる、そう思ったのだろう。思春期の偏《かたよ》った性への思い込みほど怖いものはない。

姉ちゃんのおかげで、オレはいじめられるどころかたくさんの友達に囲まれ楽しい中学生活をスタートさせることができた。美術部に入部したことが功を奏したのか、女子グループの中に男一人という状況にもまったく違和感なく溶け込むことができた。そして、そんなオレと仲良くすることで自分も女子とお近づきになれると考えたアホな男子がたくさん寄ってきた。友達には、不自由しなかった。

オレと武史はクラスが離れたこともあり、まったくつるまなくなった。あいつなりに変わろうとしていたのだろう。武史は、イケメン揃《ぞろ》いのバスケット部に入部した。

そして、勘ちがいしはじめた。イケメンたちと毎日汗を流し、同じ目標に向かい、日々を送っているうちに自分を同化させてしまったのだ。まるで、人間に飼われたペットが自分も人間だと思い込むように。校則違反のコンバースのスニーカーとか、ワックスで作った無造作ヘアとか、顔の大きさと不釣り合いな細い眉毛とか、だぼだぼの腰パンとか。すべてが似合っていなかった。

オレは、イライラした。

中学二年のころ、クラスで先生にドッキリを仕掛けるのが流行った。オレが先頭に立ってみんなに指示をした。先生が黒板から振り返った瞬間、全員で一斉に筆箱を落とすとか、「今、ゆれたよね？」と騒いで地震が起きた風に装うとか、くだらないものばかりだったが、なぜかバカウケした。そこで味をしめたオレは、ターゲットを武史にシフトすることを思いついた。

名付けて〝ラブレター大作戦〟。

ほんの軽い気持ちだった。調子に乗るな、という警告のつもりで。

ラブレターは、翔に書いてもらった。差し出し人の名前は書かず、伝えたいことがあるので昼休みに中庭に来てくださいとの旨を書かせ、靴箱に置いた。昼休みになり、オレたちのクラス全員でベランダから中庭を見下ろし、武史が来るか来ないか賭けをした。ポケットに手を突っ込みカッコつけた武史は、前髪をいじったりたまにニヤついたりして中庭の真ん中で来るはずのない相手を待っていた。そわそわとした様子がこちらに伝わってきて、ついにオレは笑いをこらえきれなくなり叫んだ。

「ドッキリ！　大成功」

どっ、と二階のベランダがゆれた。今までにないほどの笑いが起きてオレは満足していた。ふと見下ろすと、武史の肩が震えていることに気づいた。顔を真っ赤にしてそのまま校門の方へ走り去って行った。

そして、武史は翌日から学校に来なくなった。

＊

家に帰ると、翔がはずんだ声で迎えてくれた。

「ユウくん、今日バイト行ったんだね。おつかれー。えらいえらい」

オレの頭を撫《な》でようとしたので咄嗟に手を振り払った。翔が少し戸惑った表情をしたが、なにも弁解はしなかった。

「あのね、今度うちのお店の二号店ができるんだって。そこの店長にならないかって話があってねー」

途中から翔の話は聞いていなかった。コンビニで買った桃の缶チューハイを二本飲み干し、風呂にも入らず布団にもぐり込んだ。しばらくすると、翔が後ろから入ってきてズボンのファスナーに手をかけた。

「やめろよ」

翔がビクッと体を震わせる。

「どうしたの？　ユウくんらしくないよ。バイト先でなんかあったの？　あたしに話して。話したら楽になるっていうじゃん」

翔の優しさは伝わってきたし、ありがたいとも思った。だけど、受け止められる余裕なんてなかった。

「うるせーよ。お前に関係ねーだろ。あっち行けよ」

翔が後ろから抱きついて泣いていた。

「マジうぜー。お前が行かないならオレが出ていく」

勢いよく布団から出ると、立てかけていた絵がパタンと床に倒れた。そのまま、部屋を出ていく。頭を冷やそうと思い、一時間ほどコンビニで時間をつぶした。熱が引いてくると、自分が悪かったのだと気づく。姑息《こそく》だな、と思いながらも翔の好きなハーゲンダッツやたけのこの里をカゴいっぱいに詰め込んだ。自分の分の缶チューハイも一緒に買った。やや軽くなった足で家に戻ると、翔の姿がなかった。翔が、いない。しょうがない。ふざけて呟いてみると、途端に寂しくなった。玄関のドアを開けたところで足が止まる。

オレにそんな資格があるのか？ 追いかけて戻ってこいということのほうが無責任だと思った。買い過ぎたお菓子と缶チューハイを胃袋に流し込む作業をしばらく続けていると、眠りに落ちた。目が覚めて、二度寝しようか起きて仕事に行こうかと考えあぐねていると、無言を貫き通していたスマホがサイレンのごとくやかましい音を鳴らした。音量を最大にしていたのを、つい忘れていた。シャッとスライドさせて相手を確認せずに耳にあてた。

その声は、翔ではなく黒瀬さんだった。

「雄介、お前具合どうだ？ 昨日、相当きつかっただろ」

「あ、はい。でも、なんとか大丈夫です」

「そうか。じゃ、出てこい」

すぐに電話は切られた。よし、と声を出して立ち上がった。理屈は考えるな、体を動かせと自分にいい聞かせてマッハで身支度をした。もうなにも考えないことにした。がむしゃらに体を動かしていると余計なことを考えずにすむ。へとへとになるまで働いて、倒れ込むようにして寝る。そしてまた黒瀬さんにたたき起こされて現場へ向かう日々が二週間ほど続いた。

翔からの連絡はない。オレからもしていない。オレに引き止める権利なんてないんだ。愛想つかされたってしょうがない。しょうがない、しょうがない。

絵の中の女の人は、オレにがんばってなんていってはこない。ただ、黙ってこっちを見ている。その視線がオレに向けられたものじゃないことくらいわかっている。

精神的にも体力的にも限界だった。武史に舐められたくないという意地もしだいになくなり、どうでもいいと開き直った気持ちが芽生える。そして、あいつの顔を見るくらいならもう現場になんか行きたくないと思った。


体は疲れているのに、あれこれと考え過ぎて昨夜は一睡もできなかった。外はまだ暗いが、スマホを見るとすでに七時前だ。もうすぐ黒瀬さんから電話がかかってくる。よし、今日こそ断ろう。スマホを見つめてその瞬間を待った。もう現場には行かないといってやろうと思っていたのに、いざ着信音がなると気持ちが萎えてしまう。結局、一度もスマホを手にすることなくシカトするのが精一杯の抵抗だった。

以前、黒瀬さんに訊かれたことがある。「お前の描いた絵で誰かが幸せになれるのか？」と。鋭い視線でオレの腹の中を抉《えぐ》り出そうとしてきた。学歴も才能もないバカは一生体を動かすしかないと上から見ていたオレの本性を見透かすようないい方だった。黒瀬さんの問いに、あのときオレはなんと答えただろう。どんなに記憶を辿っても思い出せなかった。

閉め切った部屋の空気は、すえた匂いがする。現場の休憩所と同じ不快な匂いだ。汗やタバコや弁当や酒など色んなものが入り混じったその匂いをオレはガテン臭と呼んでいる。なんだか自分の部屋がそれに侵されていくような感覚にぞっとした。上半身だけ起こし、窓を開けると一気に冷たい空気が入ってきた。

重たい体を引きずり、台所の方へ歩いていくと、つま先になにか当たった。飲みかけの缶チューハイがこぼれ畳の上に薄いピンク色のシミを作る。ああ、と手で追ってももう遅い。こぼれた液体が絵のほうにまで伸びていく。咄嗟に、キャンバスの縁をつかんで持ち上げるとバランスを崩して倒れてしまった。鈍い痛みが全身に走る。打ちつけた後頭部が痛い。かろうじて守った鷹宮の絵を掲げた自分がひどく滑稽に思えた。天井を見上げながら、叫ぶ。

だっせぇ。

部屋中に広がる桃の香り。散らかった部屋と床に広がるシミ。なんでこんなものを今まで大事にしてきたのだろうという疑問。どうにもならない現状。己の未熟さ。起き上がろうと頭を持ち上げた瞬間、めまいがした。平衡感覚を失ったようにずりっと体が傾く。ネガティブな感情がぐるぐると駆け巡り、自分の中にあった熱いものが冷めていくのを感じた。それは、わずかに残っていた情熱だったのか、鷹宮への嫉妬《しっと》だったのか自分でもわからない。カッターナイフを手に取ると、右手に力が入った。拳を作ると伸びた爪が拇指球《ぼしきゅう》にめりこんだ。その微《かす》かな痛みとともにカッターナイフを絵の上部に突き刺すと一気に引き裂いた。そのあとは、もう止まらなかった。刻んで裂いて破って割った。

なぜそんなことをしたのかと咎《とが》められても説明のしようがない。ただ、やり場のない怒りや悲しみが一気に押し寄せてきて、どうすることもできなかった。なにかを壊すことでしか理性を保つことができないまでにオレは追いつめられていた。わかっている。すべて自分が悪いということを。

ただの棒切れと布切れになったキャンバスを眺めながら、鷹宮の死を思い出していた。

交通事故で亡くなったとニュースが流れたとき、オレはこれでようやく栞さんは解放されたのだと安堵した。亡霊にすがるように栞さんの体に触れる鷹宮の姿は見ていて恐ろしかった。この人は、いつか消えてしまうのではないかという危うさを醸し出していたから。それを栞さんが感じていたかはわからない。それが、自殺ではなく交通事故だったのがあの男のずるいところだ。しかも、様々な疑惑を残したまま逝ったからさらにタチが悪い。

あの日、鷹宮のアトリエで絵を見つけた瞬間、誰にも見られてはいけないような気がして自宅に持ち帰った。鷹宮がどんな思いであの絵を描いたのかオレには少しわかる。

＊

はっと我に返ると、部屋の外がすでに明るくなっていることに気づいた。目の前に散らばったタックス（釘）を拾い集め、ぎゅっと握りしめた。てのひらに刺さる針の痛みを感じながら自分の行為を改めて悔いる。さっさと処分してしまいたかった。部屋を出ると、隣の大学生が酒の匂いをぷんぷんさせながら帰宅するところに出くわした。朝帰りか、と呟きながら階段を降りていく。

部屋に戻ると、急に寂しさが込み上げ、激しい後悔の念に駆られた。限界だった。スマホを手に取りタップする。合格するまで連絡は取らないつもりだったが、すでに一コール、二コールと鳴らしていた。八コール目で懐かしい声がした。

「おはよ。じゃなくて、ひさしぶり」

「あ、すいません。朝早くに」

「ううん。で、藝大は受かった？」

「いや、まだです。でも、今度こそは合格してみせます」

といったものの、自信がないので声が小さくなる。

「なんだー。元気してた？」急に栞さんの声のトーンが上がった。

「まあ、それなりに」

「ぜんっぜん、元気ないじゃん」

言葉が出てこなかった。オレは、声を押し殺して泣いていた。

「あ！　あんた今日ヒマ？」

「はい」

「じゃさ、ちょっと出てこない？　バイト先のみんなでバーベキューするんだけど、あんたもおいでよ」

「オレが行ってもいいんすか？」

「あんたの夢、叶《かな》えてあげられるかも」

「どういう意味っすか？」

「まあ、それは来てからのお楽しみってことで。場所と時間はあとでラインで送るから」

オレの夢を叶えるってどういうことだろうと考えたけれど、わからなかった。オレ自身、自分の夢を見失いかけているのに。


栞さんから送られてきた地図を頼りに向かった先は、電車で四十分ほどの草木が生い茂る河川敷だった。高校のころ、よくかき氷を食べた場所に少し似ていた。

「あーきたきた。こっちこっち」

栞さんが手招きをする。ニット素材のロングカーディガンにショートデニムがよく似合い、髪は、肩の上でくるっと大きめに巻かれていた。化粧やマツエクのせいでビミョーに顔がちがって見えた。

「久しぶりっす」

「あんた、痩せた？」

「体重計乗ってないからわかんないっす」

男女合わせて十五人ほどの集まりだった。栞さんのバイトは輸入食品や雑貨を扱う仕事だと説明された。一通り役職と名前を紹介され、そのたびに頭をへこへこと下げた。栞さんは、オレのことを高校の後輩と紹介した。それ以外、オレらの関係を説明する言葉はきっとない。みんなに、彼氏？　と突っ込まれてちがうと即答する。地味にへこんでいるオレには一切かまわず楽しそうにぱくぱく肉を頬張る。そんな姿ですら愛《いと》おしい。

栞さんは、散々迷った挙げ句、都内の女子大の商学部に入学した。予備校に通っているとき、自分には絵の才能はないと悟ったらしい。なんとなく就職に有利そうな学部で適当に勉強してたらとりあえず卒業できそうという安易な理由で決めたわりには、大学生活は充実しているみたいだ。将来は、貿易関係の仕事もいいかもね、なんてみんなと談笑している姿を見て安心した。

バーベキューはわきあいあいと滞りなく進み、オレも久しぶりに肉を食らって満足していた。栞さんは、きゃっきゃとはしゃぎまくって本当に楽しそうだった。女の人は、過去の男を引きずらないっていうけどあれは本当なのだろうか。

「栞さん」

「んー？」

振り向いた瞬間、手にしたサンチュから肉がこぼれ落ちた。誰かが連れてきたダックスフンドがすかさずそれを咥えた。

「もう、大丈夫なんすか？」

「なんのこと？」

「鷹宮のこと」

「どうだろうねー」

「あの事故のこと、まだ気にしてる？」

「気にするもなにも、わたしには関係ないし……」

「いっしょに乗ってた女の人は、ただの友達だよ」

「なんでそんなこといい切れるの？」

強めにいい返してくる。やっぱり、気にしてるんだと思った。

「じつは鷹宮、アトリエに絵を残してたんだ」

「なにが描いてあったの？」

オレは、いいよどんだ。

「とってもきれいな女の人の絵だった」

曖昧ないい方ではあるけど、伝わったと思った。

「それは、お……、奥さんだよ。先生の」

「あ、いや……。そうなんすかね」

否定しようかと思ったけど、やめた。

「その絵はさ、先生の遺書だったんじゃないかな。自分も愛する人の元へ逝きますっていう」

「考え過ぎだよ。鷹宮は、事故で死んだ。それでいいじゃん」

忘れろ。なにもいわず勝手に死んでいった男のことなんか早く忘れろ。

鷹宮の死が自殺じゃなかったことは、オレが一番知っている。誰を思ってあの絵を描いたのかも。嫉妬するほどに美しい絵。目に、心に、焼きついて離れない絵。圧倒的な技術と才能の差を見せつけられた気がした。

作品をどこで終わりとするかは人それぞれちがう。他人から見れば完璧に見えても、本人が納得しなければ永遠に描き続けることになる。

あの絵には、まだ鷹宮のサインが記されていなかった。それは、未完成を意味する。

「じゃ、今日のメインイベント始めまーす」

誰かが叫んで皆が騒ぎだす。

「ねえ、覚えてる？　あんた、前に将来の夢ってなんですかーってわたしに訊いてきたことあったじゃん」

「あー、そんなこと訊いたような」

「で、わたしは夢なんてないって答えたんだけど、あんた自分がなんていったか覚えてる？」

「それは、ぜんっぜん覚えてないっす。えっ、オレなんていいました？」

「世界一好きな人と世界一のものに触れていっしょに感動したい」

「はずっ。オレ、そんなこといったんすか。覚えてねーなー」

「まあ、あんたの世界一好きな人が誰かは知らないけど、世界一のものなら今ここにあるから」

「なんすか？」

栞さんが指さした方向を見ると、雨合羽を着た男の人がゴーグルをしてバケツの中に手を突っ込んで「いくぞー」と叫んでいた。次の瞬間、強烈な臭いが辺り一面に漂いだした。皆がくせーくせーと騒ぎだす。オレは、たまらず鼻を押さえて息を止めた。栞さんが隣で爆笑していた。

「シュールストレミング。スウェーデンの缶詰だよ。世界一臭いっていう食べ物」

酔っぱらった栞さんは少し頬を赤らめ、うつろな目でオレの腕にからみ付きながら、はしゃいでいた。

世界一好きな人と世界一臭い食べ物をいっしょに堪能できて幸せだった。

四時過ぎに会がお開きになり、それぞれ帰路につく中、オレと栞さんはまだ悪臭の消えない河原で風の匂いを嗅いでいた。ふっと、アトリエの匂いを思い出した。オレが毎晩、桃の缶チューハイとアタリメを部屋で嗜《たしな》んで栞さんのことを忘れないようにしているのと同じように、栞さんも臭覚で記憶を留《とど》めているのかもしれない。

「ねえ、ついてきてほしいところがあるの。一人じゃ行けないから」

「どこ？」

「先生のところ」

「いいっすよ」

＊

翌週の水曜日、オレたちが初めて言葉をかわした昭和記念公園で待ち合わせをした。なぜ、その日なのかオレにはわからなかったが、訊ねるほどのことでもないと気にせずに向かった。

栞さんは、黒いワンピースで現れ、辺りを見回すと懐かしいねと微笑んだ。そうですね、と適当に返したものの、それほど町並みに変化はなかった。だけど、オレたちの知っている風景とはなんかちがうように感じた。しばらく歩いていると、数年前の記憶がゆっくりと頭の中で回想されていく。変わったのは、町ではなくオレ自身なんだろう。色セロファンを重ねたように現実と過去が入り交じる。

駅前の商店街の花屋に立寄り、菊のほうがいいんじゃないというオレの意見を無視して白い蘭《らん》の花束を買った。そのあとで、栞さんが久しぶりにあそこに寄りたいといった。

「どこ？」

「予備校の近くのパン屋さん」

「あそこ、水曜日休みだったと思うけど」

「そうだったっけ。じゃ、また今度にする」

オレは、初めて栞さんと話した夏の日を思い出していた。電車で約二時間、栞さんはオレの肩に頭をもたせかけ、眠っていた。手描きの地図を握りしめているところを見ると、墓参りに訪れるのは初めてなのだろう。栞さんの寝顔がすぐそこにある。うとうとと夢見心地でゆられながら束《つか》の間の幸せを嚙みしめた。

墓地に着いたころにはすっかり日が暮れていた。時折吹く風が冷たい。管理人さんに柄杓《ひしゃく》とバケツを借り、鷹宮の墓を探した。それは、古びた墓石の群れの一角にひっそりと佇《たたず》むように立っていた。

「ここに来たからって、先生にはもう会えないのにね」

暗がりで栞さんの表情は見えない。声だけではいまいち心情が読み取れなかった。

「気持ちに整理つけたかったんじゃないですか？」

「ねえ、あんたさ、」

栞さんがいいかけてやめた。たしか、前にもこんなことがあったような気がする。栞さんがなにを訊こうとしているのかオレにはわかっていた。わかっていたから、それ以上訊き返さなかった。

オレは、全部見てきたんだ。鷹宮が栞さんの体に胎児の成長過程を描いていたことも、義理の兄《きょう》妹《だい》だとお互い知っていたのに関係を持ってしまったことも。そして、二人が愛し合っていたことも。

鷹宮の墓を後にして、柄杓とバケツを返しに行くと、車椅子に乗った女の人が栞さんを見てハッとした表情をした。膝の上に、植木鉢を乗せている。裸電球に照らされたその人の顔をよく見るとあまり若くはなかった。悲壮感というか、地味で暗い印象を受けた。三十代前半といったところだろう。もしかして、と思った所で女の人が声をかけてきた。

「栞ちゃん?」

「はい」

「私、萩原《はぎわら》といいます」

名前を聞いてピンと来たのか、栞さんが、あっと声を漏らした。二人の空間を縫うように、さわさわと槻《けやき》の葉の擦れる音がする。

「今日は、リョウくんのお参りに?」

リョウとは、鷹宮の下の名前だ。

「はい。あの、先生とは親しかったんですか?」

「ええ。今日は、彼の月命日だから」

そうか、だから今日じゃなきゃダメだったのかとわかって、急に胸が苦しくなる。

「あの日……。なんで先生はあなたと一緒だったんですか?」

詰め寄るように、でも、慎重に言葉を選ぶ栞さんが愛おしい。なにもしてあげることのできない自分に腹が立つ。だけど、オレの出る幕ではないことはわかっていた。

「忘れたわ」

女の人が余裕たっぷりなのに対し栞さんは真逆で、必死に戦っているのが伝わってきた。オレは、たまらず栞さんの手を握った。

「リョウくんのこと、好きだったんでしょう?」

女の人は、決めつけるような訊き方をした。栞さんは、オレの手をぎゅっと握り返し、「失礼します」と頭を下げた。

「ねえ、あの絵が今どこにあるか、あなた知ってる?」女の人がさらに訊いてくる。

あの絵とは、鷹宮が最後に残した絵のこと。つまり、オレが破り捨てた絵のことだ。

「知りません」そっこーで、栞さんがいい返す。

「彼が最後に描いた絵なんだけど」

「最後?」

「そうよ。リョウくん、今描いてる途中の絵があるっていってたの」

やっぱり、あれは途中だったんだ。

「どういうことですか?」

「もしかして、あなた見てないの?」女の人が勝ち誇ったような笑みを浮かべていう。なんで、そんな意地悪をするんだ。栞さんが見てないのをいいことに、自分の絵が描いてあったとでもいうつもりか?

「え? だってあれは……」

「残念ね」

そして、女は静かに去っていく。ひゅるひゅる、と風が泣いている。

「ねえ、先生がアトリエに残してた絵、今どこにあるの?」

「わからないです」嘘をついた。

「最後に描いた絵ってどういうこと？」

「さあ」

「あんた見たんでしょ？」

「うん」見た、死ぬほど。

「もしかしたら、先生はわたしとの約束を覚えててくれたのかもしれない」

栞さんは、焦ったように早口でいう。

「約束って？」

栞さんの瞳から、涙がこぼれた。それを、両手で覆うようにすると、切れ切れになった声を絞り出す。

「だって、あれはお姉ちゃんを描いたものだったんじゃないの？　どこにあるの？　ねえ……ねえ……」

栞さんがその場に泣き崩れるようにしゃがみ込んだ。かける言葉が見つからないから、ただ呆然《ぼうぜん》と立ち尽くす。栞さんは、鷹宮が最後に残した絵を、もう見ることはできない。だって、オレが壊したから。

栞さんは、あの絵の女の人が鷹宮の奥さんだと勘違いした。オレが否定しなかったからだ。だけど、さっきの女の人の余計なひとことで混乱してしまっている。オレは、鷹宮の奥さんの顔を知らない。もしかしたら、本当は奥さんが描かれていたのかもしれない。毎日、穴が空くほど見ていたのに、もう見られないと思った途端わからなくなってしまった。顔の部分が背景に同化してぼんやりと消えていく。

せめて、嘘でもいいからここで、あの絵には栞さんが描かれていたと伝えることができたら、少しは救ってあげることができるのだろうか。でも、できない。意地悪なのは、オレだ。いいやつぶって、こんなとこにまでついてきておいて、結局傷つけることしかできない。

オレは猛烈に嫉妬していた。誰一人幸せにできなかったくせに、と心の中で悪態をつく。鼻の奥がじんじんと熱を帯びていくのを感じ、眉間にぎゅっと力をいれて耐えた。

寒い、と栞さんが呟いたので振り返った。無理やりに作った笑顔が、暗闇に紛れる。

「じゃ、帰りますか」

声を張り上げると、栞さんが歩みを止めた。

「もう遅いし、どっか泊まっていこうよ」

「いいっすよ」

冷静を装ってはいたけれど、顔がにやけてしまう。受け止めてやれるのは自分しかいないのだといいきかせ、ヨコシマな感情は一旦胸の奥に仕舞った。

旅館やビジネスホテルといった類の宿はどこも空いていなかったため、ラブホテルを探す流れになった。

コンビニで、飲み物やお菓子、カップ麺、フライヤー商品を購入し、ホテル街を歩きはじめた。

「ありがとう」栞さんが呟く。それが、なににたいしての感謝なのかわからなかったけど、とりあえずうんとうなずいた。なんだか後ろめたい気持ちになり、足を止めた。どうしたの？　と栞さんが振り返る。

「あの絵のことなんだけど……」正直に話そうと思った。自分が壊してしまったことを。そして、あの絵の女の人が誰だったかを。

「もういいの。先生が誰の絵を描いたかなんて」

「でもさ……」

「もう傷つくのは嫌なんだ。わたし、先生から逃げたの。いい思い出だけで終わらせたかったから。今さら、本当のことなんて知りたくない」

「鷹宮のことを忘れずに誰かを好きになれるならそのままでいいです。でも、それができないなら忘れてください」

「………」

腕を引かれて狭いエレベーターに乗り、部屋までの間ずっと手をつないでいた。部屋の扉を開けるなり、栞さんが腰に手を回し抱きついてきた。

「しよっか」

栞さんは笑顔だったけど、目だけは笑っていなかった。声のトーンだけで推測するならば、一つだけつぶし忘れた、お菓子の缶なんかにはいってるぷちぷちを見つけたような感じ。最後の一粒まで徹底してつぶさなければ捨てることさえできないとでもいわんばかりに強い意志のようなものが感じられた。すべてを忘れるための、過去を葬るための行為だとわかっていた。オレのことが好きなわけではないことも。

それでもいい。

なだれ込むようにしてベッドに向かった。ずっと欲しかった物がやっと手に入る高揚感と失敗すればなにもかも失ってしまう緊張感で手が震えた。その手が栞さんの胸に触れた瞬間、吸い付くようにピタッとおさまった。つんと斜め上を向いた桃色の乳首を口に含んで舌で転がすと、初めての感触が舌先に伝わってきた。丸い先っぽを舌で確かめるように舐め続けると、栞さんの吐息が旋毛《つむじ》のあたりにかかった。

翔にするときよりも丁寧に栞さんを扱った。桃の実の皮をきれいにはがすようにそーっと優しく丁寧に。自分のチンコがちゃんと勃っていることに安堵した。望んでいたその瞬間が訪れて、もうこのまま死んでも構わないと思った。いっそ、ここで死ねたらいいのにと。これまでいえなかった思いのすべてをぶつけた。栞さんはそのたびにふっと笑みを漏らし、体の力を抜いた。静かな部屋の中に二人の肌がこすれ合う音だけが聞こえていた。感覚が研ぎすまされていく。耳にかかる吐息とか、頬に触れる髪の毛の一本一本まで感じていた。どんなにみじめでも今この瞬間が幸せならそれでいいと思った。つらかったものが浄化されていくとともに、オレのチンコも萎えていった。嘘だろ？　なんでこんなときに。勃てよ、勃ってくれよ、頼む。オレは、渾身《こんしん》の力をこめて腰を突き上げた。でも、やっぱりダメだった。栞さんの甘い吐息までも消えていく。

「ごめん。ちょっと緊張しすぎて」

いいわけが虚しく部屋に響いた。

栞さんは、うんとうなずいてオレに背を向けたまま眠ってしまった。抱きしめたかったけど、できなかった。手持ち無沙汰なオレの手が栞さんの髪を掬《すく》った。そこに、温かいものなどなにもなかった。冷気に混じった髪の毛がさらりさらりと指をすり抜けていく。

翌朝、何事もなかったように化粧をする栞さんの横顔をベッドの上でぼんやりと眺めていた。もう一度、触れたい。オレは、まだ期待していた。この先につながるなにかを、栞さんの優しさを。

だけど、彼女の口から発せられたひとことがオレたちの今後の関係性を決定づけた。

「やっぱり、しなきゃよかったね」

＊

あの日、どうやって帰ったのか覚えていない。オレは、丸二日眠り続けていたらしい。尿意に耐えきれず目が覚めた。一度、トイレで用を足し、再び布団にもぐり込んだ。腰が痛かったが、体がだるすぎて起きてなにかする気にはなれなかった。テレビをつけっぱなしにしたまま、また眠ってしまった。

どのくらい経《た》ったのかわからない。翔にたたき起こされて目を覚ました。頭がぼーっとして、夢なのか現実なのかも曖昧だった。何度も電話をしたらしいが、電源が切れていて気づかなかった。

目の前で、翔が笑っている。

「んん、なに？」

「今日、あたし、臨時ボーナスが出るんだ。ご飯行こう。外で、デートしたことなかったでしょ。夜景のキレイなレストランを予約するからオシャレしておいでよ」

「なんで？」

「ほら、この前いったじゃん。新しい店の店長になるかもって。正式な辞令が出たんだよ」

「いや、そうじゃなくて……」

オレの訊いたなんでは、なんで戻ってきたんだという意味だったのだが。

ポンポンとオレの頭を撫でて、玄関に向かう。初めて見る靴だった。ヒールの高いパンプスを履き、振り向き様にまた後でね、といって出て行った。

スマホを充電器に突っ込み、電源を入れるとそっこーで着信音が鳴った。黒瀬さんからだった。

「お前、電話ぐらいいちゃんと出ろよ。心配させやがって」ものすごい剣幕で怒鳴られた。

「すいません」

「雄介。正社員になって真面目に働けよ。お前は器用だ。いい職人になれる」

「でも、オレ……」

「煮え切らねーやつだな。覚悟を決めろよ。夢か現実か、どっちかだ」

覚悟、久しぶりにその言葉を聞いた気がした。

鷹宮の言葉を思い出す。藝大を受験したいといったときのことだ。

「はっきりいう。時間の無駄だ。お前のレベルなら三浪しても厳しいだろうな」

「藝大に入れるなら、それくらいがんばれます。人生のうちの三年なんて短いです。無駄じゃありません。覚悟はできてます」

売り言葉に買い言葉的にいい放った。

「男が簡単に覚悟なんていうなよ」

まるで、自分自身にいっているような口調だった。

気持ちは晴れないまま、翔との待ち合わせ場所に向かった。

オレを見つけて翔がぶんぶんと手を振っている。思わず、涙が出た。

「どうしたの？」

「オレ、もう藝大目指すのやめようかな」

「うん。いいんじゃない」

翔がグーにした手を差し出して笑った。

「なに？」

手を開くと中から卵が出てきた。ああ、と思い出したようにそれをつかんだ。

「なんだっけ？　フラン？」

翔が首を横に振る。

「むいてみて」

底に貼ってあるシールを剥がし、少しずつむいていくと黄色い塊が現れた。鼻を掠《かす》めたのは、バターと砂糖の焦げた香ばしい匂いだった。なんだか懐かしくて、鼻を近づけてもう一度嗅ぎ、そのままかぶりついた。サクッとした生地の中にふわっとしたなめらかな食感。口の中に甘さが広がっていく。

「これって、もしかして？」

「んふふ。メロンパンを閉じ込めてみた」

「オレの好きな食べ物、覚えてたんだ」

「うん。でも、今一番好きなのは桃の缶チューハイとアタリメだよね」鼻に皺《しわ》を寄せて皮肉っぽくいう。

「いや、これうまいよ。オレの高校の売店にあった限定五十個の手作り風さくさくメロンパンより」

「えー、なんで売店のと比べるの？　しかも手作り風って」

「いや、マジでうまい」一気に食べきった。

「世界一のパン職人にはなれなかったけどね」

翔が笑って、オレもつられて笑った。

「ねえ、ユウくん、あたしと結婚しない？」

「は？　なんでいきなりそうなるんだよ」

「いきなりじゃないよ。あたしの卒業文集ちゃんと読んだ？」

「読んだと思うけど」

「将来の夢の第二希望はお嫁さんって書いたんだよ」

「そんなこと書いてあったっけ？」

「書いてたし」

もー、と頬を膨らます。

「ユウくんが、いつもあたしに内緒でお薬飲んでたの知ってたよ。でも、もう大丈夫。だから、がんばらなくていいよ」

翔が抱きついて、ユウくん大好きと叫ぶ。オレも、まわした腕に力を入れた。

なあ、いつもみたいにいってくれよ。「がんばってね」って。そしたら、オレはまた前を向いて歩き出せる気がするのに。そう、いいたかったけれどなにもいえなかった。精力剤を飲んでいたことがバレていた恥ずかしさや、すべてを許してくれる優しさや、どうしようもないオレのとこに戻ってきてくれた翔が愛しくてたまらなかった。

しょうがない、と呟きかけた唇をぎゅっと閉じて、翔の手を握った。

「よし、がんばろう」と、宣言するように大声で叫んだ。翔が隣で涙を流しながら笑っていた。泣き笑いのその顔はとてもかわいらしかった。

明日、武史に頭を下げに行こう。

オレは、覚悟を決めた。

第四章

誓

＊

ほんの一瞬だけ鼻を掠《かす》めた匂いにはっとなって見上げると、若い女が立っていた。脳が痺《しび》れるような感覚とともに懐かしさがこみあげる。大好きで、大きらいなあの匂い。スパイシーで甘辛い香りと樹脂の香りを併せもつ独特の芳香。個々が放つオーラのようなラストノート。

そのとき、ナギサの柔らかい声がよみがえった。

――歳《とし》の離れた妹がいるの。

確かめるようにもう一度、神経を集中して嗅いでみる。

ああ、惜しい。よくばって、おもいっきり吸い込んだせいで、周りの空気に混じって薄れてしまった。

女の顔には見覚えがある。ナギサの妹の栞だ。

顔が似ているのは姉妹だから当然かもしれない。だけど、纏《まと》った空気感や、放たれる雰囲気はまるでちがった。

頼りなさげな青年を連れた彼女にこちらから名を告げると、まるで幽霊にでも遭遇したかのように怯《おび》えた目で私を見てきた。

「今日は、了《りょう》くんのお参りに?」

その名前を口にしたのは初めてだ。できれば、本人に向かってそう呼んでみたかった。私の口から出た了くんという言葉はいい慣れてないせいか、温《ぬく》もりがなくてなんだか安っぽい。ナギサみたいに、ふわっと優しくいえたらいいのに。

彼女は「はい」と短い返事を寄越したあと、「先生とは親しかったんですか?」と訊《き》いてきた。

「ええ。今日は、彼の月命日だから」

曖昧に、でも余裕のある感じで答えてみた。そして、あなたはなにも知らなくていいのよ、とほくそ笑む。

「あの日……。なんで先生はあなたと一緒だったんですか?」

彼女は高い位置から私を見下ろしていった。女の目をしていた。嫉妬《しっと》だ。彼女の強い視線に、体の芯が疼《うず》く。私は、この瞬間を待っていたのだ。熱いものがひたひたと胸を満たしていく。そこには、単なる満足感や達成感だけでなく、明らかな勝利の感覚が含まれていると確信した。

「了くんのこと、好きだったんでしょう?」

ふっと息を吹きかければ消えてしまいそうなかよわい炎のように、彼女の瞳は小刻みに震えていた。

「失礼します」

一刻も早くこの場を去りたい気持ちが伝わってくる。

「ねえ、あの絵が今どこにあるか、あなた知ってる？」

「知りません」

「彼が最後に描いた絵なんだけど」

「最後？」彼女は、怪訝《けげん》そうにおうむ返しをしてくる。

「そうよ。了くん、今描いてる途中の絵があるっていってたの」

「どういうことですか？」焦った表情を見て、私は安堵《あんど》する。

「もしかして、あなた見てないの？」

「え？　だってあれは……」

「残念ね」

わざと忘れ物をして自分の痕跡を残すような含みをもたせたいい方をした。彼女がどんな顔をしているか確認したい気持ちを抑えて前を向く。私は、あえて真実を告げない。感じの悪い女だと思えばいい。これは、せめてもの反撃なのだ。

ナギサと同じ匂いをした彼女は永遠に私たちの物語を知らずに生きていくだろう。それでいい、と自分にいいきかせる。彼と最後にいたのは私なのだ。その事実があればいい。

匂いとともに、記憶は過去へと引き戻されていく。

＊

――約十二年前。

私――萩原誓《はぎわらちかい》――は、高校卒業後に上京し、五流で世間的には無名の大学で一生役に立つことはないだろう動物行動学とか、一生使うことはないだろうスペイン語の授業を必修科目でもないのに履修して、落としても構わないと知った上で真面目《まじめ》に毎回講義に出席していた。おかげで初っぱなのテストで満点を取った。ペットを飼う予定もスペインに行く予定もないのに。どうせなら学んだ知識を誰かに披露したいと密《ひそ》かに思ったりもした。

とくに憧れや夢があったわけでもないのにわざわざ東京の大学に進学したのは、高校一年のときからつきあっているカレと別れたくなかったから。

大学の近くにある蔦《つた》の葉が生い茂った妙に趣のある洋風アパートで同棲《どうせい》生活をスタートさせた。一階になんだかよくわからないレストランとネイルサロンのある四階建て共同住宅の三階の奥に私たちは住んでいた。エレベーターがついていないことをのぞけば、1LDKのその部屋は、二人で住むにはちょうどよく、気にいっていた。私は近所のコンビニで、カレは学生寮の近くにある鶏《とり》なんこつの唐揚げが美味《おい》しいことで全国的に有名な居酒屋チェーン店でアルバイトをしていた。

五流大学に進学した若者の九割は、アルバイトに精を出し合コンを生き甲斐《がい》として日々を過ごす。大学は人脈を広げるためだけの場所であり、真面目に勉学に励む学生は皆無に等しい。どれだけ縦横無尽なネットワークを持てるか、それが卒業を左右する。テスト前にノートをコピらせてもらえる友人、代返を頼める友人、過去のテスト問題を引っ張りだし傾向と対策を教えてくれる親切な先輩、奇しくも留年してしまった反面教師の先輩たちによって大学の単位は取得できるのだとカレは熱弁を振るっていた。

そのカレとは、バイトの勤務時間が合わずなかなか夕飯を一緒にとることはできなかったけど、セックスだけはほぼ毎日やっていた。どんなに疲れていても必ず一回はする、というノルマを提案したのは私のほうだ。善《よ》かれと思ってやることは大抵悪いほうに行くことをそのときはまだ気づいていなかった。

ノルマ＝目標、使命、責任、義務。どの言葉も当てはまらない。強《し》いていうなら、手段といったところ。

なんだかんだいいつつも、しっかりノルマをこなしていたのはたぶん若かったから。二人で映画を観《み》るより、レストランへ行くより、遊園地へ行くより、セックスのほうが安上がりだし、なんて思われていたとしたらそれは私のせいだ。決まったリズムでずんずんと突かれるたびに、安心感を覚えた。

まだ、大丈夫。

それなのに大学一年の秋、別れは突然訪れた。

バイト先で知り合った歯科衛生士専門学校に通う女との二股を告白されたのだ。大げさでもなんでもなくすべてを捧げた男だった。この男を手放してなるものかと、みっともないほど泣いて喚《わめ》いて叫んですがった。あのとき、カレをつなぎ止めるために放った言葉を、私はなにひとつ覚えていない。必死すぎた、笑っちゃうほどに。どんな手を使ってもいい、絶対に放したくない。私にとってカレはそういう存在だったのだ。

だって、あなたは私の命綱なんだから。

「わかったよ」

そのひとことで涙が一瞬にして止まった。よっしゃ、と心の中でガッツポーズをとると無我夢中で服を脱ぎ捨てた。カレの白い腕が下からゆっくり私の頬に伸びてきたところで、自分が馬乗りになっていることにようやく気づいた。いつも見下ろされてばかりだったからなんか変な感じがしたけど、悪くはない。むしろ、こっちのほうがいい。イって伸びきったカレの顔を見て、これで間一髪つなぎ止められたのだと胸を撫《な》で下ろす。

そのときほど、自分が女であることを実感したことはない。結局、最後の切り札は体なのかと悲しくなる。でも、それが有効ならば余すことなく差し出そう。これからも、全身全霊でカレに尽くせば捨てられることなどないと信じていた。

カレの首筋に鼻先をくっつけ、あたたかい肌の匂いを嗅ぐ。やっぱり無臭だ。この人は、どんなに汗をかいていても男を感じさせる匂いを発しない。

カレがタバコを喫う。いつものこと。

カレが携帯をいじる。いつものこと。

カレがためいきをつく。たまにあったかもしれない。

カレが私に背を向ける。前はそんなことしなかった……。

あれ？　やっぱ、いつもとなんかちがう。

カレは私に背を向けたまま頭を垂れ、一つ二つとなにかを数えている。シャラシャラとビニールの擦《こす》れる音が気に障り、ねえと大声を出してカレの筋張った二の腕を引っ張った。のけぞるようにカレが振り向き「これおまえの分」と手渡された袋の中身は、ネットで大量購入したコンドームの残りだった。袋が私の手からすとんと落ちてぱさぱさとベッドに小さな山を作る。

なにかいい繕わなければと口元に力を入れた瞬間、カレがぶっと吹き出した。

「ウメボシ」

＊

「ごめん。ぼくに相談されても困るんだけど」

胡蝶蘭《こちょうらん》のブーケを作りながら鷹宮くんが呟《つぶや》く。武蔵野美術大学の空間演出デザイン学科に通う鷹宮くんは、この道二十年の店長よりも遥《はる》かにセンスが良い。鷹宮くんの働く生花店は、国分寺駅から徒歩一分のところにある。花なんて興味ないくせに、鷹宮くん会いたさに「一輪挿し用の花を買いに」とかいっちゃう私ってかなりイタい。

「だって、鷹宮くんだけでしょう。中立な立場で私たちのことに意見できるのは」

「いや、ぼくが意見できることなんてなにもないよ。君たちの問題なんだから」

知っている。鷹宮くんはいつもそうだ。私とカレがケンカをするたびに、トライアングルの頂点からはずれてその真ん中に座り、沈静化するのをじっと待っていた。まるで、自分には関係ないといわんばかりに、視線を空中に彷徨《さまよ》わせて。

「私のこと、なにかいってなかった？」

「なにかって？」

「あの人、鷹宮くんには、色々相談してたのかなって」

「いや、あいつなりに悩んでたみたいだけど、とくに詳しくは聞いてない」

相変わらず、鷹宮くんは私には興味がないらしい。ほんの少しでも気になる女なら、この状況を放っておけるはずがない。

「きれいだね。鷹宮くんの作るものはなんでも」

「あんまり花は好きじゃないけど」

「花がきらい？」

「そうじゃなくて……。きれいなものは残酷だから」

「なにそれ。儚《はかな》いものは美しいみたいなこと？」

「まあ、そんな感じかな」

「ふーん。じゃ、どうしてここでバイトしてるの？」

「立体造形の勉強にもなるし、お金も稼げて一石二鳥だから」

「立体なんとかってなに？」

「手に取って考えるんだよ。どうすればその花が一番美しく見えるかってことを」

「それは、センスの問題だから、考えてどうにかなるもんじゃないでしょ」

「いや、難しいことじゃないよ。全体の構成、構成要素の数、大小、配置、アングルなどを考えればいいだけなんだから」

あんまり花は好きじゃない、というわりに鷹宮くんの表情はいつも柔らかい。

「萩原ってさ、小学校のときの水やり当番とか他人の分までやってしまうタイプだっただろ」

「どういう意味？」

「いや、律儀っていうか、真面目っていうか」

「だって、放っておいたら枯れちゃうでしょ。律儀とかそういう問題じゃないと思うけど」

「そうそう。放っとけないんだよな」

他の人にいわれたなら少々腹立たしいことも、鷹宮くんに断定口調でいわれると少し嬉《うれ》しい。ああ、私のことわかってくれてるんだなって。でも、私は鷹宮くんに放っとけないって思ってもらえる女になりたい。

「あ！　そうだ。あいつが出て行ったってことは、部屋がちょっと広すぎたりしない？」

突然私のほうをじっと見てきた。

「そう。すごく寂しいの」期待をこめて甘えた声を出してみる。

「ぼくの大学の友達なんだけど、こないだ部屋に泥棒が入ったらしくて、家に帰るのを怖がってる子がいるんだ」

「へー。そりゃかわいそう」あからさまにトーンを落としていう。

「そこでなんだけど、良かったらしばらく一緒に住んであげてくれないかな？　次の引っ越し先が見つかるまででいいから」

「は？　私に知らない子と一緒に住めっていうの？」

「すごくいい子なんだ」

「そういうことをいってるんじゃないって。会ったこともないのに、はいそうですかって返事できるわけないでしょ」

「じゃ、会ってみる？」

次に会う口実ができたことは嬉しかったけど、やっぱり気の進まない話だった。

＊

私と鷹宮くんは、中学の三年間ずっと同じクラスだった。会話をした記憶はほとんどないのに、彼の姿は今でも鮮明に思い出せるほどきれいに私の脳内ＵＳＢに保存されている。

人はどこかのタイミングで自分革命を起こそうとする。それをデビューなんていう恥ずかしい言葉で片付けられてしまうのは、革命を他人に気づかれてしまうから。そんなダサいこと私はしない。誰にも気づかれないけど、確実に変わってみせる。それが自分革命。

しっかりしてそう、それが褒め言葉だと周りはいうかもしれないけど、小さい頃からいわれ続けてきた私にとってそれは屈辱のひとことでしかない。それ以外に褒めることはないのかと。

あの子ならなんとかしてくれる、あの子がいるから大丈夫、そんなノリで今まで任せられた大役は数知れず。責任感、義務感、正義感、よくわからない私だけの感情に突き動かされてそれなりにうまく立ち回れば回るほど、望んでもいない次の役が与えられる。その繰り返し。いっそ失敗すればみんな私に期待なんかしなくなるんじゃないかと思ってはみるけど、それはできない。

だったら、自分から無責任でいられる場所にいこう。

唯一、苦手なこと。それは、上手に絵を描くことだった。たぶん、私には生まれつき絵心というものがないのだろう。できないからできるようになりたい、まともな人間ならそう思うはず。でも、私はちがった。だって、絵が下手だからって誰かに迷惑をかけることはないから。

一番楽そうだから、と安易な理由で美術部に入部しようとしていた女子の集団に紛れこむことに成功した。運動部とちがい、出席しようが欠席しようが誰からも文句をいわれることもないし、レギュラー争いなんてめんどくさい戦いに神経を擦り減らすこともない。ただ、好きなときに好きなものを描けばいいという自由さがウケて全学年合わせて百人近くの部員がいた。絵が巧《うま》いとか、好きとか関係のないその他大勢の中に紛れていることが私を安心させた。

その中に、ひときわ異彩を放つ後ろ姿を見つけたとき、私の心は一瞬にして奪われた。まくったシャツの袖から伸びた腕があまりにも凜々《りり》しすぎて見とれてしまったのか、それとも真剣すぎる眼《まな》差《ざ》しがうらやましかったのか最初はわからなかった。でも、確実に私は目の前の男の子を必死で捉えようとしていた。この空間に誰も入ってほしくないくらいに。

初めて、男の子の背中を見て美しいと感じた。それは、彼が左利きだったせいもあるだろう。平筆を動かすときの手首。ナイフで鉛筆を削るときの腕の角度。陰影をつけるときにはらう親指の仕草。ぎこちなさとしなやかさ。

普段、教室の中にいる彼はどこかぼんやりとした人だった。存在感がないわけではなく、あえて他者と関わりを持たないことで自分の色を薄めたくないように見えた。他の男子みたいに大声を出してバカ騒ぎすることもなければ、女子と気さくに会話をすることも、わざと目立って教師に気に入られようとすることもない。ちょっと変わった男の子、そんなふうに思っていた。その近寄りがたいオーラからは内に秘めた強さみたいなものを感じた。

そんな彼が描く物はいつも無機質なものばかりだった。コンクリートのブロックとか、ガラス瓶とか、どこで拾ってきたかわからない岩石とか。もっと柔らかいものを描けばいいのに。

私は、なにかに急《せ》き立てられるようにして彼にいった。

「そういうのばっかりじゃ、つまんなくない？」

「え？」忙《せわ》しなく動いていた左手がぴたりと止まり、怪訝そうに振り返る。

「人物とか、描かないの？」

「苦手なんだ」

「じゃ、私の絵を描いてよ。練習台になってあげる」

「……」

彼は、困ると無言になる人なんだとそのとき初めて知った。

そして、私は彼からあることを学んだ。無責任でいることと無関心でいることはまったくちがうのだと。

それから、気づけば私の視線はいつも彼に向かっていた。何度もノートの隅っこに、彼の名前を書いたっけ。画数が多くて毎回真っ黒につぶれてしまう頭文字。しゅっと尻すぼみ、逆三角形みたいな名前だなと思った。

『鷹宮了』

やや丸みを帯びたおでこ、それを隠す長い前髪、涼しげで切れ長な目、高すぎない鼻、極端に短い人中《じんちゅう》、薄くてやや血色の悪い唇、細くて控えめな顎、そこからつながる首のライン。筆を持つしなやかな左手。それをいつまでも見ていられる場所がほしかった。

こう、と決めたら突き進むのが私だ。

恋人、という権利を得ようと試みた。結果は、なんとなく最初からわかっていた。人と人との間には見えない磁力のようなものが働いていて、多かれ少なかれそういうものに導かれながら人間関係は築かれていくはずなのに、彼にはそれがまったく感じられなかったのだ。それでも、伝えたいと思った。

「私と、つきあってください」

「ごめん」

申し訳なさそうに呟かれたひとことに、私の中にあるなにかがはじけた。どうしても、この人が欲しい。優等生特有のプライドが災いしてしまったのかもしれない。


あきらめの悪い私は、その後も執念深く思い続け、鷹宮くんと同じ高校を受験し、見事合格した。校区外の私立の高校ということもあり、同じ中学から行ったのは私と鷹宮くんの二人だけだった。美術科に進んだ鷹宮くんと普通科に進んだ私が学校で顔を合わせることはあまりなく、偶然を装ってすれちがうのが精一杯。

私は、鷹宮くんの傍《そば》にいられる方法を必死に探した。いつまでも、見続けていられるポジションならどこでもいい。権利など持たなくても近くにいられる場所を。誰にも邪魔されることのない特等席を。選択基準はたったひとつ。鷹宮くんに近いか遠いか。

そこで見つけたのが、鷹宮くんと親友同士にあったカレだった。志を持つ鷹宮くんと、志を持たないカレがなぜ馬が合ったのか、私にはよくわからない。だけど、二人はいつも一緒にいた。だから、私はカレを選んだ。

鷹宮くんにしつこく付き纏って、こっぴどくフラれて敬遠されるより、親友の彼女であることを私は選んだ。我ながら見事なジャッジだったと思う。カレに、本当の気持ちを悟られないように、勇猛果敢にセックスに勤《いそ》しんだ。鷹宮くんは、どう思っただろう。少しくらい、惜しいことをしたと思ってくれただろうか。

ある日、カレがいった。

「おまえさ、ウメボシできるよなぁ」

「は？　私、梅干しなんか食べてないけど」

「ほら、ここ」

カレは、顎をとんとんとたたくと、隣にいた鷹宮くんに同意を求めるように「なあ？」と訊いた。

「これのこと？」

鷹宮くんが人指し指を顎に持っていき、私の顔を覗《のぞ》き込んであははと乾いた声で少し笑った。

私は、ポケットから手鏡を取り出し自分の顎を見た。確かに、ぼこぼこした皺《しわ》ができ、それが梅干しのように見える。

「そんなに変？」

「………」

まただ。鷹宮くんは、答えに困るといつも無言になる。それが、私を激しく傷つけていることに気づきもしないで。悔しさと虚《むな》しさが一緒くたになって、泣きそうになるのを我慢した。ぐっと、口元に力が入る。

「おまえさ、口に力を入れちゃうと目立つから、笑ってたほうがいいよ」

カレの優しさともとれるひとことが私の耳をつんざいた。それまで気にしたこともなかったし、誰かに指摘されたこともなかった。だけど、一度いわれると気になって仕方がない。む、と口を閉じるとくっきりとした梅干しが浮かびあがる。何度も鏡を見ていると、自分の顔がどんどんきらいになっていく。誰かと目が合うたびに、私の梅干しを見られているような気がして下を向いてしまう。鷹宮くんにフラれたのはこれが原因だったのではないかとさえ思えてくる。

その日の放課後、地元で一番大きな本屋へ立寄り、メイク雑誌を読みあさった。目を大きくする方法や鼻を高く見せる方法は様々な手法が載っているのに、梅干し顎を直すメイクはどこにも載っていなかった。散々調べてようやく辿《たど》り着いた解決法が歯列矯正だった。

約二年。これは、梅干し顎を治す期間ではない。両親に、歯列矯正を懇願してゴーサインをもらうまでの期間だ。やる理由はあっても、やらない理由はどこにもなかったのに、両親は口を揃《そろ》えて

「今まで、なんの支障もなかったでしょう」と笑った。

だったら、やらなければいけない理由を提示するまでだ。私は、躍起になって矯正専門の歯医者を探し、ありとあらゆる検査を受け、その結果をお母さんに報告した。さまざまな角度から撮られた顔写真、口腔《こうくう》内写真、歯の型取り、咬合器《こうごうき》付着での顎の位置の確認、顔の骨格のレントゲンとその分析。検査代の三万円は、自分の小遣いから出した。お母さんは、根負けしたような、呆《あき》れたような感じでしぶしぶ了承してくれた。

大きなマスクでいっさい表情のわからない歯科医は、三種類の矯正器具を見せながらどれにしますか？　と訊いてきた。お母さんは、なんの躊躇《ためら》いもなく一番安価でギラギラと輝く金属製のブリッジ（矯正器具）を指さした。白くて目立たない装置（プラス十万円）が人気ですよと歯科医は勧めてきたけど、お母さんは見向きもせず銀行から下ろしてきた五十万円の入った封筒を突き出した。これ以上は出せません、といった感じで。

毎月、処置料として五千円がかかることをお母さんには伝えていなかった。そして、どのくらいの期間で終了するのかは個人差があることや、最終的には、百万近くのお金がかかることも。お母さんの愚痴と、器具を付けたことによる様々なデメリットに耐える日々は想像以上につらかった。

まず、食べたい物が食べられない。ワイヤーを締めた直後は、上の歯と下の歯がかちんと重なるだけで激痛が走る。トウモロコシを齧《かじ》った日には、歯の表面に接着したブラケットがぽろっと外れてしまう。肉みたいな弾力性のあるものは噛《か》んでも噛み切れないから上顎と舌で押しつぶして適当なところで飲み込まないといけない。パンは針金と歯の隙間に詰まるから人と会話しながらでは食べられない。常に口元が気になって大口を開けて笑うことができない。麺がワイヤーに絡まる。歯ブラシは用途に合わせて三本を駆使しなければいけない。滑舌が悪くなるのでいつも名前を訊き返される。「シカイさん?」「いえ、チカイです」

*

鷹宮くんとの約束の日が訪れた。

待ち合わせ場所を六本木にしよう、といわれたときは冗談かと思った。そんなところ、行ったことなどないのだから。そもそも、遠出する意味がよくわからなかった。近くのカフェで気軽にお茶をすればすむ話。それなのに、鷹宮くんはいつになく張り切って段取りを組んだ。最寄りの国分寺駅に集合して三人で現地に向かえばいいのではないかと提案したところ、先に行って場所を確認しておきたいんだといわれた。だったら、前日にやってくれよとつっこみたいのを我慢した。

一張羅のワンピースに新品のレギンスを穿《は》き、ショートブーツでコーディネートしてみたけどどうも決まらない。ミリタリーコートを羽織ってごまかした。自分の姿を鏡で見てためいきをつくと、ベッドの脇にあるコルクボードに目が行った。ピースサインを作る私の横で、鷹宮くんとカレが肩を組んでいる写真が懐かしい。アルバムをめくるように様々な思い出がよみがえっていく。そこから、鷹宮くんと私だけの記憶を抜き取り、よし、と声を出して玄関の戸を開けると、冷たい風が頬を刺した。国分寺駅までの道のりをダッシュで向かう。

人混みはやっぱり苦手だ。いつになったら携帯なしに電車に乗ることができるだろう。iモードで、ホームの番号や電車線を確認しなければ不安で仕方がない。乗り換え乗り換えで一時間半、ようやく六本木駅に着いた。リュックのベルトをぎゅっと握り、不安な気持ちを抑えて長いエスカレーターで登っていく。改札を出て、指定された出口を探す。連絡通路が長過ぎてげんなりする。駅から徒歩三分と鷹宮くんはいったけど、まだ出口が見えない。かれこれ十分は歩いている。

地上に出たところで「萩原」と、鷹宮くんに声をかけられて安堵した。鷹宮くんの真後ろから、ちろりと現れた女の子が私を見て微笑《ほほえ》んだ。

「ええと、こちらが萩原誓さんで、こちらが栗咲ナギサさん」

このためだけに呼ばれたのか、と小さく舌打ちが出る。安くはない往復の電車賃や、ここに辿り着くまでの不安な気持ちが怒りとなって、つい鷹宮くんを睨《にら》んでしまう。そんなことはおかまいなしに、じゃあ行こうかと歩きだした。

「どこに行くの？」

「着いてからのお楽しみってことで」

ナギサが鷹宮くんに話しかけてくすくすと笑っている。私は、無言のままとぼとぼと二人の後ろを歩きながら品定めを始めた。X−girlのスウェットパーカーにデニムのスキニーを合わせ、オールスターの白のハイカットが彼女の華奢《きゃしゃ》な体型によく似合っている。キメ細かい肌の上にうっすらと散らばったそばかす。その上に載せたオレンジラメのチークや、茶色のマスカラがハーフの女の子っぽくてとてもかわいらしい。腰まである長い髪はよく手入れが行き届いているようで艶々と輝いていた。ほのかに漂う高貴で華やかな香りが心地よく、あとで使っている香水の銘柄を訊こうと思った。

三分ほど歩いた所で、鷹宮くんが「ここだよ」と少し強《こわ》ばった表情でいった。CLUB、という私たちには似つかわしくない単語が見え、何度も確認する。外観からすると、ケバいお姉さんがお酒を作ってくれるところではなさそうだ。

それにしても、六本木のクラブでどんなイベントがあるのだろう。喧《やかま》しい音楽と眩《まぶ》しいレーザー、それに群がる輩《やから》と痴女を想像した。来てはいけないところに来てしまったように感じて、暑くもないのに背中に汗が流れる。どうしようどうしようと足をじたばたさせていると、鷹宮くんが「ごめん。一人ではちょっと勇気がなかったから、二人を誘ったんだ」と、さらに私を混乱させるようなことをいいだした。

「ここで、なにがあるの?」と、ナギサと私の声が重なる。

どうでもいいから、早く帰りたいと心の中で呟いたのはたぶん私だけ。ナギサの目は、好奇心に満ちていた。

「すっごいショーがあるって聞いてさ。サークルの先輩に勧められたんだ」

「先輩って誰？」ナギサが訊く。

「ヒカゲさん」私の知らない人物だ。

「えー。なんか、嫌な予感がする」ナギサが眉をひそめて不安そうに呟く。

「よくわかんないんだけど、人生経験として一度は見ておいたほうがいいって。現代アートとかいってたかな」

よくわからないのは私のほうだ。こんなところで、なにを見せられるのだろう。現代アートなんて興味ないし、元美術部だからといって、ムサビ生と同じ芸術感覚は持ち合わせていない。そもそも、私には絵心というものがないのだから。

「ちょっと待って。ルームシェアの話はどこへ行ったわけ？」ナギサと鷹宮くんの顔を交互に見ながら声を張り上げた。

「そろそろ開演時間だから、とにかく入ろうよ」

私の言葉は聞こえていたはずなのに、鷹宮くんは知らん顔してナギサを促して入っていく。

そこは、場末の小劇場を彷彿《ほうふつ》とさせる秘密の夜会――『サディスティックサーカス』と呼ばれるなんとも過激で如何《いかが》わしいショーのステージだった。

始まって二秒で後悔した。目の前で繰り広げられるパフォーマンスに私は思わず息をのんだ。次に、目を伏せた。地元の祭りの会場で見たインチキくさい見世物小屋とはレベルがちがった。あまりの過激さに耐えられず口元を押さえながら会場を出て行く人が何人もいた。私もそれに紛れ込みたいと何度も出口のほうに視線が向かう。

そんな私をよそに、隣に立つナギサは、真顔でステージに見入っているようだった。鷹宮くんは、口をあんぐり開けた状態で、たまに手で目を覆ったりしながら見続けた。怖いもの見たさで閉じていた目を薄く開ける。そして、二人の表情を箸休めに眺めてやり過ごした。

クライマックスのアナウンスとともに場内の温度が一気に上がる。暗転の後のスポットライト。私の目がステージに釘付《くぎづ》けになった。それは、「公開処刑」ならぬ「公開花刑」というパフォーマンスだった。死化粧を施し、白装束を纏った黒髪の女性が処刑台に括《くく》り付けられた状態で花を生けられていくのだ。着物を剝ぎ取られ、露《あらわ》になった女体の隙間に突き刺される花たちの艶やかさといったらない。演出だと思うが、女の体から赤い血のようなものが吹き出したときは、大歓声が起きた。

私たちは、会場を出ると無言のまま歩きだした。誰もショーの感想を口にしようとはしない。理解不能。完全に私のキャパを超えていた。二人がどう感じたのか、訊きたいとも思わなかった。

どこからか、雄叫《おたけ》びが聞こえて辺りを見回したが声の元はわからない。しばらく歩くと、多国籍料理店「カオス」と書かれた看板が目に入り、ああと妙に納得してしまった。まさにここは多国籍な人種が集まる無秩序な街だと。交差点の真ん中で黒人男性と若い日本人女性が激しいキスを披露し始めた。ひゅーっと歓声が沸き起こる。その一部始終が、まだショーの続きを見せられているようだった。

＊

「歯、矯正してるんだね」

帰りの電車の中でナギサがいった。咄嗟《とっさ》に口元を手で隠す。

「見せて見せて」とナギサが顔を近づけてくる。変な子だな、と思った。

鷹宮くんは、首をかくっと落として寝入っている。

「やだ、恥ずかしい」

「なんで？　かわいいじゃない」そのとき、ナギサの乱杭歯《らんぐいば》が見えた。

「これ、別にオシャレでやってるわけじゃないから」

「ふーん。じゃ、なんでしてるの？　歯並び、わたしより良さそうだけどね」

「嚙み合わせを治してるんだよね」と嘘《うそ》をつく。本当のことをいったら、梅干し顎を触らせてといってきそうだ。

私の通っている歯科医の説明によると、オトガイ筋と呼ばれる下唇のすぐ下から顎の先端の近くまで伸びている筋の緊張によって私の梅干しはできるのだという。ふつうの人より前歯が大きく、顎が小さいことが原因だといわれた。

「痛いの？」

「最初はめっちゃ痛かった。それに、自分ではどうにもならない煩《わずら》わしさがいつもあるよ」

「痛いって、どんぐらい？」

「うーん。まあ、痛みっていうのは慣れるもんだから」

「痛みを感じないと物足りないみたいな？」

「それはないけど、ワイヤー交換のあと、痛みが少ないと不安になることはあるよ。ちゃんと治ってるのかなって。もうちょっと、締めてもよかったのになって」

「へー。そういうもんなんだ。で、完成はいつごろ？」

「わかんない。だいたい三年くらいっていわれてるから、あと二年くらいはかかるかな」

「そんなにかかるんだ。けっこうな根気がいるね」

「でも、歯が少しずつ動いてく感じは楽しいよ。なんか、ちょっとずつゴールに近づいてく感じとか。耐えて耐えて耐え抜くから、終わったときの感動があると思うし」

「耐えて耐えて耐え抜く……」

小さな呟きだった。うっすらと笑みを浮かべながら、私の言葉を真似《まね》ていう。

電車ががたんとゆれた拍子に、鷹宮くんの頭がナギサの肩に載った。ああ、と私の落胆の声と重なるように、ナギサがふふっと眉をひそめて笑った。その無邪気さが私を苛立《いらだ》たせていることも知らずに。

そのとき、鷹宮くんの目がわずかに開いたことを私は見逃さなかった。

気づいてしまった。鷹宮くんは、とても自然に振る舞っているように見えたけど、常にナギサの隣をキープしていた。二人で話しなよ、と促しながら気づけばナギサの横を歩いていた。ショーを見る立ち位置も、電車のシートに座る位置も、右から鷹宮くん、ナギサ、私の順で並んだ。私にはわかる。偶然ではなく、意図的にそうしていることを。いつも私がやっていたことだ。

決めた。

「私の部屋に越してきなよ」

ありがとう、と笑うナギサを見て私はほくそ笑む。

次は、この子だ。そうやって無邪気に笑っていればいい。私はあなたを利用させてもらう。

見つけた。新しい命綱。

＊

引っ越しは、翌週の土曜日に行われた。

「その猫どうしたの？」

「ごめん。了くんから、なにも聞いてない？」

「うん。聞いてない」

白くて丸くてふわふわとした生き物を見たら、かわいいといったほうがいいのはわかっている。でも、その言葉は出てこない。女二人しかいない空間においては無意味だから。

「了くんの家に住みついた猫をもらってきちゃった。ここ、ペット禁止？」

「たしか、小動物要相談ってなってたはずだけど、猫はどうかな」

「じゃ、相談してみてよ」

「名前は？」

「ムダイ」

「変な名前」

「了くんが名付け親なの」

いちいち出てくる了くんという単語にぴりっとこめかみが痛む。私がいいたくてもいえないその名前をさらっといえてしまうところが憎たらしい。

「一応、管理会社に訊いてみる」

「お願い」

その日、ナギサが持ってきた荷物は、大きめのスーツケース一台と猫一匹だけだった。家賃の半分はきちんと払う、というのでその後運び込まれた大量の画材や絵の具特有のツーンとした薬品臭は大目に見ておくことにした。ナギサは、アルバイトなどはせず、ほとんどの時間を絵を描くことに費やしていた。ナギサの描く絵は、私にはよくわからない抽象画で、たまに説明を聞いてもいまいちピンとこないものばかりだった。

親には、泥棒が入ったことを告げてないらしく、マンションはそのまま家賃を払い続けるという。もったいないと私がいうと、とにかく迷惑をかけたくないんだと目を伏せた。裕福な家庭の子なのだろう。天真爛漫《てんしんらんまん》なところはあるけれど、言葉遣いや立ち居振る舞いなどから育ちの良さが窺《うかが》える。

「夕飯、まだでしょ？　どこかでご飯食べよっか。っていっても、このへんなにもないんだよね。コンビニで引っ越し祝いの蕎麦《そば》でも買ってこようか」

「下に、お店っぽいのがあったけど、なに屋さん？」

一階にレストランが入っているのは知っていた。もう八ヶ月近く住んでいるのに一度も行かなかったのは、どことなく怪しい雰囲気を醸し出していたからだ。隠れ家風を装っているのか目立った看板も掲げていないし、昼間は電気もついておらず、店先にメニューボードも置かれていなかった。おそるおそる重たそうなドアを開けると、店内はカップルばかりでなんとなく気後れした。

「『チャオ』。これがお店の名前っぽいよ。スペイン料理だって」

カウンターの上に掲げられたメニューボードを見てナギサがいう。

「ＣＨＡＯって、スペイン語でまたねって意味だったよね」

「そうだっけ？　イタリア語かと思ってた」ナギサはあまり興味がなさそうに呟く。

「イタリア語でもあるけど、イタリアとスペインでは使い方がビミョーにちがったりするんだよ」

自慢げに答える。

「早く頼もう」どうでもいい、といった感じでナギサはメニュー選びに必死だ。

「日替わりディナーセットでいいんじゃないかな」私がいう。

「食べるガスパチョっていうのもあるよ。あと、ホットチョコ添えチュロスも美味《おい》しそうだよ。これも食べたい」ナギサは次々にメニューを指さす。

「ごめん。私、あんまり持ち合わせがないの」

「いいよ。今日はわたしにごちそうさせて」

「バイトもしてないのに、なんでそんなに羽振りがいいの？　住んでたマンションもすごく家賃の高そうなとこみたいだし。もしかして、お嬢様とか？」

「ちがうよ。父がお医者さんなの。母親の再婚相手だけどね」

ぼそっと俯《うつむ》き加減に漏らした。

なるほど、そういうことか。家族の話は苦手らしく、歳の離れた妹が一人いることくらいしか教えてくれなかった。

私が一方的に話してナギサがふんふんと相づちを打つ感じが続いた。一緒に住んでいたカレと別れた話をしているうちに、涙がぽろぽろとあふれてきて、慌てて紙ナプキンで頰を押さえた。

「それって、誓ちゃんが悪いよ」

いきなり責められて返す言葉がすぐに出てこなかった。

「な、なんで？　私、がんばったんだよ」

「だって、誓ちゃんが好きなのは了くんでしょ？」

「ぐ、あ……」

驚きのあまり変な声が漏れてしまう。カレとの思い出の中にいつも鷹宮くんがいたのは事実。でも、どうして見抜かれてしまったのだろう？

「今の話の中に鷹宮くんという単語が出てきたのが三十二回。カレが十一回。統計的なことでいっただけだから、違ったらごめん」

呆気《あっけ》にとられて笑うしかなかった。お酒飲んじゃおっか、とごまかすように手を上げて店員を呼んだ。二人とも、カルーアミルクとかカシスオレンジなどの甘ったるいお酒ばかりを飲んだ。ほろ酔いのまま外へ出ると、冬の始まりを感じさせる冷たい風が頬に当たった。

二人して、ふらふらと階段を登っていく。バタン、と勢いよく閉まったドアの音にナギサが小さな悲鳴をあげた。

「ごめん。わたし、大きな音苦手で」

「あはは。みんなそうだよ。なんでも適当に使って。私は、布団敷いて寝るからベッドどうぞ」

「ありがとう。誓ちゃんって、親切だね」

「よくいわれる」嘘っぽい笑顔が静かな部屋に放り出され、行き場をなくす。

「一つだけ約束してくれる？」

「なーに？」

「鷹宮くんのこと、取らないでね」

ナギサがこくんとうなずいたのを確認してから洗面所で顔を洗った。

*

ナギサとの生活がスタートした。

猫の件は、管理会社にダメだしを食らったが、ナギサがどうしてもというので黙って飼うことにした。

そもそも学校もちがえば授業のカリキュラムもまったく異なるので、同じ時間に家を出ることはほとんどない。たいていナギサのほうが早く家を出る。帰りは私のほうが遅くなるので、いつもナギサが夕飯を作って待っていてくれるのだが、まともな料理が出てきたことは一度もなかった。ほとんど料理とは呼べないものばかりにもかかわらず、毎回失敗するのだ。しゃぶしゃぶとか手巻き寿司《ずし》とか焼肉とか冷凍餃子《ギョーザ》とか。同時に別々のことをしたり、頃合いを見計らって混ぜたりひっくり返したりする料理はとくにダメだった。毎日これだと食費がもったいないので、バイト先のコンビニで賞味期限切れになったものを持って帰って二人で食べるようになった。

夕飯を終えると、二人でよくお酒を飲んだ。二人ともビールや焼酎が飲めなかったので、リキュールのボトルを買ってきてそれを三ツ矢サイダーで割って飲むのが定番だった。私は、ナギサの純粋で無垢《むく》なところに本来の目的を危うく見失いかけたこともある。鷹宮くんの存在がなければ、親友とでも呼んでしまいそうなほど、ナギサとは馬が合った。

突然、引っ越し祝いと称して鷹宮くんが真っ白い花の鉢植えを持ってやってきた。

「カトレアは、うまく手入れすれば半永久的に保《も》つっていわれてるんだ。これは、年に数回花を咲かせる不定期咲きタイプで……」

「ありがとう」と声をはずませそれを受け取ったナギサを見て、鷹宮くんが少年みたく照れくさそうに頭を掻いた。少しはにかんだその笑顔を私は初めて見た気がして、嫉妬した。

「きれいだね」私の言葉は、鷹宮くんにはきっと届いていない。

鉢植えが鷹宮くんからナギサに渡った瞬間、甘辛い、スパイシーな刺激が鼻をついた。

「カトレアって、たしかラン科の花だったよね」ナギサが鷹宮くんに向かって訊ねる。そうそう、と鷹宮くんがうなずき、二人の空間が瞬時にできる。

「こら、ムダイ」

大声を出して二人の邪魔をするのが精一杯の抵抗だった。意地悪な自分を惨《みじ》めだなんて思わない。思ったら、負けなのだ。

夕飯を食べるあいだ、二人の話題はサークルのことばかりでまったくついていけず、テレビを見て過ごした。たまに、ナギサがごめんと気遣って話しかけてくれるのが鬱陶しかった。

「じゃ、またね」と鷹宮くんがいい、「チャオ」とナギサが送り出す。その横で私は、呆然と立ち尽くした。帰っていく鷹宮くんの背中に私は叫んでやりたかった。そのセリフは、完全にナギサに向けられたものだったから。私と鷹宮くんの間に、「またね」はないのだ。

「CHAO」は、またねという意味で合っているけど、軽い意味での「さようなら」を伝えるときに用いられる。次に会う予定のない私は、チャオではなく長い別れを意味するアディオスを使うべきか。そんなどうでもいいことを扉が閉められたあとも考えていた。

「ナギサって、鷹宮くんのことどう思ってるの？」つい、きつい口調で訊いてしまう。

「優しい人だなって思うよ」

「そういうことじゃなくてさ」

「大丈夫。わたしが了くんを好きになることは絶対にないから」

「なんでいいきれるの？」

「わたしは、作品をつくることにすべてのエネルギーを使いたいから」

まるで恋など無意味といわんばかりにナギサは笑う。私の長い片思いをバカにされている気がした。

「正直にいうとめんどうなの。そういうの全般が。それに、わたしは誓ちゃんみたいに潔くないから」

「潔くないってどういう意味？」

「そこまで割り切って男の人と交わりたいとか思わないから」

交わる、という言葉を使って濁したのかもしれないけど、かえって生々しいその響きが私を蔑んでいるように聞こえた。なんだか、汚い、といわれているみたいだ。

「ナギサだって、いつか運命的に誰かと恋に落ちるかもしれないよ。そしたらさ……」

「気を悪くしないでほしいんだけど、わたしは、男の人に優しくされたり冷たくされたりして一喜一憂する感覚がどうしても理解できないの」

「その一喜一憂する感覚が、人を好きになるってことなんだよ」自分で恥ずかしくなるほど陳腐なセリフだと思った。

「でも、結局裏切るじゃない。ずっと好きでいることなんて不可能だって」

「………」なにもいい返せない自分が情けない。

ナギサは、過去になにかトラウマを抱えているのかもしれない。

しばらくの沈黙のあと、ふと思い出して質問を投げた。

「ねえ、ナギサの使ってる香水ってなに？」

「香水なんてつけてないよ」

「だって、いつもいい匂いするよ」

「ああ、ボディシャンプーかな。オードフルールっていうやつ」

「私も、使っていい？」

「うん。カサブランカとカトレアとローズがあってね。最近は、カトレアがお気に入りなんだ」

訊かなければよかったと後悔した。鷹宮くんがカトレアの鉢植えをナギサにプレゼントした行為は、愛の告白だったのだ。

その日、ナギサと同じボディシャンプーを使ったはずなのに、私の体から発せられるものはまるっきりちがう匂いだった。

纏う人の体質や皮脂分の多少によって香り立ちは変わってくるらしい。肌につけた瞬間から時間を追ってトップノート、ミドルノート、ラストノートと変化する。最後に訪れる残り香は、その人のイメージを決定する役目を持つ。

＊

ナギサとルームシェアを始めて二週間が経《た》った。

私はバイトの時間を増やすことにした。雀《すずめ》の涙程度だけど、深夜のほうが時給がいい。ナギサは、作品づくりやサークルの活動で忙しく、顔を合わせるのはたいてい朝方だった。

バイト先のコンビニから、賞味期限切れのおでんと肉まんをこっそり持って帰ると、ナギサがベッドの上でおかえりーと迎えた。

「まだ、起きてたんだ」

「うん。了くんの家にあったビデオ。けっこうおもしろいよ」

「なにそれ？　映画？」白黒映像がテレビ画面に映し出されている。

「『フリークス』ていう、本物の見世物小屋の話だよ。誓ちゃんも一緒に観ようよ」

「えぐいやつはパス」

「これは、ラブストーリーだよ」

「嘘だー。見世物小屋とラブストーリーが全然結びつかないんだけど」

「素晴らしい作品だよ」

頭が異常に小さい男や、胴体のくっついた双子の姉妹、四肢欠損の男性が出てきて唖然《あぜん》となった。

一気に食欲が失《う》せていく。

「この人たちってさ、あるべきものがないんだね」私が画面を見て呟く。

「そう。この映画はなぜか不足の人間ばかりが出てくるの」

「フソク？」

「足りないって、悲しいよね」今度はナギサが呟く。その言葉の真意が私にはよくわからない。

「だいたい、鷹宮くんはなんでこんなもの持ってるわけ？」

「さあ。でも、変なんだよね。借りた覚えはないんだけど、わたしのバッグに入ってた。了くんが入れたのかも。わたしに観てほしかったのかな」

鷹宮くんの話をナギサから間接的に聞くことはできるけど、とくに用事もないので会えない状況が続いている。ナギサをどう利用すれば私に勝ち目があるのかも皆目わからないままだ。

「芸術家の考えることは、私にはよくわかんない」いいながら、テレビデオの主電源を切った。あきらめたナギサが私のほうを見て、手荒れしてるねと指摘する。

「うん。この時期すぐ荒れるんだー。ナギサの手はきれいだね。そのネイルも素敵」

「でしょう。これ、全部アクリル絵の具で描いたんだよ」

「シールじゃなくて手描きなの？　器用だね」

それは、花をモチーフとしたネイルアートだった。街中で流行《はや》っているラインストーンやスワロフスキーをあしらったものとはちがい、存在を主張してくるような派手さはないが、ナギサらしい上品な美しさがあった。

「やったげようか」

「うん。いいの？」

「どんな感じのが好き？　パステル系？　それとも、キラキラ系？」

ナギサの爪は、なに系ともいいがたい。強《し》いていうなら、キレイ系。思わず見とれてしまうほど、繊細で美しい。

「ペディキュアもおそろいなんだよ」いいながら、布団から足を出す。

そのとき、ナギサの足の甲に巻かれた包帯が目に入った。

「ねえ、それどうしたの?」

「あ、これ?」いいながら、結び目をほどきはじめた。

「わざわざ見せなくていいよ」

私の言葉を無視してくるくると包帯を逆巻きにする。血と黄色い汁のついたガーゼを取ってふーっと息を吹きかけると、こちらに足を差し出してきた。思わず、うわっと声が漏れてしまうほど、皮膚はめくれ、ピンク色の肉が丸見えだった。直径五センチほどの赤くめくれたそれはなにかの模様を作り出している。

「なんなのそれ」

「これね、すっごい痛いし、すっごい腫れるし、すっごい痒《かゆ》いんだけど、できあがりはすっごいきれいなんだよ」

軽い口調でいい、「他のも見る?」と訊いてきたけど、私はすでにどん引きしていて、「もう見たくない」と答えた。

「こういうの、苦手?」

「好きじゃない。なんでそんなのやろうって思ったの?」

「痛みは消えるから」

「なにいってんの？　そんなこと訊いてんじゃないよ」

「大学の先輩がやってるの見て、いいなーって思って。これは、初めて自分でカッティングしたんだよ。皮膚を剝ぐのはちょっと難しかったけど」

足の甲をぷらんと浮かせながらいう。透き通るように白い肌のせいで、その部分の赤い輪郭とピンクの面がくっきりと浮き出て見える。そのとき、それが蘭の花であることにようやく気づいた。

「きれいっていうより、痛々しい感じがする」

「それは、誓ちゃんの矯正だって同じだよ。だって、歯茎にネジが埋めこまれてるじゃない」

「これは、治療だから」私は、なぜかむきになっていう。

「これは、作品なんだよ」負けじと、ナギサがいい返す。

「は？　その傷みたいのが作品？　だったら、それを誰かに見せたりするわけ？」

「誰かに見せびらかすためにやるんじゃないよ。自分のため。誓ちゃんだって、そうでしょ？」

「そこまでして、やる価値があるものなの？」

「誓ちゃんもいってたじゃない。痛みって慣れるもんだって。耐えて耐えて耐え抜くから、終わったときの感動があるって。それに、痛みは忘れても作品は残るから」

「でも、歯の痛みとは、比べ物にならない痛みが伴うんでしょ？」

「ねえ、イタ気持ちいいって、最高の感覚だと思わない？」

「ごめん。全然わかんない」

意味不明、と悟った時点で私の興味は失せていく。世界観や価値観なんてものは、説明されても理解できないものなんだと思った。

風呂場の扉を開けると、ナギサの匂いがした。それを思いっきり吸い込んで、吐き出した。

＊

いつからか、ふらりと出かけたままムダイが帰ってこなくなり、ついに姿を消してしまった。それから、しばらく冬空の下を二人で探したものの、ムダイを見つけることはできなかった。

「猫って自分の死ぬ姿を人に見せたがらないって聞いたことある。それだったりして」

ナギサがぽつりと漏らした。

「ええと、それはね、」といいかけて、一旦言葉を切った。ナギサが興味ある、という顔をしたので続けることにした。

「死を迎えた猫について『猫は死ぬときに姿を消す』ってよくみんないうけど、この解釈は少しちがうみたい。毎日のように見ていた野良猫が、あるときから姿を見なくなったり、二度と会わなくなったなんてことがたまにあるでしょう。そんな経験から、猫は死ぬために姿を消すのだろうという解釈が生まれたの。

でもね、突然姿を見なくなった顔なじみの猫を数週間ぶりに見かけた、なんていうこともあるのも事実。姿を消して二度と帰って来なかった猫＝戻ってこなかった猫、もしくは戻ってくることができなかった猫であって、死を悟って姿を消したわけではないのよ。

体の不調を感じたとき、静かで安全な特別な場所に移動して余計なことに体力を消耗しないように休んでいる、と考えるほうが自然だと思わない？　動物の持つ自己防衛行動の一つと考えられるそうだけど、人の出入りの少ない軒下や使われていない倉庫や小屋で自分の持つ自然治癒力が最大限に発揮できるようにするんだって。幸いにも回復できた猫は自分の棲家《すみか》へ戻り、回復できなかった猫はそこで死を迎えることになってしまう。猫は決して死を悟ったわけでも、生きることをあきらめたわけでもない」

「皙ちゃんって、物知りだね」

ナギサは、けらけらと楽しそうに笑っていて、私は、授業で習った動物行動学を披露できて満足だった。

ムダイを見なくなってから、二週間が過ぎたころ、大きな布の塊を持って歩いているナギサの姿を家の前の道路で見かけた。洋服は泥だらけ、結った髪は乱れている。徘徊《はいかい》する老人のような出《い》で立ちだ。

「ナギサ？　大丈夫？」そのとき、赤く染まった毛に覆われた獣の足らしきものがぷらんと下がるのが見えて、ぎょっとなった。

「ムダイ……。死んじゃった」ナギサの声が震えている。

「ねえ、それどこに持っていくの？」

「早く、カソウしてあげなきゃ」

「火葬場を探してるの？」

ナギサが首を横に振る。

「埋めて……あげなきゃ。いつか……お花になるの。だから……カソウ」

ぶつ、ぶつ、と途切れる言葉の意味がまるで理解できない。

落ち着かせるために自販機で爽健美茶を買い、手渡した。

「これ、飲み終わったら一緒に行ってあげるから」

タクシーに乗りこみ、タウンページで見つけたペット専用の火葬場を目指した。ペットセレモニーというらしく、人間同様納骨までするのが主流だと親切なタクシー運転手が教えてくれた。

火葬代が一万八千円もすることに驚いたけど、ナギサは、まったく動じずに財布から二万円を抜き取って支払いをすませた。ナギサはムダイに向かって何度もごめんねと言葉をつまらせ、力尽きたようにその場に倒れ込んだ。

夕方、アパートに帰り着くと、一気に疲れが襲ってきた。

「私、ちょっと寝るけど大丈夫?」

「うん」その声を確認して目を閉じた。

どれくらい経ったのか、インターホンの音で目を覚ました。玄関を開けると鷹宮くんとぼろぼろのままのナギサが立っていた。

寝起きのせいで気分も悪いし頭の回転が鈍い。なんで鷹宮くんといっしょなのか不思議だったけど、めんどくさいので、経緯を訊くのはまたにしようと思った。ナギサに着替えを促すとソファに倒れ込んだ。

＊

十二月も残りわずか。もうすぐ、新しい年を迎える。すでに大学は休みに入っていたけど、なんとなく周りの空気が気忙しい。手帳に記した年内にやらなければいけないことリストを見つめてためいきが漏れる。ゼミの忘年会の幹事に年末年始のバイトのシフト作り。結局、私はなにも変われていない。無責任でいることも無関心でいることもできない。ナギサのこともそうだ。なんだかんだ心配で世話をやいてしまう。

「ナギサは実家帰んないの？」

「んー」それがイエスなのかノーなのか判断がつかなかった。ナギサは、ムダイの死に相当ショックを受けているようであれ以来元気がない。

「年が明けたら、すぐこっちに帰るから」

ベッドの中から、うんと小さな声がする。

「一人で大丈夫？」

返事はない。眠ってしまったのだろう。

結局、私はナギサを放置したまま部屋を出た。

後ろ髪を引かれるような気持ちで帰るのはしのびないので、鷹宮くんに連絡をしようと携帯を手に取った。だけど、どうしても親指が躊躇ってしまう。あと、ワンプッシュすればかかるのに。たったひとこと、気にかけてほしいと伝えることがどうしてもできない。帰省する電車の中でもずっと携帯を握りしめたまま迷っていた。私のいない間に二人になにかあってほしくないのだ。

月に一度、歯のメンテナンスのために実家近くの歯医者に通っている。これも、矯正前にいわれていたことだけど、たった三十分のワイヤー交換のために帰るのは時間と金の無駄使いのような気がしてならない。東京の歯医者で経過を見てもらうことはできないか、と頼んでみたところ、それはむずかしいといわれた。歯列矯正を始めた場合、基本的に転院、引き継ぎはできないそうだ。仮に転院した場合、最初から治療を行うことになるため、再度検査費等が発生するらしい。こないだ、お母さんから電話がかかってきて、嫌味たっぷりに「あんたは札束でご飯食べてるのよ」といわれたのでバイト代から少しずつ返していくことにした。

矯正のワイヤー交換は、いつも通り滞りなく終わった。歯科医が、順調ですよと抑揚のない声でいう。ひとさし指で顎を触ってみたが、まだでこぼこが治っていないように感じて急に不安になる。トイレの鏡に向かい思いっきり口を開けて、下の歯茎と上顎に突き刺さったネジを見つめた。舌で触っても指で押してももう痛みはない。どんな痛みだったかさえ思いだせない。ナギサがいうように、痛みを感じないのはなんだか物足りない気がする。

ナギサに電話やメールをしたけど返事はない。妙な想像が頭を巡る。ナギサが一人苦しんでいる姿と、鷹宮くんとナギサが私の部屋で交わっている姿。どちらにせよ、呑気《のんき》に実家で年を越している場合ではないと鞄《かばん》と携帯を持って駅へ走っていた。電車がゆれるたびに鷹宮くんとナギサの顔がちらつき、淫《みだ》らな想像は、掻き消しても掻き消しても尚《なお》、私の脳内で繰り返された。

アパートに帰り、ドアを開けた瞬間、泥棒に入られたのかと思った。部屋ごと逆さまにひっくり返されたような散らかり具合だったけど、どの窓も鍵が閉まっていたし、貴重品や下着がなくなっていることもなかった。一応、警察に連絡して指紋や侵入した痕跡を調べてもらうことにした。確かなことはわからないけど、近しい人物がなんらかの目的で部屋に入って荒らした、という例がありますといってきた。一瞬、元カレを思い出した。だけど、カレがここに戻ってくる理由も、この部屋を漁《あさ》る理由も見当たらない。じゃ、誰がこんなことを？　そんなことを考えていたら、クッションの隅に一円玉サイズの血痕を数滴見つけてしまい、咄嗟にひっくり返した。これは、私の血じゃない。家を出る前にはなかったものだ。じゃ、ナギサの血？　また、あのカッティング行為をやったのだろうか。変に勘ちがいされても困ると思い、警察が部屋を出ていくまで、私はクッションを抱きかかえて過ごした。

ナギサと連絡が取れないまま大晦日《おおみそか》を迎えた。しばらく考えたところで、きっと、ナギサは実家に帰ったのだろうと思うようになった。部屋が荒れていたのは、体調が思わしくないなか準備に追われ、そのまま出て行ったのだろうと。血痕のことは、あまり考えないようにした。

気疲れからか寒さのせいか風邪をひいてしまい、急に寂しさが増してきた。クローゼットから綿入れを取り出して羽織る。冷蔵庫を見ると期限切れのＥＶＥがあったのでとりあえず飲んだ。こんなときこそ、鷹宮くんに傍にいてほしい。もうすぐ、年を越してしまう。ダメでもいい。意を決して、鷹宮くんに電話をかけた。

「あ、もしもし。元気？」

「ひさしぶり。どうかした？」

「実家で年越そうかなって思ってたんだけど、東京に戻ってきたから、鷹宮くんどうしてるかなって思って」

「ちょっと、バイトが忙しくてさ。クリスマスのあとは、正月の準備で」

「そうなんだ……」本当は、体調が悪いから会いに来てほしいといいたい。

「ナギサは？」

「実家に帰ってると思うけど」

それ以上、会話が続かず、じゃあ、と電話は切られてしまった。ナギサのいないこの部屋に、鷹宮くんが来る理由なんてないのだ。

インターホンの音で目を覚ました。かなり長い時間眠っていたらしい。つけっぱなしのテレビから正月番組が流れている。ナギサが帰ってきたのかもしれないと思い、急いで玄関を開けると、そこには、息をきらした鷹宮くんが立っていた。

「どうしたの……」

鷹宮くんは、「ナギサ、戻ってる?」とだけいうと、部屋の中に勢いよく入ってきた。

「まだだけど」

「ナギサ、実家に帰ってないみたいなんだ。電話して確かめたからまちがいない」

「えっ、じゃあ、どこに?」

「わからない。共通の友達には全員連絡してみたけど、みんな知らないって」

「私はてっきり実家に帰ったんだと思ってた。最近具合悪そうだったから、実家で静養してるんだろうって」

「具合が悪そうなのはいつから?」

「十日くらい前かな」

「ほかに、なにか変わったことは?」

こんな真剣な鷹宮くんは見たことがない。いつもなんにも持ってないって感じで飄々《ひょうひょう》としているくせに。

「帰ったら、部屋がすごく荒れてて。そのとき、ナギサはいなかったけど」

「なんで、すぐに相談してくれなかったんだよ」

「え、だって……」二人は、恋人同士ではないじゃない、その言葉を飲み込んだ。それを口にしてしまえば、きっと鷹宮くんはいうだろう。「ぼくは、ナギサを愛してる」と。そのセリフだけは聞きたくないのだ。

「部屋が荒れてたのは、泥棒じゃないから安心して」

「どういうこと？」

「ここに引っ越してくる前、ナギサの部屋が泥棒に入られたっていっただろ。あれもちがったんだ」

「泥棒じゃないならなんなの？」

「ナギサは、たまに記憶がとぎれるってことはなかった？」

「え、わかんない」

「急に態度が別人のようになることは？」

なんだか尋問されてるみたいな威圧感で迫られて言葉がつまった。

「………」首をふる。クッションの血のことが頭に過《よぎ》る。

「口調が変わったり、仕草が変わったり、嗜好が変わったりは？」

「あー、まどろっこしい。いったいなんなの？」

「ナギサと連絡が取れなくなるということは今回が初めてじゃないんだ」

そういえば、何度かナギサが家に帰らなかったことがある。ムダイを探しにいっているのだろうと思っていたし、他に泊まりにいく友人くらいいるだろうとこちらから連絡をいれたことはない。だけど、それがなんなの？

「全然わかんない。わかるようにちゃんと説明してよ」

「ナギサはなんらかのパーソナリティ障害を抱えている」

「なにそれ」

「ナギサの心は壊れてる」静かに告げると、頭を揉《も》み込むように掻きむしった。

「どういうこと？　元々、ちょっと変わった子じゃない」

「そういうことじゃないんだ。精神的な病気だと思う」

「なんで最初に住むときにいってくれなかったの？」

「いったら、変な目で彼女を見るだろ。そればかりかルームシェアだって引き受けてくれなかったかもしれない」

「じゃ、自分で見張ってればよかったじゃない。私に責任押し付けられても困る」

「ごめん。萩原だったら、面倒見もいいし、しっかりしてるから、ナギサのこと守ってくれるんじゃないかって思ったんだ」

「なんで私があの子を守らなきゃいけないのよ。意味わかんない」

恥ずかしさと苛立ちで、つい声が大きくなる。利用しているのはこっちだと思っていたのに、まさか鷹宮くんに利用されていたなんて。

「萩原。ナギサって不思議な力があると思わない？　癒しの力みたいな、少し神懸かったような。

ぼくらのサークルでたまに、似顔絵一枚三百円で誰が一番売り上げるか競うんだけど、ナギサのところにはいつも行列ができるんだ。もちろんナギサの絵が巧いってのもあるけど、それだけじゃないんだよ。あれはほとんどカウンセリングに近いな。絵を描くのはついでで、お客さんの悩みを聞いてあげてるんだ。彼女には人を癒す力みたいなのが特別に備わっていると思うんだ。ぼくも、何度もあの声に救われた。だから、どうしてもナギサを助けてやりたいんだ」

そんな愛の告白を私に堂々と向けないでほしい。

「もういい。今は、とにかくナギサを探さなきゃ」

こんなときもいい子ぶってしまう自分にうんざりする。本心では、ナギサなんていなくなってしまえばいいと思った。結局、私は鷹宮くんにきらわれたくないだけなんだ。

＊

警察から連絡があったのは、夜の八時を回ったころだった。ナギサは、ムダイの死体を持って行った火葬場で左手にケガをした状態で発見された。なにがあったのかと訊《たず》ねても、首をふるだけでなにも答えず、ひどく怯えていて帰り道がわからないと泣いていたらしい。まるで、子供のようだったと警察官がいった。

その後、出血がひどかったため、病院で手当てを受けた。治療を終えたころには落ち着いていて、名前や住所などを話すことができたという。

迎えにいく道すがら、鷹宮くんが「左手の出血は、たぶんケガじゃない」と呟いた。それは、私も感じていたことだ。

「鷹宮くんは、あれを芸術だって思う？」

「わからない。ちゃんと見たわけじゃないから」

「じゃ、なんであの傷のこと知ってるの？」

「ナギサにあの行為を教えた先輩から聞いた」

「止《や》めさせる方法はないの？」

「ナギサは、体に傷をつけることで心のバランスを保っている」

「どういうこと？」

「萩原は、忘れたくない思い出とかどうしてる？」

「忘れられない思い出ならあるけど、忘れたくない思い出なんてないよ」

「ふつうそうだよな」

「それが、あの傷となんか関係あるの？」

「たぶん」

そういったきり、鷹宮くんは黙りこくってしまった。

「まあいいや。とりあえず、これからどうするの？」

「今度、ここに行ってみようと思うんだ」

リュックから取り出されたそれは、白地に緑の映えるリーフレットだった。開くと、心のケアとか心の叫びなんていう文字が書かれていた。

「色々調べた結果ここが一番よさそうだったから」

用意周到すぎてなんか怖い。鷹宮くんが他人のためにここまで労力を使うなんてこと今までになかった。そんな器用なことできるタイプじゃないくせに、と激しい嫉妬を嚙み殺すようにして次の言葉を探した。

「とにかくさ、実家に連絡したほうがよくない?」

「一応してはみるけど、期待はしないほうがいいと思う」

期待ってなに? 状況的に考えて、親に連絡するのは当然のことだ。

鷹宮くんがナギサの実家に連絡したところ、母親はそうですかといったきりとくに驚いた様子もなく、そちらでなんとかしてあげてくださいと一方的に電話は切られた。

私は、首をかしげた。ふつう、我が子が病気かもしれないと聞いたなら、血相を変えて飛んでくるのが親だろう。放任主義にもほどがある。家を出たら自力でがんばれと獅子《しし》の子落としのように見守る感じでもなさそうだ。

以前、親に心配をかけたくないといったナギサの表情を思いだした。かかわりたくないという強い意志が感じられた。

数日後、鷹宮くんと私は電車を乗り継いで郊外にある精神科専門の病院を訪れた。よく考えれば、二人きりで遠出したのはこれが初めてだ。デート気分でいる私とはちがい、鷹宮くんの表情は硬い。

外観は、一般的な総合病院と同じで、想像していた建物とはちがった。ただ、一歩中に入ると妙な息苦しさを覚えた。急に閉じ込められたような閉塞感が伴う。

病棟は、細かく区切られていて、医師や看護師の許可なしには棟内から出ることはできない。私たちが受付をすませると、看護師に付いていくようにといわれた。

白い壁が長々と続く廊下の向こうに扉が一つ。ここは現実の世界なのか、私もどこか特別な世界へ連れていかれるのではないかと錯覚を起こした。

扉を開くと白衣を着た四十代くらいの女性医師が、大きな革張りの椅子に埋もれながらこちらに微笑んだ。

私と鷹宮くんはナギサのおかしな言動や、不可解に思った出来事を順番に話した。それから、母親の無関心な態度も。

複雑な家庭環境がナギサの症状と関係しているのかもしれないと告げると、医師は深くうなずいた。「おそらく」と前置きをした上で聞かされた病名は聞き慣れないものだった。語尾の「障害」という言葉だけが耳に残った。

「断定はできないんだけど、この病気の原因は親から虐待を受けていたのが一番多いわね。堪えられない苦痛から逃れるために、感情や意識といった自我が分離したことで、自分を制御できなくなる病気なのよ。これは困難な病気でもあるけれど、元は命を守るための手段だったと思ってほしい」

その後、医師は、淡々と念仏を唱えるように説明を続けた。頭の中に次々と虫が入ってきて、出て行ってくれない、そんな感覚だった。

そのとき、ふとナギサの足の甲にあるケロイド状にもりあがった蘭の花を思い出した。

「自分の体を痛めつける行為って、自殺願望があるってことなんでしょうか？　あの子の体には、皮膚を切ったり剥いだりして作った傷があるんです。本人は、作品だっていうんですけど、タトゥーやピアスとは次元がちがうっていうか、ふつうじゃない気がして」

「そういうファッションの人がみんな自殺願望をかかえてるとはいえないけど、行き過ぎは、自傷行為と同じような感覚があると思う」

「病気とこの行為は関係があるんですか？」

「うーん。とにかく一度本人に会わせて」

「治療したら、治るんですか？」

「それも、人それぞれとしか答えられないわ。あなただって、失恋してすぐに立ち直るってことは無理でしょ？　忘れたと思ってても、ふっと思い出したり懐かしんだりするでしょう？　人の心って、そう簡単ではないのよ」

鷹宮くんは、予《あらかじ》めわかっていたのか表情を一切変えずに最後まで黙って聞いていた。


ナギサに状況を説明して病院へ連れていくまで時間がかかった。自覚症状がないのだから仕方がない。私だって、あなたは頭がイカれてるから病院で診てもらったほうがいいといわれても納得しないだろう。私が鷹宮くんを追いかけ続ける気持ちだって一種の病気みたいなものだ。私の場合、自分のイタさを理解してる分まだマシかもしれない。ただ、ナギサの場合はどうだろう。

初診は、三人で行くことにした。ナギサは、病院は嫌だと拒んだけれど、話を聞くだけだからと誘導し、連れていくことに成功した。

一通り、検査をして、最後に精神安定剤を処方された。心の病は薬で治るものではなく、あくまでも薬は精神を安定させるためだけのその場しのぎのようなものだと説明された。

それから三ヶ月ほど、ナギサの状態に合わせて病院に通うことにしたけど、回復に向かっているようには見えなかった。ナギサ自身が治したいと強く思ってないからだと思う。

その間、ナギサは遁走《とんそう》したり、ＯＤ（大量服薬）を何回も起こして救急車で運ばれ、私たちは目まぐるしい日々を過ごすことになった。どちらかというなら、症状は悪化しているように思えた。発作が起きるたびに、どうしていいかわからずにこっちもパニックになる。なんとかしてほしいと訴えると、医師は、私と鷹宮くんにフラッシュバックの対処法を指導した。

ナギサの目の前に、人差し指を立てて、見せる。顔を動かさずに指だけを見るようにいう。指を左右に一メートル幅にすばやく動かす。往復二十回くらい振ったら深呼吸をさせる。という簡単なものだった。こんなことで治まるか少々疑問だが、フラッシュバック状態では過去に入り込んでいるから、目を動かす行為で現実に戻ることができると説明された。

だけど、毎回そんなにうまくはいかない。たいてい、私や鷹宮くんが傍にいないときに発作が起こるのだ。私たちにゴールはないのだと打ちのめされ、何度も逃げようと思った。そして、いったいなんのために自分はこんなに献身的にナギサの世話をやいてるんだろうと考え、答えのでないままベッドに潜って呻《うめ》き声をあげる。だけど、鷹宮くんの傍にいられる方法は今の状態を保つことだけなんだと自分にいいきかせて作り笑顔を浮かべた。

そんな日々が、さらに三ヶ月ほど続いた。

治療が進むにつれ、私たちの生活にも支障がではじめた。昼夜を問わず鷹宮くんから確認の電話が入る。鷹宮くんの思いは、相変わらずナギサだけに向かっているようで、それが苦しかった。きっと、脳内を切り取れば他のことなんて入ってないいんじゃないかと思うほど。

「もう、めんどうみきれないよ」

「ごめん」

「なんで、鷹宮くんがあやまるわけ？　ナギサはあなたの物でもないし、病気を治してって頼まれたわけでもないじゃない」

「じゃ、放っておけっていうのかよ」

「だって、こんなことしてたら共倒れしちゃうよみんな」

「わかったよ。ぼくがナギサのめんどうみるから。それなら、問題ないんだろ？」

鷹宮くんはずるい。そんなこと私が首を縦にふるはずないのをわかっていていう。

「ナギサは渡さない」

絶対に放してたまるものかと意地や嫉妬が入り乱れる。こんな状況にもかかわらず、私は自分のことしか考えられない。

結局、状況はなにも変わらなかった。私は、できるだけナギサの言葉に耳を傾け、夜は一緒に寝るように心がけた。同じベッドで肌をくっつけて眠る。翌朝、隣にナギサの姿が見当たらないと不安になる、そんな日がなんにちも続いた。

前にも増して、ナギサは私に甘えてくるようになった。子供のように体をくねらせて舌ったらずに「イイコイイコして」とせがんでくる。その行為は、一種の執着心のように思えた。愛されたい症候群——。きっと、ナギサは母親の愛情を受けずに育ったのだろう。

——足りないって、悲しいよね。

ナギサの呟いた声がよみがえる。

私のお母さんは、とても厳しく、たまに理不尽なことで怒ったりする人ではあったけど、小さいころからずっといわれ続けていた言葉がある。

「いつまでも、親に褒められたいなんて思ったらダメよ」

最初は、その意味がよくわからなかった。だけど、最近になって思うのだ。親からの愛情を受けようと必死になるのではなく、他人から愛される人間になりなさいと。そこには、無償の愛が存在することをお母さんは伝えたかったのだと思う。

好きになんてならない、ときっぱりいい放ったナギサの姿を思い出す。おそらく、ナギサは人を好きになるのが怖いのだ。

裏切りのない愛情を注いでもらうことができたら、誰かを信じることができたら、ナギサは変われるのかもしれない。この得体のしれない病気だって、いつか治るかもしれない。

私は、ナギサが眠りにつくまで頭を撫で続けた。

「赤ちゃんのここ、なんていうか知ってる？」額と頭頂部の間あたりを指して、ナギサがいった。

「さあ」

「頭蓋骨の泉門でね。骨と骨との間にすき間があって脈動に合わせて動くの。頭頂のやわらかい部分で、ひよひよと動くから、ヒヨメキっていうんだよ」

「へー。初めて聞いたよ」

私が答えたときには、すでにナギサは眠っていた。

＊

季節は目まぐるしく移り変わる。

梅雨が明け、夏を迎えた。

鷹宮くんは、病気の原因を見つけるためにナギサの母親に会いに行くといった。私一人では、完全にナギサを監視していることはできなかったけど、それでもなんとか大きな問題もなく日々を過ごした。

ナギサの母親に会いに行ったところでなにが変わるのだろう。きっと、今と変わらないはずだ。ナギサの実家は、ここからそう遠くはない。電車で数十分くらいのところ。それなのに、一度も実家には帰っていないし、母親が会いにきたこともなかった。きっと鷹宮くんが訪ねても、迷惑がられて門前払いが関の山だと高をくくっていた。

他人がどんなに過去を穿《ほじく》り返そうとしても、無駄だ。真実は、きっとわからない。ナギサがどんなふうに過ごしていたかを他人から聞くことはできても、心理状態までは誰にもわからないのだ。すべては愛情不足が招いたことだ。母親の愛。それは、鬱陶しくて、目に見えないけど当たり前にあるものだと思っていた。

私は、ナギサをかわいそうだと思うことはできても、これ以上なにかしてあげられることはないだろうと悟った。鷹宮くんだって、そう思ったにちがいない。鷹宮くんが匙《さじ》を投げるのを待つしかないと思った。もういやだ、と手放してくれれば、私はいつだって両手を広げて迎えてあげられる。

二週間、鷹宮くんからの連絡はない。こちらからナギサの状態をメールで報告しても返事はなかった。淡々と日々を過ごしていた。朝日を浴びて目を覚まし、窓を開けてヨガをする。決まった時間に薬を飲ませ、決まった時間にご飯を食べ、決まった時間に眠りにつく。この生活を医師に勧められたわけではない。体に新しいリズムを覚えさせてあげれば、負の過去なんて浄化させることができるのではないかと期待した。少しは、効果があったのかもしれない。最近、ナギサは自分を傷つける行為をしなくなった。

穏やかな日々の中、鷹宮くんは、ひょっこり戻ってきて「結局、会ってもらえなかった」と笑っていた。だったら、もっと早く連絡してよと怒る私に平謝りしながら、「ナギサの調子はどう？」なんて訊いてきてさらにイライラさせた。直接本人に会って確認すれば？　と投げやりにいうと、いや大丈夫と尻込みするように踵《きびす》を返した。その態度で、ナギサの実家でなにかあったことはすぐにわかった。だけど、私はあえてそれを訊かない。きっと、聞くに堪えない内容だと思うから。

残暑の厳しい土曜の夜――私もナギサもまだ二十歳だった。

厚く垂れ込めた雲は月を隠し、どこか雨の匂いを感じさせる。私とナギサは体をぴったりとくっつけてベッドに横たわり、窓枠で切り取られた空を眺めていた。

リモコンを枕元に置き、体勢を変えようと一度仰向けになったところで、テレビの電源が切られた。あ、と思ったときにはナギサの顔が目の前にあった。次の瞬間、ナギサが私の胸に顔を埋《うず》めてきて、かぼそい声で名前を呼んだ。

「誓ちゃん」

胸元がじわりと湿り気を帯びていくのを感じた。小刻みにナギサが震えていた。

どうしたの？　と、私が問う。

ナギサの震えは止まらない。もう一度訊ねた。

「どうしたの?」

「わたし、妊娠、してるって」消え入るような小さな声で呟いた。

「嘘でしょ。相手は誰なの?」

ナギサは答えようとしない。

「だって、ナギサ……。誰も好きにならないって。それなのに妊娠なんてなにかのまちがいでしょ」

首を横に振る。病院で検査をしたのでまちがいないという。

当たってほしくない予感ほど、かなりの確率で当たる。

「もしかして、相手は鷹宮くん?」

ナギサの顔がわずかに下を向いた。頭がぐらぐらと揺れる。なにをどこから整理すればいいかわからない。

「一つだけ訊く。それは、同意の上でしたんだよね?」

ナギサがうわっと声を上げて泣き出した。「ごめんなさいごめんなさい」それは、きっと私への謝罪の言葉だった。ああ、と私は落胆する。やられた。こんなことになるくらいなら、私が鷹宮くんを力ずくで犯せばよかった。お酒でもなんでも飲ませて既成事実を作ればよかった。今さら、そんなこと思ってももう遅い。

携帯を持つ手に力が入った。だけど、プッシュボタンを押そうとした瞬間、親指の力が萎《な》えていく。なんといって私は鷹宮くんを問いつめる気なのだろう。どの立場で意見をいえばいいのだろう。

しばらく考えたけど、皆目わからなかった。悲しみなのか怒りなのか、私の涙腺は崩壊しっぱなしで顔中が爛《ただ》れたように腫れてしまった。ひりひりと焼け付くように痛い。心も体も。

翌日、鷹宮くんのバイト先に直接会いに行くことにした。いつもと変わらず真剣に花と向き合う姿に私の心臓は性懲りもなくきゅんと鳴る。何度裏切られてもこの人のことだけはきらいにならない自信がある。いっそきらいになれる方法を誰か教えてほしい。

「大事な話があるの」

「なに？」

「終わるまで待ってる。ここじゃ、いえない話だから」

「わかった」

適当に仕事を手伝いながら、二時間も店の中で待ち続けた。空気の読めない店長が「若いっていいねー」と、からかう。もちろん、鷹宮くんは無言の返事で店長を敬遠した。

「話ってなに？」

「鷹宮くんの部屋で話したいの。理由は訊かないで」

夕方五時を知らせる『夕焼けこやけ』ののんびりした音に、私の入り乱れた気持ちは少しも寄り添わない。

困った表情の鷹宮くんの後ろを追うように歩く。着いたアパートは、以前来たときよりも鬱蒼《うっそう》としていて、鷹宮くん同様覇気が感じられなかった。

玄関の扉が閉まるなりいった。

「あのね、ナギサのことなんだけど」

「あ、うん」ついに来たかと観念するように肩を落とす。

「暗いね、ここ」私の声だけが響く。

「なに？」暗がりの真ん中で鷹宮くんは少しだけ震えていた。うしろめたさからくるものだろうか。

「ううん」妊娠の事実を告げるタイミングはまだのような気がした。

私は、ミュールを脱ぎ捨てずかずかと部屋に入っていく。散らばったスケッチブックを拾いあげ、ぱらぱらとめくった。相変わらず、よくわからない、つまらない、無機質なデッサンばかり。私が探してるのはこんな絵じゃない。絶対に鷹宮くんはナギサの絵を描いている。確信に近い思いで次々とページをめくる。

「あった」

それは、ナギサの日常を切り取った観察記とか記録のようなもので、絵の完成度がどうこうではなく、何気なく無意識に描いてしまったようなラフなデッサンがほとんどだった。もうそれだけで、鷹宮くんがずっとナギサしか見ていなかったんだとわかってさらに失望する。

ふーっと大きくためいきをついて呼吸を整える。気持ちを落ちつかせようと思った。早く伝えようと気は焦るけどなかなか切り出せない。鷹宮くんが苛立ったようにスケッチブックを拾い集めていく。その姿があまりにも淡々としていて怖かった。本棚に視線をやると、一冊のスケッチブックに目が止まった。どうして、一冊だけここに仕舞ってあるんだろうと何気なく手にした。

「やめろよ」鷹宮くんの左手が私の肩をかすった。

さっと身を翻してページをめくった。

そこに描かれていたのは、人形のようなナギサだった。私の手は止まらない。手首、二の腕。胸、太腿、足の甲……。皮膚を傷つけて作ったあの模様たちが各部位に張り付いている。私が見たくないと拒んだナギサの傷。それが描かれた意味と、描くことができた状況を同時に理解して力が抜ける。

「なんで、バラバラなの？」

最後のページになっても、ナギサの体は一つに集約されていなかった。

「描けなかったんだ。あれは、芸術なんかじゃない。彼女の体は、傷だらけだ」

「あんたたち、変よ。狂ってる」

いいながら、激しい嫉妬が襲ってきた。もう、自分で自分が止められない。

「私の絵、描いて」

「いや、それは……」

「おねがい」

「ごめん」

「描いてくれたら、もう邪魔しないから」

「……」

いまさら、鷹宮くんの無言の返事になんて屈しない。

私は、着ていたキャミソールを脱ぎ捨て鷹宮くんに抱きついた。最後の賭けに出たのだ。私のことをなんとも思ってなくてもいいから受け入れてほしかった。体だけでもつながれるのなら、たった一度でもいいから。だけど、その思いはすぐに打ち消された。

「やめろ」

凍りつくほど冷たい声だった。

「なんで？　なんでナギサなの？　あんなめんどくさい子のどこがいいのよ」

「好きなんだ」

きっぱりいわれて、呆然となった。そこは、無言じゃないんだって。

私の中できらきらと輝いていたものが音を立てて崩れていく。鷹宮くんの顔もナギサの顔も歪《ゆが》んで前が見えない。

「ナギサが、あなたの子供を妊娠しました。これから、どうしますか？」

感情を押し殺して事務的に伝える声がまるで自分の声ではないように静かな部屋に響いていた。

鷹宮くんは、驚きもしなければ、喜びもしなかった。ただ、黙ってその事実を受け入れた。


ナギサが産むことを決めたのは、それから一週間後のことだった。鷹宮くんが説得したのだ。

結婚――。

その言葉を理解するのにしばらく時間がかかった。別の言葉に変換できないかと携帯をいじってみたり、夢だったのではないかと現実逃避してみたりともがいてみた。どれも効果はなかったけど。

ナギサは精神安定剤の服用を止められた。気休めにビタミン剤でも持たせておいたほうがいいと思い、こっそりタブレットケースの薬を入れ替えてみた。薬を断たれたことで精神のバランスが崩れないかと心配したけど、それは杞憂《きゆう》に終わった。妊娠がいい兆候となったのだ。

医師から、精神病の患者に必要なのは生きる気力を持たせることだと前に聞いたのを思い出した。

ナギサに母性のようなものが芽生えているのを感じた。

鷹宮くんとナギサは、二人で新しいアパートに引っ越した。そう遠い場所ではない。歩いて行こうと思えば行ける距離だけど、遊びに行くつもりはなかった。

ナギサは、以前のようにまた絵を描き始めたらしい。筆を持ったときは本当にイキイキとしていて、元気だったころのナギサに戻ったみたいだと。ナギサは大学を辞め、母親になるための準備と病気の治療に専念した。

鷹宮くんは、画家になる夢をあきらめるといった。大学を卒業しても就職はせず、ナギサの症状が落ち着くまでアルバイトで生計を立てるそうだ。なにかあったときにすぐに駆けつけられるようにといっていた。

私は叫ぶ。泣いて泣いて泣いて、それでも忘れられないから叫ぶ。

「志を捨てるくらいなら、その左腕を私にちょうだいよ」

鷹宮くんは、私ではなくナギサを選んだ。わかっていたけど、私がどれだけ大切に思っていても、所詮同級生という枠を超えることはできなかった。

鷹宮くんはいった。覚悟を決めたと。

＊

私は大学三年生になった——。
桜の花が散り、若葉が萌《も》え盛るころ、ナギサは女の子を産んだ。

「よくがんばったね。おめでとう」

「ありがとう」

無事に出産を終えた安堵感からか、ナギサの表情は聖母のように美しく輝いて見えた。

赤ちゃんはとても小さくて、目元が鷹宮くんにそっくりだった。愛しいその分身をどうにか自分の物にできないかと考えている私がいた。あきらめの悪い私は鷹宮くんを手に入れる方法をまだ模索し続けている。そんなことを考えてしまう私は、きっと一生愛されることはないだろうと思った。

長い歯列矯正が終わり、最初は口の中に物足りなさを感じていたけど、つるつると滑らかな舌触りもなかなかいいものだ。心配された梅干しも改善され、きれいな顎を手に入れることもできた。口元がスッキリしたことで、鼻がつんと高くなったような気がする。滑舌も良好だ。

それから間もなく、私は大学に休学届けを出し、すべてを忘れたい一心でスペイン留学を決めた。荷造りもめんどうな手続きも一通り済ませ、いざ出発しようというときだった。

「行かないでほしい」

鷹宮くんのひとことで、私の決断は簡単にゆらいでしまう。

二人の子供は、たったの三ヶ月でこの世を去ってしまった。

ただ、その事実を聞いても、私はあまり驚かなかった。悲しくもなかった。きっと、私のプロスペクトの一つにそういう未来も入っていたからだと思う。

助けを求めてきた鷹宮くんの必死な態度を思い出す。なぜ、あのとき私は素直に嬉しいと思えなかったのだろう。もしかしたら、心のどこかで軽蔑していたのかもしれない。

そして、やっぱり私がいなきゃダメなのねと嘲笑《あざわら》いながら、命綱を手繰り寄せる。もっとからんでほどけなくなればいいと思った。そしたら、ずっと一緒にいられるから。だけど、どんなにきつく結んでいても、いつかはほどけてしまう。


あの日、鷹宮くんはいった。

「描きたいものは見つかったよ」と。

私をどん底まで突き落として、自分だけ死ぬなんてずるい。どうせなら、一緒に逝きたかった。

死の淵をさまよいながら見た夢は、とても幸福に満ちていた。ふと過《よぎ》った懐かしい匂いで目を覚ます。現実に引き戻したのは、白いカトレアだった。

あの日、私は、それを大事そうに抱えていたらしい。

「こんなもの、いらない」呟いた瞬間、強い風が吹いた。

「そんなとこに置くなよ」と鷹宮くんの声が聞こえた気がした。

呼吸を整え、手を合わせる。もう、ここへ来ることはないと誓った。

最終章

了

＊

感情が昂《たかぶ》ると、嚙《か》みついてくる女だった。

吠《ほ》えながら、呻《うめ》きながら、叫びながら、ナギサはぼくの腕に嚙《か》みついた。

初めて抱いたあの日と同じように。

難産の末、生まれてきた赤ん坊を初めて抱いたのは、母親となったナギサではなく、なにもできずにただ見守ることしかできなかった役立たずのぼくだった。じんわりと伝わってくる温かさに自然と涙がこぼれた。その瞬間、一つの家族になれたような気になっていたのはぼくだけだったのかもしれない。ほんのり赤い頬、濡《ぬ》れそぼった額、血管の浮き出た細い腕はどれも愛《いと》しいもののはずなのに、永遠に手に入れることができないもどかしさがつきまとう。ぼくの中の疾《やま》しさがそうさせるのだろう。そして、それを見透かしたようにナギサが小さく笑った。腕の中で眠る小さな命。薄い膜で覆われた虚像のような幸福感に支配されている感覚。得体の知れない不安と恐怖で足下がぐらついた。

覚悟だ、覚悟。そう、自分にいいきかせる。

＊

運命論など信じるタイプではなかった。彼女と出会うまでは。

大学に入学してまもなく、サークル勧誘の波に飲み込まれたぼくは、自分の意志というよりはなんとかそこから逃れたい一心で、適当に選んだ『芸術商人』と銘打ったよくわからない団体の新歓コンパに参加することになった。コンセプトは、なんでもいいから新しい芸術を発信していくという大ざっぱなものだったが、ストリートパフォーマンスを披露したり、似顔絵を街中で描いて売ったりするのが主な活動だ、と隣に座っていた女の先輩に説明された。デパートの一階の匂いのする女で、ポスターカラーで描いたようにカラフルな化粧とあちこちにちりばめられたアクセサリーが存在感を主張していた。派手な見た目とは裏腹に、話すと気さくで優しい面倒見のいい人だった。名字は忘れたが、下の名前は明《あかり》だったと記憶している。名前の通り、明るくて活発で目立つ存在にもかかわらず、皆からはひかげと呼ばれていた。ぼくも、それに倣ってひかげさんと呼んでいた。

多くの学生、というと語弊があるかもしれないが、ぼくの周りは藝大不合格者ばかりが集まっていた。彼らの妙な仲間意識に無性に腹が立ち、打ち解けるまでに時間がかかった。おそらく、自分だけが現状を受け入れられず、藝大に落ちたことを人生最大の挫折《ざせつ》くらいに引きずっていたからだと思う。みんなとっくに吹っ切れたのか、あきらめられたのかわからないが、決まり文句のように「あー、俺も落ちた落ちた」と笑っていた。おまえもか？　と馴《な》れ馴《な》れしい口調で訊《き》かれ、あ、いや……と口ごもっていると、隣で酒をあおっていたひかげさんに胸ぐらをつかまれた。

「あんたさ、自分は、特別な人間だって思ってるでしょ」決めつけるようにいわれて、むかっとした。

「……………」

「おまえたちとはちがうんだオーラがぷんぷんしてるよ」

「そんなことありませんけど」

「どこの学校のどの学部出身かよりも、大事なのは情熱の持続、好奇心の持続だよ。少なくとも、武蔵美《ここ》に入れたということは才能を認められたってことなんだから、こっから先は自分次第だよ」

えらそうに、と心の中で毒づいてビールを一気に飲み干すと、いい飲みっぷりだねーとひかげさんがぼくの腕にからみついた。Vネックのカットソーから、胸の谷間を覗《のぞ》かせながら、耳元で「このあとヒマ？」と囁《ささや》いてくる。わかりやすい女だな、と思いながらわざとシカトした。下手に断るより、無関心であることを伝えたほうがいいことを知っている。業を煮やしたひかげさんが、ぼくの携帯から自分の携帯にかけ、勝手に電話帳登録を始めた。いい返すのもめんどくさいので見て見ぬ振りをした。俯《うつむ》いたひかげさんの横顔を覗き見ると、台座のないピアスらしきラインストーンが目元で光っていた。どうやって固定しているんだろうと目を細めると、仲間の一人が本人に聞こえるくらい大きな声で露骨に忠告してきた。

「その女には気をつけろよ」

大学の掲示板にあった求人募集の広告を見て生花店のアルバイトを始めた。それが思いのほか楽しくて、サークルに顔を出さない日が増えた。もともと、入りたくて入ったわけじゃないんだし、と誘われても適当に断り続けた結果ついに誰からも誘われなくなった。

それより、高校時代から仲のいい倉田《くらた》とたまに会って酒を飲むほうが気楽で自分にはあっていた。ぼくは、いつからか人間関係を細かく整理するのが癖になっていて、その人との関係性がはっきり自分の中で消化されないとうまくつきあえない。明確なカテゴリーに属さず名前と顔が一致すれば知合い、なにかの括《くく》りであれば仲間。知合いの知合いであれば他人。

イベント情報誌をめくりながら「地元帰るのめんどくせーし、夏休みはこっちで遊んで過ごそうぜ」という倉田は大学生活を満喫しているようだ。順応性が高いといえば聞こえはいいが、悪くいうと雰囲気に流されやすい。彼女と浮気相手の間でゆれていると相談を受けたときは、正直めんどくさいと思った。その手の話は昔から苦手分野なのだ。他をあたってくれ、といいたいところだが黙ってうなずいてたまに考えてるふりをすると相手はいつのまにか自分なりの答えを見つけてくれる、というのが今までの体験に基づく結論である。

ふと、倉田の彼女の萩原の寄る辺のない目が思い出された。三人でいると、いつも「ねえ」と蜜《みつ》のようにからみつく声で同意を求められて困惑したことが何度もある。そういうとき、決まって萩原の顔の位置は倉田よりもぼくのほうに近い。ゆっくり顎を引き、倉田の顔色を窺《うかが》いながら、「さあ」と視線を彷徨《さまよ》わせるのが常だった。

倉田には打ち明けていないが、萩原から最初に告白をされたのはぼくだ。といっても、まだ倉田と知り合う前の話なのでわざわざいう必要もないと思っている。萩原は、男よりも女に好かれるタイプだった。意志の強そうな濃い眉にきりっと吊り上がった目尻、背も高くて手足も長い。学級委員とかをやる責任感の強い子で、その分、自分にも厳しいところがある。

萩原の告白を断り、傷つけてしまったことは悪かったと思っているが、単純に好みではなかったのだ。ぼくは、昔から儚《はかな》げでかわいらしい女の子に妙に惹《ひ》かれるところがある。全校集会の途中で突然貧血で倒れてしまう子や、よく保健室のベッドで横になるような子など。

倉田から浮気の相談を受けたころから三人で遊ぶ機会も減っていき、誘われても三回に二回は忙しいといって断ることにしていた。余計な気を使いたくないのもあるが、萩原のぼくを見てくる視線が鬱陶しかったからだ。最初は、単なるうぬぼれだと思っていた。しかし、彼女の目にもはやどうにもならないほどに膨れ上がった思慕の念が入り交じっているのを感じて恐ろしくなった。その視線から逃れる方法は、鈍感を装い無関心であり続けることだった。そうすることで、彼女があきらめてくれるだろうと期待したのだ。元々、ぼくは多くのことに関心がない上、人とのつながりを大事にするタイプではない。両手に抱えられるくらいのもので十分だと思っている。その点、倉田はいい意味で鈍感でバカなところがいい。たぶん、親友と呼べるのはこいつくらいだ。その倉田に寄生していつまでもぼくにこだわり続けている萩原はちょっと歪《ゆが》んでいると思う。ただ、そのことを倉田に相談できないのが苦しいところである。

ぐだぐだとのろけのような自慢話を延々と話しつづける倉田にイラついて、とうとう口にしてしまった。

「じゃあ、別れればいいだろ」

「いやあ、それはさすがに……」と、煮え切らない。

なんだか、新しいオモチャを買ってあげるから古いオモチャは捨てなさいといわれている子供が、どっちも欲しいと駄々をこねてるような感じだ。

たぶん、こういうタイプはいざ別れるとなるとバカ正直に浮気していた事実を彼女に打ち明けてしまうのだろうな、と思った。まあ、この男の優柔不断で毒にも薬にもならない性格はぼくにとってサプリメントのような役割を持っているのでこのままにしておこうと適当にその後の話は聞き流した。

夏、というのはどうしてこんなに終わるのが早いのだろう？　そう思いはじめて何年も経《た》つが未《いま》だに夏を満喫できたことは一度もない。今年の夏こそは！　と思っていても気づいたらお盆を過ぎていたなんてことばかりだ。今年も例外ではない。街も人も、衣替えをすませたことにようやく気づいて、半袖の白いTシャツから長袖の白いコットンシャツに替えた。洋服に無頓着なぼくは、モノトーンなものを身につけてダサいのをごまかしている。シンプルなデザインの白いシャツに黒いパンツを合わせておけばなんとかなる、という知識はたまたま開いたファッション雑誌で得たものだ。一方、倉田はカラフルで派手な服を好んで着る。毎回、ぼくの想像もしないようなコーディネートを見せられるたびに、倉田を花に見立てて観察した。なるほど、こういう色合いで今度ブーケを作ったらおもしろそうだ、なんて。

そんな倉田が二人の女を天秤《てんびん》にかけて忙しい日々を送っているせいで、すっかり暇になったぼくは、久しぶりにサークルの集まりに参加することにした。手持ち無沙汰をなんとかしたくて、その場にあった道具で絵を描きはじめた。何人か知らないメンバーが増えたことで、雰囲気が様変わりしていた。やっぱり来なきゃよかったと後悔していると、ふいに、後ろからねえねえと肩をたたかれて振り向いた。頭の上に大きな団子を結い上げた小柄な女の子が人差し指でぼくの頬をつんと突いて笑った。

「きみ、どこの食パン使ってる？」

唐突すぎて、質問の意図がよくわからずに首をかしげた。それに、女の子に「きみ」なんて呼ばれるのは初めてだ。

「デッサンで使う食パンのことだよ」

「あー。別にどこって決まってないけど」

「わたしね、予備校の近くにあったパン屋さんのをずっと使ってたんだけど、それと同じ感じの食パンがなかなか見つからなくてね」

不思議ちゃんか、最初の印象はそんな感じだったと思う。

「そこのパンって、他の店となんかちがうの？」

「全然ちがうよ。いい感じのしっとり具合で、油分が少なめで、消しやすくて、微妙な明暗をつけるには持ってこいなんだよ。しかも、美味《おい》しいの。描きながらつい食べちゃう」

へー、とうなずくぼくの顔を見て彼女が笑った。

「きみってさ、わかりにくくてとっつきにくいっていわれるでしょ？」

「え、なにが？」

「全然、楽しそうじゃないし。かなり、浮いてるよ」

「そんなことないけど」

なんで初対面のやつにそんなことといわれなきゃいけないんだよ、喉元まで出かけたセリフを必死にこらえた。

名乗る前に、食パンの話をされたのは初めてだな、と皮肉まじりにいうと「ナギサです」と深々と頭を下げられた。それに応えるように、ぼくも「了です」と頭を下げた。

＊

ぼく――鷹宮了《たかみやりょう》――の初恋は、小学三年のときだ。

その子は、夏の暑い日もニット帽をかぶって登校していた。よく、クラスの男子がいたずら半分にからかい、ニット帽を脱がして彼女を泣かせた。たぶん、みんなその子の気を引きたかっただけなんだと思う。八重歯がカワイイ女の子だった。

休み時間は、一人で絵を描いてるようなおとなしい子で、みんなはその子の描いた絵を見て気持ち悪いといってバカにした。たしかに、小学生らしくないタッチと構図と色使いだったけれど、ぼくはすごいと思ったしこの子には負けたくないと思った。きっと、その瞬間に芽生えたのが恋心。

ある日、ひよこを学校で飼いたいと持ってきたやつがいた。最近は、見かけなくなったが、昔はよく縁日で売られていたカラーひよこ。みんなは、一斉にカワイイとかキレイなんていいながら興味を示したが、ぼくはそれを愛らしいと思ったことは一度もない。ピンク、ブルー、レッド、パープルと本来のひよこではありえないビビッドでカラフルな姿にされた四羽のひよこは、どこから切っても黄身の大きさが均一になるロングエッグと同じで、人工的で奇妙な印象を与えた。色がちがえば集めたくなるのは、ガチャガチャを全種類集めたい衝動に似ている。竿《さお》に結びつけられた糸を垂らして釣る行為にも疑問を感じていた。魚じゃあるまいし。

ある日の放課後、宿題でコンパスを使うことを思い出して取りに戻ったら、誰もいない教室でひよこの入ったダンボールをずっと見ているやつがいた。

ぼくが好きだった、あの子。

彼女がダンボールを抱えて立ち上がったところで声をかけた。

「なにしてるの？」

彼女は、ダンボールを持ったまま動こうとしない。「それ、早く下に置きなよ」と促しても反応がない。なんとなく、嫌な予感がした。

急に、廊下で足音が聞こえた気がしてあわてて彼女に「隠れろ」といった。次の瞬間、彼女があっと声を漏らした。そしてそのまま立ち尽くしていた。

床にダンボールを落としてしまったのだ。あわてて中を覗き込むと、ひよこはまだ生きていた。すとん、と座り込んでひよこを見つめる彼女。そのとき、匂い玉のようなほんのり甘い香りが鼻を掠《かす》めた。シャンプーか石けんの香りだろう。

「大事にされるのなんて、最初だけなのにね」

冷たい声が耳に刺さる。彼女の表情は見えない。ぼくは、急に怖くなって教室をあとにした。

次の日、教室に入るなり、ひよこが死んだとみんなが騒いでいた。

すぐに彼女の顔が浮かんだ。

「誰のせいで、こんなことになったんだよ？」

大声で叫ぶやつほど、大して世話をしなかったやつだ。

短時間で効率よく染料を振りかけられたカラーひよこなんて、かわいがろうが放っておこうがストレスですぐに死んでしまうのに、みんなは執拗《しつよう》に犯人を探した。声と態度がでかいだけのなんの取りえもないやつが、「昨日の放課後、誰とどこにいたか答えろ」と一人一人訊《き》いて回る。ぼくは、余計なことをするな、と祈った。

そして、一人の生徒がもったいぶったように叫んだ。

「じつは、おれ、昨日見ちゃったんだよねー」

その生徒は、彼女の机の前で仁王立ちの形を取るといった。

「おまえ、ダンボール持ってどっか行こうとしてただろ」

みんなが彼女をいっせいに見る。

やばい！　ぼくは焦った。

「ちがう。ひよこは、勝手に死んだんだ」

正義の味方気取りでいい放った。だけどみんなは、なにバカなことといってるんだと笑い、こいつがやったにちがいないと決めつけ、さらに彼女を追いつめた。

ひよこ事件以来、彼女は学校を休みがちになった。いつしか、図工の時間がある金曜日だけ登校するようになり、それから間もなく、彼女は東京の学校に転校した。別れのあいさつさえなかったのに、ぼくの心の中に彼女は大きな存在としてあり続けた。助けてあげられなかったという後悔がそうさせたのだ。

その年の絵画コンクールで、ぼくは初めて金賞を取った。体育館の壇上で校長先生から賞状をもらうときの誇らしさといったらない。それまでずっと、金賞が一番なんだと思っていた。

彼女の絵を見るまでは。

ぼくの絵は、彼女の絵の横ではまるで輝かない。

廊下の一番端に飾られた作品の前でぼくの目と足はぴたりと止まった。

その作品に与えられたのは、金賞を上回る『特選』だった。

彼女が残して行ったのは、絵だけではなかった。

後悔と嫉妬《しっと》。

忘れるはずもない。彼女の名前を。

——ナギサ。

*

サークルの飲み会は、新入生に無駄にイッキをさせたがると聞いていたが噂《うわさ》通りだった。ぼくも、例外なく無理やり勧められたが「いや、未成年なんで」とサムいひとことで場の空気をしらけさせてしまい、ひかげさんにこっぴどく叱られた。首元に火傷《やけど》のような赤い痣《あざ》を見つけて、こんなの前からあったかなと目を細めると、ちゃんと聞いてるの？　と頭を小突かれた。

すみません、と適当に謝りながら部屋の隅に視線を移すと、ナギサの顔がやや青白いことに気がついた。早く外に連れ出さなければと思ったが、ひかげさんは中々解放してくれない。

説教が終わったころには、ナギサの姿は消えていた。ふらふらと店内を探し、見つからなかったので店の外へ出た。

「あ、ここにいたんだ」

「なんか、気分悪くなっちゃって」

「大丈夫?」

「うん。さっきトイレで全部吐いたから復活」

「あのさ、ぼくのこと覚えてない?」

「なーに? 口説かれてるの、これ」

「いや、覚えてないならいいんだ」

「そんなことより、今からわたしと楽しいことしない?」

え、と訊き返したがそれには答えず、ついてきてと腕を引っ張られた。意外と積極的なんだなと思いながらタクシーに乗り込んだ。ナギサは、ちょっと懐かしいJポップを口ずさんで終始楽しそうだった。

学生が住むには不相応な高級マンションの前でタクシーが停《と》まり、じゃあ行こっかと手を引かれてエントランスに入った。エレベーターが上昇していくあいだも緊張しっぱなしで、童貞を初恋の人に捧げられるなんて本望だとか、コンドーム持ってたっけ、なんて思いを巡らしながら廊下を歩いていくと部屋の前で、ちょっとここで待っててと止められた。部屋の片付けでもするのだろうと冷静になって待っていたところ、数秒で戻ってきたナギサが妙な物体をぼくの目の前に置いた。

「これ、なに?」

「ムダイ」

「は?」

それは、とても表現のしにくいフォルムをしていた。高さ百センチ、幅五十センチ、奥行き五十センチほどの大きさで、丸とも四角とも三角ともいいがたく、目や耳がついているといった動物でもなく、既存のキャラクターに似ているわけでもない物体だった。真っ白い多角形の塊、それが一番的確な表現だろう。よく見ると、両端に丸い穴が開いていて、中は空洞になっていた。

「フリーサイズだから」

強引に手渡されて、仕方なく受けとると、生地はフェルトのような感じで、触り心地は意外と気持ちがよかった。

「もしかして、これ、着るの?」

「うん。二体あるから、了くんも着てよ」

「ちょ、ちょっと待って。楽しいことってこのこと?」

「うん。これ着て街にくりだすんだよ。めちゃくちゃ楽しいよ」

騙《だま》された、とあからさまに不満を示す顔で睨《にら》む。ナギサは、おかまいなしにムダイなるものを頭からかぶり始めた。

「マジ勘弁して。そのまえに、一応説明してもらおうか。なにかしらの目的やコンセプトがあって作ったんだろうし」

「了くんはさ、自分の作品をこう見られたいとか、こういう拘《こだわ》りがあって作りましたっていうのをアピールしたい人?」

「アピールっていうか、まあ、自分の作品なんだからぼくが表現した意図をわかってもらいたいなっていう願望はあるよ」

「わたしはね、見る人が勝手に感じればそれでいいと思うの。タイトルもコンセプトもなし。だから、あえて『無題』って呼んでるんだけど」

いいたいことは、なんとなくわかった。さらに、ナギサは続けていう。

「じゃ、了くんは記録係に徹してね」

「え？　記録ってなんの？」

「今から芸術活動に出かけるんだよ。ただの仮装じゃないんだから、これから起こるハプニングや出会いのすべてが作品になるの。その瞬間を記録するのが了くんの係」

「それならぼくは、これ着なくても良さそうな気がするけど」

「ダメ。そんなのつまんないじゃん」

「これって、芸術なの？」

「もちろん。新しい芸術とはやったもん勝ちなのです」

どこかで聞いたようなセリフとともに、初のコラボ作品『無題』の制作が始まった。

幸い、顔が隠れているため恥ずかしさはなかった。ナギサに渡された八ミリのビデオカメラを持ち、胸のあたりにある小さな穴から撮るようにと指示をされ、その一部始終を収めた。なんだか、その不自由さが覗きを働いているような気持ちにさせ、少し興奮してしまった。

一緒に写真を撮らせてほしいといってくる人もいたが、たいていは勝手に携帯でパシャリと撮られた。自分たちが撮影されているとも知らずに。約二時間の夜の散歩は、意外にも楽しくて「また、やろう」なんて自ら提案してしまった。

次のサークルの飲み会で、ぼくは先輩たちの恰好《かっこう》の餌食となった。ひかげさんが、パーリラパーリラと音頭をとり、ピッチャーに注がれたどす黒い液体は、もうなにが入っているかわからないほどにちゃんぽんされていて、それをイッキしろと命じられた。断れない空気が漂い、皆の視線がぼくのみに向けられた。もう、どうにでもなれという気持ちで飲み干したところまではいいが、そこから数時間の記憶はない。

ただ、ぼんやりとした記憶の中で、ひかげさんの噂を耳にした。体中に変な焼きを入れるのにハマっていて、誰かれ構わずそれを入れさせてくれる相手を探しているというのだ。相手になってしまったら、リアルに身ぐるみ剥がされる……くらいのところから覚えていない。

ゲロまみれの状態でふらふらになりながら家に帰ると、妙に物悲しくなり、誰かと話したい衝動にかられた。喧噪《けんそう》からの無音は一人暮らしの夜にはこたえる。気づいたらナギサに電話をかけていた。ぼくは、なにを思ったのか小さいころの話とか、家族の話とか、親友と喧嘩《けんか》した話を一人で滔々《とうとう》としゃべっていた。ナギサは、それにうまく相づちをいれながら聞いてくれた。

その心地よさに味をしめ、気分が落ち込んだときはナギサに電話をかけるのが当たり前のようになっていた。よどんだ心が浄化されていくようで、なんだか気持ちいい。

酔いに任せて人生初の告白を決行したものの、うまくはいかなかった。

「勘ちがいさせたのなら、ごめんなさい。了くんは、優しくてとてもいい人だと思う。でも、期待させると悪いからハッキリいうね。わたしが、了くんを好きになることはないと思う」

「じゃあ、友達のままでいいよ」

ぼくは、どうしてそんなに必死になっていたのだろう。

＊

フラれた傷を癒すように、野良猫が一匹アパートに住みつくようになった。庭と呼べるほど立派ではないが、一階にあるぼくの部屋のベランダの前を行ったりきたり、ときには昼寝をして、お腹《なか》がすけば物欲しそうな顔でこちらを睨む。契約上、このアパートではペットは飼えない。なんだか、幼いころを懐かしむような気持ちで猫に餌をやり始めると自然と心が安らいだ。やや肥満気味の体を持て余しているのか、気まぐれにぼくの足下にすり寄ってきたりするところが憎めない。野良猫の名前を「ムダイ」と呼ぶことにした。なぜなら、その白くてふわふわした塊は、まるでナギサの作った『無題』のようだったからだ。

大学のすぐ目の前にアパートを借りたのは失敗だった。気づいたころには、溜《た》まり場と化していて、バイトから帰るとたいてい誰かが部屋の中にいた。都会では、郵便受けの底に鍵を隠す行為がとても危険だとそのとき初めて知った。

無遠慮な仲間たちに迷惑しているぼくを見てナギサが笑う。いいじゃない楽しければ、なんてこなれた感じでいっていたけど、実は人づきあいが苦手なのではないかと思うところがたまに見受けられた。ノリで肩を抱かれたときは短い悲鳴を上げていたし、コップが割れたり、急に玄関のドアが閉まるなどの物音にはとくに敏感だった。ナギサは、予測できないことが起こるとうまく対応できない。そんなときは、いつも庭に出てムダイと戯れて一人で過ごしていた。その姿を、スケッチブックに記した。こっそり見つからないように描くことに楽しさを覚え、いつしか習慣となってしまっていた。

ムダイは、みんなのペットとして可愛がられたが、とくにナギサには懐いていたように思う。

「ねえ、ムダイ最近太ってきたよね？」ひかげさんがムダイのお腹を撫《な》でながらいった。

「そうか？　元々太ってただろ」隣にいた男の先輩が答える。

それから一ヶ月後、ムダイは子猫を三匹産んだ。それを見つけたナギサは、自分のことのように喜んだ。

「おまえ、お母さんになったんだね」

そう呟きながら、ムダイの頭をそうっと撫でるナギサの横顔をぼんやりと見つめていた。ぼくは、そのときまでムダイが雌だとさえ知らなかった。


学校で出される課題の量が日に日に増える。締切ギリギリで間に合えばいいが、ここ最近遅れて提出することが続いた。朝から学校、夕方はバイト、夜はサークル仲間と家飲み。こんな生活を続けていたら留年してしまう。だけど、バイトの時間を減らすことはできない。やむなく、サークル仲間に出禁を宣告した。簡単なことだ。鍵を持ち歩けばいいだけの話。

出禁宣告から一週間ほどしたころだった。

「ちょっと来て」

ひかげさんからの電話で、ナギサのマンションに呼び出された。急いで駆けつけると部屋が悲惨なことになっていた。

「泥棒ですか？　それとも空き巣？」

問いかけるぼくに、ひかげさんがむつかしい顔をして首をかしげる。

「警察に連絡は？」さらに訊《たず》ねる。

「ううん。だって、なにか取られたわけじゃないみたいだし、鍵をかけてなかったナギサにも責任はあるよ」

ひかげさんは、困惑するナギサを抱きながらいう。

「鍵かけずに出かけた？」

「ううん。鍵かけずに寝ちゃって、朝起きたらこの状態だったんだって」

「危ねーな。寝てる間に誰か部屋に入ってきたってことですよね？　しかも、なにも取られてないって……。本当に、大丈夫か？」

ナギサが襲われたのではないかと、目の前が真っ白になる。

「それは大丈夫。服もちゃんと着てたし、たぶんなにもされてないはずだよ。もし、なんかされてたらさすがに気づくって」

ひかげさんはそういったが、ぼくは胸騒ぎがした。そのとき、ふっと懐かしいものが鼻を掠めた。小学生のときに感じたあの感覚がよみがえる。

「ひかげさん、しばらくナギサを部屋に泊めてやってくれませんか？」

「ごめん。あたし、最近彼氏できちゃって。一緒に住んでるから」

「そうなんですか」

「あんたん家《ち》に泊めてやればいいじゃん」

ひかげさんは、ぼくとナギサをくっつけようと世話をやいてくれたみたいだが、人の心は思うようにはいかないらしい。

「うち、来る?」とりあえず訊いてみる。

ナギサは、斜めに首を落として苦い顔をした。

「鷹宮、ちょっと、いい?」

ひかげさんがぼくを玄関の外に連れ出す。

「あの子さ、最近ちょっとヤバいんだよね」

「どういうことですか?」

「自分から誘っといてこんなこというのもあれなんだけど、もう止めた方がいいと思って」

そういうと、ひかげさんは長い髪を持ち上げて首元を見せてきた。赤い痣のように浮き上がったそれは、以前飲み会の席で説教を食らっているときに気になったやつだ。

「それなんですか?」

「サソリ」

「それは見ればわかります。ぼくが訊いてるのは……」

「ごめんごめん。これは、スカリフィケーションっていってね、元は、どこかの民族がやっていた身体装飾として歴史のあるボディアートなんだ」

「焼き印みたいな感じですか?」

「うん。方法は色々あるけど、これは、特殊な器具で皮を切ったり剝いだりしてケロイド状になった傷痕を模様にしてるの」

「痛くないんですか?」

「めちゃくちゃ痛いにきまってるじゃん」

「じゃ、なんでやるんですか？」

「カッコいいから」

いいきられても、ぼくにはそのカッコ良さがまったくわからない。

「ナギサがヤバいっていうのはどういう意味ですか？」

「まだ、日本にこの技術持ってる人少なくてね。何人か集まらないと、海外からアーティストを呼べなくて。それで参加者を募ってたらナギサが興味を持ってくれたの」

「ナギサもそれをやってるんですか？」

「うん」

「………」

ショックで言葉がでなかった。ナギサもこんなことを好んでやっているというのか。思わず、顔が引きつるのがわかった。本能が拒絶している。

「そんなに引かないでよ。まあ、いいけど」

「すみません」

「あたしが心配してるのは、これにハマってること自体じゃなくて、あの子の捉え方なんだよね。こういうことをやるのって、明確に目的を持ってなきゃできないんだ。変わりたい、変えたいっていう願望みたいなのが根底にあってさ。デザインとか形にもすごくこだわりや憧れがあって。だから、痛みにも堪えられる。だけど、あの子の場合なんかちがうんだよね」

「なにがちがうんですか？」

考え方なんてみんなちがうに決まってるし、そもそもそんなのやってる時点でぼくの想像をはるかに超えてるというのに、同じフィールドに立ってる人からちがうといわれても理解できるわけがない。

「さっき、海外からアーティストを呼んでるっていったけど、あの子は男の人に体を触られるのは嫌だって叫んで激しく拒否したんだよね。まあ、ちゃんと説明してなかったあたしが悪いけど。最初は、あたしが施術されるのをじーっと見てるだけだったの。でも、あの子、見よう見まねで自分でやりはじめてしまって」

「なんで……」

「痛みを残しておくため、とかいってたかな」

「そんなことできるんですか？」

「できないよ。人は、痛みを忘れるようにできてるから。でも、潜在的に痛みを忘れたくなくて、そのために体に傷をつくるっていうのは、なにか忘れたくない思い出でもあるのかもしれない」

「忘れたくない思い出？」

「うん。痛みを感じることでしか記憶を留《とど》めておけないみたいなさ」

心の痛みを敏感に感じてそれを作品にぶつける芸術家は多くいる。天才と呼ばれる人たちは多かれ少なかれそういうものがふつうの人より強いはずだ。だけど、それを肉体的な痛みに変えるのは異常ではないか。ぼくがただの凡人だから理解できない感覚なんだろうか。

「まったくわからない世界なんですけど」

「あんた、あの子のこと好きなんでしょ？　だったら、なんとかしてあげなさいよ」

「ぼくには、なにもできません」小学生のぼくが後ろに立っていう。

「とりあえずさ、ここに行ってきなよ」と一枚のメモを渡された。六本木の住所が書かれている。「あたしたちのことを理解しろとはいわない。でも、そういう世界もあるってこと、あんたにも知っててほしいから」

バイトの時間が迫っていたので、ナギサのことは一先《ひとま》ずひかげさんに託して部屋をあとにした。ナギサの体に刻まれた傷は、いったいどんな形をしているのだろう。そればかりが気になって、他のことまで考える余裕はなかった。

＊

生暖かかった風が時折冷たい空気となってぼくの背中を刺激する。季節は秋から冬に移る準備に入っていた。

ついに、倉田と萩原が別れた。同棲《どうせい》していた二人は、浮気をした倉田のほうが出ていくことで話がついたらしい。

出勤時間ギリギリで生花店に駆け込んだところ、店長がにやにやしながらオーダー表をぼくの目の前に置いた。今日中に仕上げないといけないものが二件、今週中が五件もある。ボーナスでも出さなきゃなーなんて冗談を飛ばす。

一度、見よう見まねで作った結婚式用のブーケが思いのほか好評で次々にオーダーが入るようになった。歩くと揺れる胡蝶蘭《こちょうらん》とかすみ草のブーケがとくに人気だ。最近の女の人は、派手で目立つものを好む傾向にあるが、ぼくはシンプルな白一色の花のほうが凜《りん》としていて素敵だと思う。

「それ、一つください」

集中しすぎて、その人が目の前に立つまで気づかなかった。

「あ、萩原。いらっしゃい」

「これ、いくら？」テーブルの上の胡蝶蘭を拾いあげていう。

「タダでいいよ。どうせ、切り落としたやつだから」

「ううん。ちゃんと払う」

「じゃ、二百円で」

萩原は、たまに花を買いにここへやってきては倉田の愚痴をいって帰る。

ぼくの頭の中は、ナギサのことだらけだ。ひかげさんのいっていたスカリフィケーションのせいだろうか。最近、ナギサの態度は少しおかしい。天然とか天真爛漫《てんしんらんまん》とかいう表現では片付けられない薄気味の悪さがぼくを戸惑わせた。

きっかけは、些細《ささい》なことだった。約束をすっぽかされることが何度か続いたので問いつめると、普段はおとなしいナギサが突然キレ出して暴力を振るってきた。まるで、癇癪《かんしゃく》持ちの子供のように。なんとか宥《なだ》めたものの、その後何事もなかったように過ごす彼女の態度に違和感と気味の悪さを感じた。授業中、突然筆を投げ出して教室を出て行ってしまうこともあれば、急に冷たく突き放すような態度を取られたり、ぼくの記憶そのものがなくなってしまうこともあった。

とんとんと肩をたたかれて目の前の萩原と目が合う。

「あの人、五ヶ月以上、二股かけてたんだよ。信じられる？　気づかなかった私が悪いのかな？どう思う？　鷹宮くん。ねえ？」

萩原がいつもの調子でぼくに問いかける。

「ごめん。ぼくに相談されても困るんだけど」

散々愚痴ったあと、萩原はぼくの目を見て寂しいと呟いた。蜜のようにからみつく声と歪んだ執着心を持った目。萩原を見ていると、俯瞰《ふかん》で自分を見ているようなやるせない気持ちになる。

そのとき、閃《ひらめ》いた。

ナギサと一緒に住んでほしいと頼んでみることにしたのだ。彼女しかいない、と確信を持って。面倒見がいいのともう一つ、彼女ならぼくの大切な物を大切にしてくれるにちがいないという経験からくる自信があったからだ。

ただ、どういうふうに切り出せば萩原が首を縦に振ってくれるのか、しばらく考えた。そこで、ひかげさんに勧められたサディスティックサーカスなるショーを観《み》に行こうと思い至った。名前からして怪しい。ぼく一人だったらたぶん行かないし、行く勇気もない。でも、ナギサのために観ておけと勧められたなら、観ないわけにはいかない。

もし、二人が一緒に暮らすことになったら、ナギサのつけた傷のことも萩原が知ることになるだろう。そういう特殊な世界を見せておけば、多少ショックが和らぐのではないか。今の時点で、ぼくから萩原になにか知らせておくことは、不信感を抱かせる恐れがあるので極力避けたかった。あくまでも、芸術的なショーといって見せれば不自然ではないはずだ。

六本木駅に現れた萩原の表情は冴《さ》えなかった。足取りも重くテンションも低い。だけど、ここまで来て引き返すわけにはいかないと腹を括って強引に会場に入った。ついてきているのを目の端で確認しながら先を進んだ。階段は細くて暗い。表情が冴えないのは、萩原だけではない。きっと、ぼくの顔も引きつっていたはずだ。

大声援のなか、ショーがスタートした。隣にナギサがいなければ、早々に退席していただろう。大雑把にいうとSM劇場を見せられている感じだ。ノーマルな人種からすれば、理解不能で不快なものを嫌々見せられる苦痛が続く。ワイヤーにつながれたフック数本を直接皮膚の下に潜らせるように突き刺して吊り上げが行われるボディサスペンションなる演目は、まともに目を開けて見ていられなかった。ひかげさんは、明確な目的を持ってやるもんなんだといっていたけど、これはいったいなにが目的なんだろう。ただの罰ゲームじゃないか。隣でナギサが「痛い痛い」とまるで自分がやられているような声を出して苦悶の表情を浮かべていた。会場を出ても、一向に晴れないもやもやした感情を引きずりながら歩きだした。ナギサは、いつもと変わらないテンションで夜風を切って歩いている。ひかげさんがぼくに伝えたかったことがなんなのかまるでわからない。急に、二人を連れてきて申し訳ない気持ちになった。

別れ際、萩原が一緒に住んでもいいよと笑顔でいったとき、心の底からほっとした。

＊

樹々《きぎ》の匂いをふくんだ湿った空気が肌に心地いい。昼間は暖かくて夜になると急に冷え込むこの時期が一番好きだ。秋でも冬でもないぼんやりした季節。

ひかげさんの顔に埋め込まれたものがピアスだけではなくなり、こぶのようなものが額にできたときは、さすがに「カッコよくないですよ」といってしまった。まだ日本で誰もやってない、といわれると無性にやりたくなってしまうらしい。アンダーグラウンドな世界に生きる女だから「ひかげ」と呼ばれているんだと納得した。

そんなひかげさんは、サークル内だけではなく、大学内でも異端児扱いされていた。だけど、そんなこと一切気にしない。自分の世界だけで生きていられる人だ。

「ねえ、こないだ貸したビデオ観た？」

「いや、まだです」

ひかげさんは、ちょくちょく変なものをぼくに見せて反応を楽しんでいる。『フリークス』という実際に見世物小屋で働いていた障害者が出演している作品をこないだ渡された。いつか観ようと思っているうちに、部屋のどこに置いたかわからなくなってしまった。

「別に、返さなくてもいいけどねー」ひかげさんは、いつもこんな調子だ。物に執着がない。なにかが起きたとき、持って逃げられるのは、才能と肉体だけでいいと。見てくれはいかがなものかと思うけど、生き方はカッコいい。

「ナギサとは、どんな感じ？」

「いや、なんも変わんないですよ」

「これだからノーマルなやつはダメなのよ」

ひかげさんの話によると、最近ナギサは自分で足の甲に傷をつけたらしい。それ以外にも、体中に模様があるという。「あんた、見たらびびるよ」なんて冗談なのか本気なのかわからない感じで笑った。血とか傷とか、そういうグロテスクなものは苦手だけど、ナギサの体に描かれたものならなんであっても美しいのではないかと思う。色白の肌に赤い模様、きっとどんな花にも負けないだろう。

見たい、見たい、見たい、その思いは日に日に強くなっていく。

萩原とナギサがルームシェアを初めて一ヶ月が経《た》った。とくに問題もなく、仲良く暮らしていると聞いて安心していた矢先のことだ。バイトからの帰宅途中、うつろな目をしたナギサを家の近くで見かけた。髪も服も乱れている。ただならぬ気配を感じて声をかけた。

「ナギサ?」

反応がないので、もう一度大きな声で呼んだ。振り返ったあと、しばらく視線を彷徨《さまよ》わせ呟いた。

「ムダイが死んじゃった」体と頭を揺らしながら、ゆっくりとしゃべる。

「血、ついてる」

「ここ、つぶれてた。ぐしゃって」ナギサが自分の頭頂部を指しながらいう。

「それで、ムダイは?」

「大丈夫。誓ちゃんと一緒に供養したから」

「そっか。萩原が一緒だったんだ。なら、よかった」

「よくない。わたしのせいなの。わたしがムダイを……ごめんなさい」

「ナギサのせいってどういうこと?」

「ダイジダイジダイジダイジ……」

呪文のような言葉が続く。

ナギサは、萩原とルームシェアをする際にぼくにムダイを譲ってほしいと頼んできた。元々、ただの野良猫なんだからぼくがダメだという権利はない。べつにいいよ、とあっさり承諾したぼくに不満そうな顔をして、ムダイを抱きかかえていったのが思いだされる。

ふと、小学生のころの記憶がよみがえった。あの日、ひよこの入ったダンボールを運び出そうとしていたナギサ。翌日、死んでいた四羽のひよこたち。

もしかしたら……という思いがぼくを不安にさせる。

——大事にされるのなんて、最初だけなのにね。

あの言葉の意味を考える。確かに、ひよこが教室に来たときはみんな盛大に喜んだし騒いだりもした。だけど、日に日にみんなの関心は失《う》せていった。

ムダイにしてもそうだ。ぼくは、最初だけ世話をやき、かわいがった。いつしか、ムダイへの興味はなくなった。

大事にしてもらえないのなら、いっそのこと殺してしまおう。そういうメッセージだったのだろうか。まさかそんなはずはない。ぼくの思い過ごしだと考えを打ち消した。

一人で帰すのは心配だったので、萩原のアパートまで送っていくことにした。部屋に灯《あかり》がついているのを確認して、階段を登る。

萩原は、ぼくとナギサを交互に見つめておかえりと呟いた。

「聞いたよ。ムダイのこと。大変だったな」

「あ、うん」声と表情から、相当疲れているのがわかった。

萩原は、ぼくと目を合わそうとしない。怒っているのか、困っているのか、ナギサを疎ましそうに見つめる。そして、大きくためいきをついて中に入って行った。

ムダイがどうして死んでしまったのか萩原に確認したかったのに、どうしても訊けなかった。いや、真実を知るのが怖かったのだ。

十二月も半ばを過ぎ、厳しい寒さが続いている。

ムダイを亡くしたことが相当こたえたらしく、ナギサはサークルの集まりに顔を出さなくなった。そこで、ナギサの言動の一つ一つが気になり、インターネットで調べてみることにした。ピタリと当てはまるものはなかったが、なにかしらの精神的な障害であろうことはたしかだった。突然、忘れっぽくなったり癇癪を起こしたり人が変わってしまったような症状も精神的障害の一つらしい。今までのことをつぶさに読み解いていくと納得できることばかりだ。鍵をかけずに寝てしまい、数時間後部屋が荒れていたのは泥棒でも強盗でもなく、犯人はナギサ本人だったのだとわかる。

箇条書きされた中に、自傷行為の文字を見つけた。まだ見ぬナギサの体の傷を思う。そして、その先にある言葉を視界に捉えたとき、急に怖くなった。

——死。

翌日から暇を見つけては、精神科のある病院を片っ端から当たっていった。インターネットや電話帳で調べて電話をかけ、直接足を運び症状を説明したが、どの病院も本人ではないことを理由に取り合ってくれなかった。やっと見つけたと思っても、ナギサのような患者を専門としている医師を見つけるまでいくつもの病院をたらい回しにされた。ぼく自身が精神異常者とでもいうような態度で、安定剤を処方した病院もあった。

十軒目にしてやっと真剣に話を聞いてもらえる病院が見つかったときには、年末はもう予約がいっぱいで診《み》ることができないと告げられてしまった。郊外に建つ大きな精神科専門の病院で、薬物やアルコール依存症など様々な問題を抱えた患者が入院している。「お話を聞くだけならご本人以外でも大丈夫ですよ」と受付の女の人に病院のリーフレットを渡された。その中にある曜日ごとの担当医に視線を落とす。医師のプロフィールと写真を見ながら、無意識に女医を探していた。

萩原からの電話でナギサが実家に帰省したのではないかと聞いた。しかし、携帯はおろか誰もナギサと連絡をとれていない事実を知って、一気に不安が襲う。ひかげさんからナギサの実家の電話番号を聞き、すぐにかけた。

丁寧な口調で訊ねたものの、冷たく「娘はおりません」と返ってきた。連絡がつかないことを伝えると、こちらではわかりかねますと事務的にあしらわれて撃沈。その言葉の裏にある親子の問題が透けて見えそうな態度に、力を失くしそうな垂れた。

ぼく一人の力では、もう解決できないのではないかと不安になり、萩原に応援を要請した。

ナギサは、病院で治療を受けることになったが、あまり回復に向かっているようには見えなかった。自分になにができるのかわからず途方に暮れた。ただ、時間だけが過ぎていく。

＊

大学に入って、二度目の夏。

去年ナギサは、どんな服装をしていたのだろう。知り合ったときは、すでにみんな長袖を着ている時期だった。今年は、あの傷を施した腕や足を披露するつもりだろうか。そんなぼくの期待とは裏腹に、一切露出した格好をしなかった。聞いたところによると、ナギサは年中長袖を着ているらしい。それは、傷を隠すためではなく、紫外線から身を守るためで、女の人にはそう珍しくない行為だと説明されたけど、ゴリゴリに体を装飾したひかげさんがいうのでいまいち納得はしていない。

最近、ナギサの自傷行為はなくなったと萩原から聞いた。部屋のナイフやハサミが仕舞ってある場所には鍵をかけるようにしたとのことだ。萩原の厳しい監視のもとで生活をしているナギサがいつか爆発してしまわないか、そればかりが気になった。全面的に面倒を頼んでおいて、縛りすぎるなと忠告をしたい衝動にかられた。

ぼくとナギサ、ナギサと萩原、萩原とぼくの関係は、ギリギリの状態で保たれていた。萩原は、何度も限界を訴えてきた。ナギサ本人も日に日に弱っていってるように見える。最近、薬の副作用が激しく、体がだるいせいで外に出かけたがらないらしい。長い治療になるとは聞かされていたものの、これから先もこんな状況なら、誰一人として堪えられないのではないかと焦った。

病気の原因を追及したところでナギサの症状が治まるわけではないことはわかっていた。それでも、ぼくは知りたかった。彼女がどんな街に住み、どんなふうに育てられ、どんな環境で過ごしていたのかを。ナギサの実家を訪ねてみようと決意し、すぐに電車に飛び乗った。

国分寺駅から立川駅までは快速で七、八分。こんなに近いところに住んでいたら、一人暮らしなんて必要ないだろうに。家を出なければいけない理由があったのだろうと容易に想像がつく。

立川駅周辺にはたくさんのショッピングビルが建ち並び、北口の広大な飛行場跡に、デパートやオフィスビルなどの近代的な建物と、有名作家による彫刻が街路樹の緑の中に溶け込むように配置されている。駅からちょっと歩くだけで、公園や緑地などの自然が広がる。整備された並木道もきれいだ。ここをナギサと一緒に歩いてみたいなと思ったりした。

さらに、歩いていくと中小さまざまな商店街が並んでいて、一気に都会らしさが消える。ふと立ち寄った食堂で生姜《しょうが》焼き定食をたのんだ。五百円という安さにもかかわらず、目玉焼きが乗っていて得をした気分になった。

ナギサが通っていた美術予備校は駅北にある。イメージと勘だけを頼りに歩く。ぼくの足は自然とパン屋を目指していたが、残念ながら情報が少ない。予備校近くの食パンが美味しい店というくらいしか聞いていない。せめて店名を聞いておけばよかったと後悔していると、どこからかコーヒーと小麦のいい香りがしてきた。誘われるように歩いていくと、それらしきパン屋が目の前に現れた。

昭和記念公園の近くにひっそりと佇むそのパン屋は、今流行《はや》りのオシャレなベーカリーショップの趣ではなく、古き良き町のパン屋さんという出で立ちが親しみやすさを醸し出していた。

自動ドアが開くとさらにいい香りがした。お腹はすいていなかったが、トレーを手にして店内を物色する。ナギサのいっていたデッサンに最適の食パンを探してみた。レジ横にある棚に所狭しと焼き上がった食パンが並べられている。山形と、角形の二種類の食パンのうち、山形のほうには金色のシールが貼られており、パン・ドミとメニュープレートが置かれていた。角形の食パンには、値段のみしか書かれていない。しかも、こちらのほうが五十円安い。

こっちだな、と迷わず角形の食パンを選びトレーに載せた。バターやマーガリンをたっぷり使用している美味しさ重視のものは、紙にシミを作ったりすぐ手が汚れたりするのでデッサンに向いていない。

さて、と店内を見回した。客は、ぼくをいれて五人。一人出ていくとすぐにまた新しい客が入ってくる。混雑といえるほどではないが、客足が途絶えないところをみるとまあまあ繁盛しているのだろう。

失礼します、と鉄板を持った男性店員がぼくの目の前を横切った。手際よくパンを並べていく。三十代くらいだろうか。店員に勇気を出して声をかけてみる。

「あの、友人にここのパン屋を勧められてきたんですけど……」

社交性のとぼしいぼくは、これ以上なんといっていいかわからない。そこで、携帯の写メをその人に見せて「この子、覚えてませんか？」と訊いた。

「二、三年前、そこの予備校に通ってたと思うんですけど」

「あー」と店員は間の抜けた声を出して目を細めていった。

「食パンの子だ！」

「え？」すぐに答えが返ってきて驚いた。

「だから、その食パン買いにきたんだろ」ぼくのトレーを顎でしゃくりながらいう。

「彼女と話したことあるんですか？」

「うん。だって、毎回食パンだけを買ってく女子高生なんて変だろ？　だから、話しかけてみたんだよ。他のパンも美味しいよって。そしたら、その子が絵を描くときに使うんですっていってさ。そんなの知らなかったからビックリしたよ」

「まあ、ふつうに考えたらもったいないですよね」

「それがさ、アレルギーとかカロリーを気にする人用に作ったんだけど、なかなか売れなくてね」

「いっそのこと、デッサン専用として売ってみたらどうですか」

「なるほど。じゃ、名前考えてくれない？」

「………」急にいわれてもなにも浮かばない。

「なに描くときに使うんだっけ？」

「木炭デッサンのときの消しゴムとして使います」

「モクパン？　デッパン？　なんか、いまいちだな。んー、ケシパン？」

店員のひとりごとが続く。ぼくも、口の中で言葉を転がして考えてみる。

「タンパンなんてどうですか？　木炭のタンでタンパン」

「いいね。呼びやすいし、おもしろい」

店員は、ご機嫌のまま奥に入って行った。しばらくすると、焼きたてのメロンパンを店頭に並べはじめた。ぼくは、作業の邪魔にならないよう気をつけて横から声をかける。

「他に、彼女のことで覚えてることありませんか？　なんでもいいんですけど」

「おとなしい子だったよ。友達と騒ぐ感じでもなくて。でも、絵で賞を取ったときはすごく喜んでたのを覚えてるよ。新聞にも載ったし」

「どんな絵でした？」

「専門的なことはわからないよ。でも、とにかくきれいな絵だった。女の裸なのに、いやらしさとかはなくて。だから、ダメ元で譲ってほしいって頼んだんだ。店内に飾りたいからって」

「それで？」

「その子は、いいっていいってくれたんだけど、学校側がどうしても校内に飾りたいからって」

「高校の名前、わかりますか？」

「シバ校だろ」

「シバコウ？」

「柴崎高校だよ。ほら、立日橋近くの坂の上の高校」

その足で、すぐに柴崎高校へ向かった。坂を登りながら、ナギサの通っていた高校か、としみじみ校舎を眺めた。拭っても拭っても、汗は流れ続ける。もう、何本開けたかわからないペットボトルの麦茶を流し込む。

坂を登りきったところで、大きく息をついた。グラウンドでは運動部の練習が行われている。校舎内は無人ではなさそうだが、夏休みということもあって比較的静かだ。すぐに、職員室を見つけ、扉をゆっくり開けた。クーラーの冷たい風が気持ちいい。

「すみません」

ちょうど出てきた初老の男性教師に声をかけた。今日のぼくは、どうかしている。こんなに積極的な人間ではないはずなのに。この町の雰囲気が肌にあっているからかもしれない。

「誰だったかな？」

どうやら、卒業生と勘ちがいされたらしい。

そこで、端的にナギサの絵を探していることを伝えた。なぜか？　との問いには、誕生日のサプライズビデオを制作していると嘘《うそ》をついた。

「そういう絵は、だいたい体育館に飾られてるはずなんだけど」

「見せてもらっていいですか？」

「あいにく、改修工事中でなぁ」体育館のほうを指さしながら、のんびりとした口調でいう。

「ちょっとでいいんですけど」

「今、中にはないと思うよ」

「じゃあ、どこに？」

「どこに運んだのかな。たぶん美術室のどこかにあると思うけど……。担当の先生が不在でわからないなぁ」

さすがに、探させてくださいとはいえず、断念した。

坂を下るころには、すでに日が暮れていた。ナギサの実家を訪ねたものの、その日は留守だったので、翌日にしようと決めた。ナギサが好きだった食パンをかじりながら、駅に向かった。素朴でほんのり甘いそのパンは、デッサン専用にはもったいないくらい美味しかった。

ベンチに腰を下ろし、慌ただしく駅構内を行き交う人々を見つめながら、ナギサの描いた絵のことを考えていた。携帯で市立図書館の閉館時間を調べ、すぐに歩きだした。あと一時間ほどで閉まる。その前に、ナギサの絵が掲載されている新聞を調べられないかと考えた。北口から走って五分で中央図書館に着いた。カウンター近くにある閲覧機をタップする。新聞切抜資料の文化欄で検索をかけた。思いつく限りのワードを入力すると、『高校美術展優秀作品』の文字を発見した。拡大して、栗咲ナギサの文字を探す。

「あった」

誌面一ページの四分の一に写真とプロフィール記事が載っている。

『花葬』というタイトルだが、とくに絵の説明は書かれていない。こういった場合、作品が完成するまでの経緯について訊いてみたりするものではないかと思った。

絵の横に立ち、唇を真横に引いて笑みを作るナギサ。眉下で切りそろえられた前髪と制服姿はどこか垢抜《あかぬ》けなくてかわいらしい。パン屋の店員がいうように、女性の裸体が美しい作品だった。

お腹の底を目がけてゆっくりと重たいものが沈んでいく。懐かしい感覚だった。小学生のときに味わったあの敗北感がよみがえる。

＊

翌日の午後、ナギサの実家には駅からタクシーで向かった。郊外に建つモダンな和風建築の立派な屋敷で、木製の大きな門には威圧感があった。おそるおそるインターホンを押すと聞き覚えのある女性の声が返ってきた。おそらく母親だろう。

「以前、お電話をしました鷹宮です。ナギサさんのことで、少しお話を聞かせてもらってもいいでしょうか」

母親は、ああ、と失敗したときのような嘆きを寄越し、沈黙という名の反撃に出た。あの、ともう一度話しかけてみる。

「電話でもいいましたけど、なにもお話しすることはありません」

「少しでいいんです。お時間は取らせませんから」

尚も食い下がると「そこでお待ちください」と早口でいわれた。髪をきっちりと結い上げ、美意識の高さを思わせる中年女性が現われた。目が合い、格子越しに頭を下げる。背格好も顔立ちもナギサによく似ていた。

「単刀直入にお訊きします。ナギサさんの病気の原因は……」と大声を張り上げると、ちょっと静かにと制され、慌てて中に通された。近所の人に聞かれたくないのだろう。やはり、という思いが過《よぎ》る。ある程度は、予想できていた。多くの精神障害患者がそうであるように、ナギサもまた幼いころひどい虐待にあっていたのだろうと。自傷行為だって、それが根本にあるはずなんだと。もし、そうだとしても決して母親を責めてはいけない、平常心を保つんだと自分にいい聞かせた。

「わかりました。きちんとお話しします」

母親は静かにいい、机の角を見つめたまま暗唱するかのように淡々と語りだした。

内容は、ぼくの想像していたものとわずかにちがっていた。

「あの子は、生後八ヶ月くらいのころベッドから落ちて硬膜下血腫になり入院しました。その数ヶ月後、再びわたしの不注意で転倒して頭にケガをさせてしまい、入院して手術をすることになりました。そのときの担当医師に、以前足を骨折したことがあると伝えました。骨折の原因は、わたしが目を離したほんの数秒の出来事だと説明をすると、短期間に子供にケガをさせすぎだと叱られました。ついに、児童相談所に通報がいき、乳児院に入所させられました。会うのは、数ヶ月に一度と制限されました。あの子は、四歳ごろまでほとんどベッドの上で過ごしました。何度も手術を繰り返し、頭に特殊な器具をつけての生活は想像を絶する痛みや煩わしさが伴ったはずです。そのあいだ、同じ病室の子供たちにからかいやイジメを受けていたそうです」

「ずいぶん他人事《ひとごと》みたいないい方をするんですね」

ナギサのかぶっていたニット帽が思い出される。クラスの男子に無理やり脱がされるのに必死で抵抗する姿。あれは、頭を守るためだったのだ。

「実際、わたしの知らないところで行われていたんです。気づいてあげられなかったことは母親として本当に情けないことです。あの子は、おまじないと称してそのいじめっ子たちに自分の痛みや苦しみを意識的になすりつけることで、自我を守ろうとしていました。イタイノイタイノトンデイケと呪文のように繰り返しながら。そうした日々を送るうちに、本当にいじめっ子が次々に病室からいなくなっていくことに喜んでいました。その子らが、自分より重い病で死んでしまった事実を知ったのは、退院してずいぶん経ってからのことでした」

母親は、そこまで話すと深呼吸をして立ち上がり、台所のほうへゆっくりさがっていく。ぼくは、それでナギサの病気の源がわかったような気でいた。

「あの、ナギサさんのお父さんは？」新しい紅茶を運んできた母親に訊ねた。

「もう、ずいぶん連絡をとってないので。すみません」

「そうですか」

ぼくがあきらめたように呟くと、母親は目を伏せた。

「まだ、なにかあるんですか？」

「わたしが悪いんです」

「お父さんが、関係してるんですね？」

ぼくは、確信を持って問いつめた。

「いえ……」

ぼくの読みは、正しかった。母親は、ナギサの看病のため毎日病院で寝泊まりをするなか、優しく親身に治療に当たってくれる担当医師に好意を抱いてしまったという。その後不倫に発展した。ナギサが乳児院に入所したことで育児から解放された母親は歯止めが利かなくなってしまったのだ。そのことを知った父親は怒り狂い、しだいに暴力を振るうようになった。医師とは別れたものの夫婦関係は元には戻らなかった。ナギサが家に帰ってくることが家族再生への唯一の道だと考えた母親は、必死に取り戻そうと奮闘した。ナギサが両親の元に戻されたのは小学校に上がる少し前だった。ところが、家族再生どころか幼いナギサまでも暴力の犠牲になってしまった。そして、母親は、以前不倫関係にあった医師に助けを求めた。その医師が現在の夫らしい。

「あの子は、ずっとわたしを憎んでいました。口ではいいませんが、目はいつもわたしを責め続けていました。当然ですよね。わたしのせいであの子まで……」

「ちがう。ナギサがあなたを憎んでいたとしたら、理由はそんなことじゃない。愛情不足ですよ。暴力を振るうだけが虐待ではありません。目を離しすぎる、ケガを何度も繰り返す、適切な育児をしない行為は立派な虐待です」

「わかってます。だから、あの子を必死に愛そうとしました。だけど、手遅れだったんです」

「手遅れなんていいわけはずるい。ナギサは、あなたに愛されたいと今でも思ってるはずです。そうじゃなかったら、自分で自分の体に傷なんてつけない」

「傷って……」

「これは、ぼくの想像ですけど、ナギサは体に痛みを感じることであなたたちに愛されていたときのことを思いだそうとしてるんじゃないでしょうか。体に受けた傷、痛いと感じたときの記憶、それはすべて幼いときの彼女の日常だった。お父さんになにをされたかまではわからない。だけど、ナギサはそういうことでしか記憶を留めていられないんです」

ぼくに責められた母親は、両手で顔を覆い、堪えていたものを吐き出すようにわっと泣き始めた。部屋を出ると、廊下に赤いランドセルを背負ったお下げ髪の女の子が不安そうな顔で立っていた。

＊

体中が火照《ほて》ってどうしようもない。行き場のない怒りがぼくを支配する。

その瞬間、すべてを壊すしかないと思った。それは狂気にも似た愛情だったかもしれない。手に入れられないのならいっそのことその美しさに自ら傷を負わせようとするくらいに。

萩原がアパートを出て行くのを確認し、階段を駆け上がった。ペットボトルの麦茶とカップ入りのアイスの入った袋ががしゃがしゃ音を立てるのが耳障りだ。インターホンを押し、ぼくだと告げるとゆっくり扉が開いた。ずっと、横になっていたのが頬についた枕の跡でわかる。「どうしたの？　そんなに急いで」ナギサはなんの躊躇もなくぼくを部屋の中へ通した。キャミソールの上に薄手のカーディガンを羽織っている。うっすらと赤く盛りあがったスカリフィケーションの模様に視線がいく。

この目で見たい。この手で触れたい。ぼくの心臓も肩も激しくゆれていた。

「夕立、来そうだね」ナギサがいう。

「………」

「虹、出るといいね」

「………」

ナギサと目が合い、胸がきゅっとなる。

「ぼくのこと、本当に覚えてない？　小学校のとき同じクラスだったんだよ」

答えはなかった。ただ、ぼーっと瞬《まばた》き一つせず、窓の外の空を見上げていた。汗ばんだナギサのうなじのラインを見た瞬間、押さえが利かなくなった。下半身はみるみる膨張していく。もう無理だ。気づいたときには彼女に覆いかぶさっていた。ギャーと喚《わめ》かれた瞬間、思わず左手でその口を押さえてしまった。もうそうなったら最後、やるしかない。制御不能となったぼくは、ナギサの体を押さえつけ、ひたすら自分の欲望に身を任せた。彼女は、抵抗しながらぼくの腕に嚙みつき、爪を立てて引っ搔いた。痛みよりも快楽のほうが勝っていた。何度も何度も激しく腰を振る。骨のぶつかる音を感じて、このまま二人で砕けてしまえばいいと思ったのに、ああ、とぼくの情けない声で一気に現実に引き戻された。

ナギサは、かっと目を見開いたまま動かない。

本当に、壊してしまったのかと思った。体を引き剝がし、硬直したナギサの体を見下ろす。体中に描かれた模様を目で追っていると、涙が流れた。

ぼくが見たかったのは、こんなものじゃない。

それは、美しくなんかなかった。

ただの、傷だらけの人形だった。

ナギサの妊娠を知らされたときは、とんでもないことをやらかしたという後悔よりも、これで自分のものになったという思いのほうが強かった。ぼくは、冷静だった。案外、人は本当に驚いたときほど無反応になるものだと悟った。

それからのことは、あまり迷わなかった。結婚するのが筋だろうと思ったし、それがナギサにとってもいいことのように思えた。ぼくならば必ず彼女を守ることができる。そう強く思い込んでいた。一度も謝ることなく。まちがっていることはわかっていたが、謝らないことで愛情を示そうとしたのだ。自分の行為を正当化させるために。それは、説得というよりも催眠や洗脳に近かったと思う。ナギサの通っていた精神科の医師がやっている方法を少し真似《まね》た。繰り返し呪文のように語りかける。「君にはぼくが必要なんだ。君はぼくがいないと生きていけないんだ」と。専門家ではないので、成功したのか失敗したのかはわからないが、ナギサはぼくとの結婚に同意してくれた。どんな手段でもよかった。ぼくのものになるのならば。

しかし、ぼくとナギサの子供は、生後三ヶ月で死んでしまった。

ある日、バイトが終わって家に帰ると、息をしていない赤ん坊を抱いたナギサが青ざめた顔でどうしようどうしようと歯をかちかち鳴らしながら震えていた。

とにかく、生活するのに必死だった。ぼくは、昼夜を問わず働いていたし、ナギサは育児に追われていた。

「頭頂部に強い力がかけられたようですね」運ばれた病院の医師はいった。

それから、ナギサは毎日真っ暗な部屋に一人きり、空のおくるみを抱きしめ続けた。「なんでこんなことになってしまったんだ？」ぼくは、ナギサを責めるように叫んだ。

がらんどうの瞳が宙を彷徨《さまよ》い、お経のような声が響きわたる。

「大事。大事。ダイジダイジダイジダイジ……」

ナギサは育児ノイローゼと診断され、赤ん坊は、母親の不注意による事故として扱われた。

ぼくたちの子供が死んだ……。

その事実は、ぼくの不安を決定づけるのに十分だった。

——おまえ、お母さんになったんだね。

そう呟きながら、ムダイの頭をそうっと撫でたナギサの横顔。

そして、さらにフラッシュバックする。

——大事にされるのなんて、最初だけなのにね。

ナギサは、他人の気持ちがあるべきところから離れていくことを恐れていたのではないか。自分が母親から愛情を受け続けることができなかったように、ムダイやカラーひよこにその思いが向かったのかもしれない。

大事にしてもらえないのならば、いっそ殺してしまおう。

ぼくは、急に恐ろしくなった。ナギサの抱えている心の病というよりもナギサ自身が。そして、ナギサを無意識に拒絶している自分に気づいてしまった。あれほど欲しいと願ったはずなのに、今となっては触れることさえ躊躇われてしまう。ぼくの覚悟は、なんてもろいのだと自分自身が情けなくなった。

悲しみに暮れるぼくの横で、ナギサは自分の体に新しい傷をつけた。腹部からの大量出血は、まるでスプラッター映画を観ているようだった。

眠れない日が続いた。食欲はないが喉がよく渇く。熱はないのに体がだるい。体になんらかの異変が起きている。ただの風邪だろうと放っておいたのがよくなかったのか、鼻が利かなくなっていることにようやく気づいた。その症状を確かめるようにナギサの耳の裏側に鼻を擦《こす》り付けた。他の人とはちがうナギサだけの持つ独特の芳香がたまらなく好きだった。ぼくだけが知っている匂い。日に日に、その匂いは薄れていく。

ぼくは焦った。ナギサがだんだん遠のいていくような錯覚に陥り、何度も思い出そうと意識を集中させたが、そのうち匂いという概念自体がぼくにはなくなっていった。ストレス性の嗅覚障害と診断されたが、幸い生命の危険はないとのことだ。

すんすん、といくら鼻を啜《すす》ってもよみがえることのない感覚。ついに、味覚まで失った。元々、食に興味がなかったので楽しみを奪われた喪失感はなかったが、ただ咀嚼《そしやく》を繰り返すだけの食事の時間を苦痛に感じはじめた。次第に、ナギサとも食卓を囲む機会は減っていき、別々の時間帯に別々のものを食べることが増えた。ぼくは、コンビニであるだけのカロリーメイトを買い占め、空腹時に口につめ込んだ。鼻が利かなくなったことで、良いこともあった。今まで食べられなかった納豆やセロリを口にできるようになったのだ。小学校以来飲んでいなかった牛乳にも挑戦した。臭覚や味覚を失ったことで視覚や触覚が研ぎすまされていくような感じは、描き手のぼくには都合がよかった。

ただそれだけ。

たったそれだけ。

だけど、確実に減っていく会話、ぬくもり、やすらぎ、信頼、絆《きずな》。

一人よがりな正義感が執着心を生み、やがてそれは使命感に変わる。自分の行為を肯定するために信じていた愛情が勘ちがいだったのだとようやく気づいて呆然《ぼうぜん》となった。

大学を卒業しても定職には就かず、あきらめたはずの夢を捨てきれずふらふらと日々を過ごしていた。結局、自分には覚悟が足りなかったことを思い知らされる。食いっ逸《ぱぐ》れ防止のために教職だけは取っておいたほうがいいとの先輩の助言に従い、免許を取得したものの教師になろうとは思わなかった。

＊

画家としての仕事なんて一つもないのが現状で、とりあえず派遣会社に登録し、印刷会社でオペレーターの仕事に就いた。DTP専用ソフトを用いて、チラシやパンフレットなどの印刷物をレイアウトする仕事だ。工程はそれほど難しくはないが、ミリ単位の緻密な作業が続くうえ、誤字・脱字などケアレスミスが大きな損害につながってしまうので、さすがに作業中はかなり神経を擦り減らす。根気と時間もかかる。その分、余計なことを考えずにすむので黙々と作業に没頭できた。

印刷会社に勤めて一年が経ち、正社員にならないかとの話が出た。今後は、オペレーターではなく広告のデザインを担当してほしいと頼まれた。ぼくの能力を買ってくれる人がいるだけで嬉《うれ》しかった。しかし、正社員になってしまうと安定した収入を得る代わりに、締切や納期に追われた不規則な生活がもれなく付いてくる。契約社員のメリットは、夕方の六時で帰れることだ。やむなく残業となっても、深夜を過ぎることはない。せいぜい二、三時間といったところだろう。正直、迷った。ナギサと一緒にいるのが苦痛に感じはじめていたぼくにとって、仕事で家を空けるのは都合がいい。しかし、絵を描く時間やエネルギーをやりたくもない仕事で奪われるのだけはどうしても嫌だった。その後も、何度か話を持ちかけられた。毎回断るのもなんだか億劫《おっくう》になって最終的には辞めることにした。

その後、思い切って路上で絵を売ってみたりしたものの、人と話すのが苦手なぼくには苦痛以外のなにものでもなく、商売としてまるで成り立たなかった。やりたい仕事なんてそうそう見つからない。生花店のバイトにでも戻ろうかと考えはじめていた。

なにげなくインターネットで求人情報を検索していると、ナギサの母校である柴崎高校の専任講師の募集を見つけた。ふと、そういえばあの絵はどうなったのだろう？　と疑問が湧き上がり、ナギサの絵を見に行くついでに面接を受けてみようと思った。どうせ、受かるはずはないだろうとも思っていたし、受かったところでぼくなんかに教師は務まらないとも思っていた。ところが、面接を受けた席ですぐに採用が決まった。あまり、偏差値の高くない総合高校だったこともあり、ぼくの学歴を見るなりすぐに来てほしいといわれたのだ。

面接の帰り、廊下や体育館を見て回ったがそれらしき絵は飾っていなかった。

ぼくは、見られないといわれるとどうしてもそれが見たくてたまらない衝動に駆られるタチのようだ。ナギサの体に刻まれた傷を見たときのように。たとえ、傷つく可能性があるとしても、見たい欲求にはかなわない。

給料は印刷会社で働いていたときよりやや少なくなったが、ナギサと二人で食べていくくらいならなんとかなる。今、住んでいるところからあまり離れていないことも後押しとなり、環境を変えるにはいい機会かもしれないと思い決断した。ナギサにそのことを事後報告したところ、好きなようにすればいいよと突き放すようないいかたをされたが、最終的には応援するといってくれた。

アパートから高校まで約二十分。毎朝、ぼくは車で通勤している。並木道を登ってくる生徒たちを避《よ》けながら校舎裏の駐車場まで白のプリウスを走らせる。多くの生徒は、駅から学校までバス通学をしている。ぞろぞろと坂を登ってくる生徒の行列はまるで蟻《あり》のようだ。たまに、手をふってくる生徒がいるが、ぼくは小さく会釈をする程度で窓を開けてまで対応はしない。冷たいのではなく、どう対応していいかわからないのだ。教頭は、それでいいといった。ぼくのような教師は、変に生徒に好かれようと努力しなくていいと。ぼくのような……。最初は、それが褒め言葉なのか嫌味なのかよくわからなかったが徐々にその意味がわかるようになった。女子生徒から手紙や弁当をもらうことが何度かあった。嬉しいというよりは、本当にこんなことがあるんだなと驚いたものだ。多感な時期の少女たちがぼくのような人間に興味を持つのはそう珍しいことではない。少し年上の指導者に憧れる心理はなんとなくわかる。塾の講師や家庭教師と少しだけちがうとすれば、それは学校という閉塞的な空間が作り出したものにほかならない。そのなかで、先生と生徒という禁断の関係性に特別な背徳感を覚えるのだろう。ぼくは、無下にすることも受け入れることもなかったが、お礼だけはいうように徹した。変な噂を立てられたり逆恨みをされて、めんどうなことになりたくなかったから、ただそれだけの理由である。

この学校に来てからの日課は、美術室の片付けだ。どうしても、あの絵を間近で見たい。その思いがぼくを突き動かす。改修工事の際、体育館から外されたあと、どこへ運んだのかわからなくなっているらしい。おそらく美術室に運んだであろう、という情報で止まったままだ。当時の美術の先生がいないのではっきりしたことはわからない。三部屋ある美術室のうち、一つはただの物置状態となっており、美術とはまったく関係のないものまで置かれている。広さはふつうの教室の半分程度だ。そこに、雑然と放り込まれたガラクタを捨て、今後使えそうなものは手入れをして棚に並べる。ただ絵を見つけるだけの行為なのに、一つ一つ確認していくのは相当な労力と根気が必要だった。それでも、少しずつ部屋が片付いていくのは気持ちがいい。しだいに愛着がわき、独占欲も出てくる。いつしか、生徒たちがここをぼくのアトリエと呼んでいることを知った。

この部屋のどこかにきっとある。その思いだけで夢中になって探した。掻き分けながら奥へ奥へと進んでいく。壁に備え付けられた木製の棚までもうあと二メートルといったところだ。そこに辿《たど》り着くのをはばむように大量のパイプ椅子がバリケードとなって立ちはだかる。それをいったん廊下へ出すだけで一時間も要した。あと少し、あと少しとガラクタをゴミ袋に詰め込んでいく。立てかけられたベニヤ板には、文化祭や体育祭の文字がカラフルな色合いで描かれていた。ベニヤ板を十枚ほど一気に持ち上げたときだった。その奥に白い布で覆われた高さ一メートルほどの角張ったものを見つけた。

はやる気持ちを抑えながら丁寧に布を剝がすと、そこには、ぼくがずっと探し求めていた例の絵が現れた。

思わず、宝物を探し当てた子供のように歓声をあげた。そして、ぼくはしばらく動けずにその絵の前で立ち尽くした。新聞で一度見ているはずなのに、実物を目の前にするとまた違った印象を受けた。圧倒的な画力とセンスを目の当たりにさせられたのだ。この絵は、自画像なのだろうか。それとも、誰か別の人をイメージして描いたものなのかつかめずにいた。ナギサだといわれればそんな感じもするし、ちがうといわれればそのようにも見える。『花葬』というタイトルも、どことなく意味深だ。

いったいこれは、どういう思いでつけられたものなのだろう。ナギサは、あまり自分の作品にタイトルをつけたがらない。無題とか、風景とか、人物などと表記することが多かった。

自宅に帰り、ナギサ本人に訊ねてみた。この絵を見たいがために面接を受け、採用されたあとも必死で探していたことは伝えず、偶然見つけたと偽った。

「どうして、あの絵のタイトルは『花葬』なんだ？」

「わたしね、美術館に行って絵の説明ばかり読んでる人、好きじゃないの。そんなの読んで作品をわかったようなつもりになってなにが楽しいのって思う」

「それは、わかるけど、ぼくには教えてくれてもいいじゃないか」

「ごめん。本当は、よく覚えてないの」目を伏せていう。本当に覚えていないのか、それとも思いだしたくないのかわからない。

「でも、あの絵の中の人物は、ナギサだろ？」決めつけるような訊き方をした。

「うん。そうだったと思う」

曖昧だけど、口調ははっきりとしていた。

どんなに月日が経っても、その絵がぼくに語りかけてくることはないし、ナギサの思いも伝わってこなかった。冷静に考えればわかることなのに、打ち拉《ひし》がれた心をなんとか立ち直らせるにはその絵を手放すこと以外考えられなかった。壊してしまおうと決めたのに、触れた瞬間決意はゆらいだ。勝てないと悟ったとき、怒りや悔しさより、落胆のほうが大きかったからだろう。自分の愚かさを認めると、壊すよりは手元に置いておきたい気持ちになった。アトリエと呼ばれるその部屋で、ぼくは毎日ナギサの描いた絵を見続けた。

＊

教師になって二年目の春。ナギサの妹の栞が入学してきたと知ったときは本当に驚いた。すでに実家とは連絡を絶っていたナギサがそのことを知るはずもなく、偶然気づくことになる。

生徒の名前と顔を一人一人把握しているわけではないので入学当初は気づかなかったが、あの女の顔は覚えていた。忘れるはずもない。授業参観の日だった。廊下を歩いていると、女と目が合った。ナギサの母親だ。お互い、あっと小さく声を漏らしたが言葉は交わさなかった。隣の女子生徒の顔と名前を確認したのは、そのあとだ。

——栗咲栞

彼女を見た瞬間、月日は確実に流れているんだと感じて呆然となった。ぼくは、子供を亡くしたあの日から時間の感覚がうまくつかめない。今、自分が何歳で季節がいつなのかどっちの方角に立っているのか考えなくなった。そんなことはもうぼくが生きていく上でなんの意味も持たないから。

栞と初めて会ったときのことは、よく覚えている。ランドセルにお下げ髪がかわいいどこにでもいる小学生だった。あのときの女の子の面影はすっかりなくなり、色白で美しい少女に成長していた。やや大人っぽい雰囲気と長い手足はどことなく異質に感じたりもしたが、ふとしたときに見せる仕草や表情は若いころのナギサを思い出させた。

そのことをナギサに伝えると、大して驚きもせず「もう、そんなに大きくなったんだ」とひとこと呟いた。記憶の隅に置き忘れてきた風景を懐かしむような温かい声だった。なにげなく「会いたい?」と訊くと「あの子には、愛してくれる人がいるから大丈夫」と返ってきた。それは、突き放すというより送り出すような安心感や優しさに満ちた言葉だったように思う。

校内で栞とすれちがうたびに、背筋がぴっと伸びる感じがした。関係ないふりをするのは、意外にストレスが溜《た》まる。他の生徒と変わらずに接しようと意識しすぎたのがかえってよくなかったのだろう。

いつだったか、栞のデッサンを見て思わず「狂っている」と口走ったことがある。無意識にナギサの才能と比較していたのだ。まずい、訂正しなければと焦れば焦るほどぼくの口調は淡々と彼女を追いつめた。

「デッサンに技術力は必要です。しかし、その技術を習得するのに必要な思考回路を鍛えることこそデッサンには一番重要です。極論すればデッサンとは思考すること、理解することなのです。ただ、たくさん描けば技術が向上すると思っていたらそれはまちがいです。君のダビデ像の右手と左手のバランスは狂っている」

涙こそ流さなかったが、傷つきそうな垂れ、恥ずかしそうにしている栞を見たとき、ぼくはほっとしていた。才能なんて持たなくていい。君は、どうかふつうのままでいてくれと願った。

主な進路先は就職か専門学校という総合高校で、美術の授業を真面目《まじめ》に受ける生徒は少ない。簡単な課題を与えてもろくな作品を持ってきやしない。当然、ぼくが嫉妬するような才能に出くわすこともなかった。擦り減ったプライドは他人を見下すことで保たれていた。

美大への進学希望者が少なかったため、美術部の顧問も熱心に行わなくてすんだ。何人か相談にきたことがあるが、そのときはできるだけ冷静かつ的確に答えてやった。変に期待させて、挫折したときに立ち直れなくなってしまうことを危惧《きぐ》してのことだ。夢を持つのは簡単だが、その夢をあきらめるのは簡単ではない。ぼく自身がそうであるように。夢は、見つけた瞬間よりも追いはじめた瞬間に遠くなる。現在地とゴールまでの距離感がわかったときに起こる現象だ。工作や絵画がちょっと得意だっただけで美大を目指してもすぐに自分の実力が大したレベルではないと気づく。

以前、生徒の一人に美大へ行きたいと相談をされたことがある。そのとき、美大は金がかかる上に将来なんの保障もないから行くなら覚悟を持ってからにしろといった。ぼくの二の舞にはなってほしくない思いから出た言葉だ。

また、別の生徒は藝大へどうしても行きたいと相談してきた。絵の技術がなかったわけではない。きちんと指導をしてやれば、なんとか手の届きそうなレベルの生徒だった。ただ、ぼくにはその情熱はなかった。覚悟はあるのか？　と訊いたとき「ある」と即答され、若さや勢いだけで答えているのが透けて見えたせいもある。かつての自分を見ているような気分になり、厳しい言葉を投げた。教師としては、正しくない助言だったと反省している。

＊

弟から、話があるから暇を見つけて家に帰ってきてほしいとの電話を受け、春休みの時期を利用して帰省することにした。実家に帰るのは、結婚する意志を伝えに行ったとき以来だ。あのときは、ナギサも一緒だった。

特急電車で約二時間、決して遠くはないのにどうしても帰る勇気がなかった。教員免許を取得した、子供が産まれた、大学を卒業した、高校の美術講師になった、家を引っ越したなどとなにかあるごとに報告はしていたが、直接父と会話をすることは避け続けてきた。会えば、きっと嫌味をいわれるだろう。いや、そんなことより落胆する父の顔が見たくなかったのだ。絵の才能を一番に認めてくれた人。ぼくは、その期待をことごとく裏切ってしまった。

父が脳梗塞で倒れたと連絡を受けたのは、もう一年以上も前のことだが、そのうち見舞いに行こうと思っているうちに時間だけが過ぎて行った。

実家の周りはずいぶんと様変わりしていて、ぼくが小さいころ遊んでいた公園は、デイケアセンターになっていたし、休みの日によく連れて行ってもらった健康ランドは、道の駅に変わっていた。学校帰りに立ち寄った商店街はシャッターが閉まった店ばかりで、ぽつぽつと老舗の和菓子屋やプラモデル専門の玩具屋が辛うじて懐かしさを残しているといった具合だ。父は、実家から車で三十分の大学病院に入院している。病院に着くなり、ここの外科病棟で働いているという弟の婚約者が現れ案内してくれた。味気ないスラックスの白衣がそう思わせたのか、幸の薄そうな女、それ以外の印象はなかった。

病室に母の姿はなく、弟が一人で窓の外を眺めながら立っていた。ぼくとはちがい、筋肉質でがたいがよく肌艶も若々しい。よっ、とひとこと声をかけると大儀そうに振り向いて、開口一番いった。

「親父は、もうずっとこの状態だ。先は長くない」

病室で眠っている父は、ずいぶんと老けたように見える。頭髪は以前よりも後退し、白髪だらけになっていた。あんなに大きいと思っていた父の体が二周りほど縮んだように思えた。大きくて厚みのある手でぼくの頭を撫で、お前は必ず大成するといってくれた。ぼくの中指の鉛筆ダコを触りながら、これは将来芸術家になる手だ、ともいった。親の欲目だとはなんとなく子供ながらに感じていたが、それでも嬉しかった。絵画コンクールで賞状をもらうたびに、立派な額縁に入れてそれを眺め、旨《うま》そうに酒を飲んでいた父の横顔が浮かぶ。ぼくは、感じていた。父の愛情の比率が一つ下の弟よりもぼくに向けられていることを。そして、ぼくの将来を心から期待していることも。父は、自らが叶《かな》えられなかった画家という夢を息子に託した。

遺産のことなんだけど、と弟が話を続ける。よりにもよって父の真横でだ。

「いいよ、そんなこと。親父は、まだ生きているじゃないか」

「もう、いつ逝くかわからないんだ。死んでから揉《も》めるより今から話しあってたほうがいいと思ってさ」

「親父の残した物なんて大した額じゃないだろ」

「いや。あんたがうちにいたころとは随分変わったんだよ」

メールでも見ているのか、弟はスマートフォンをいじりながらいう。しかも、あんた呼ばわりときた。

「だいたい、話し合ってどうするんだよ。法律に従って母さんと兄弟二人でわければいいじゃないか」

「遺産の二分の一は母さんに行く。その残りの二分の一は俺とあんたでわけることになる」

「それでいいだろ」

「そこでなんだけど、俺は考えてみたんだ。あんたと俺とじゃ今までにかかった学費もろもろを計算するとかなりの差額があるんだよ。俺は、公立の高校を出てすぐ親父の仕事を手伝った。一方、あんたは高校も大学も私立に行った。しかも、東京の美大ときた。一人暮らしする仕送りもそれなりの額だったはずだ。おまけに学生結婚なんていい身分だよ」

「なにがいいたいんだ?」

「これで、俺とあんたが同じ金額をもらうなんて不公平だと思わねーか?」

弟のいっていることはよくわかる。ぼくは、わざわざ家から遠い美術科のある私立の高校に通わせてもらっていた。もちろん、父の勧めで。藝大を目指すならあそこの高校に行けといったのは父だ。だが、努力も虚《むな》しく藝大に合格できず、結局私立の美大に行くことを決めた。

黙っていると、弟がスマホでこれまでにかかった学費や仕送り代をはじき出してぶつぶつとぼやいている。あんたはいいよなーから始まり、修学旅行の行き先や制服の値段までも比較し始めた。こういうネチっこい性格が父から可愛がられなかった理由だとどうして気づかないのだろう。

「親父が死んだら畑も山も全部売る。その金は俺がもらう」

話し合いというよりも、ぐだぐだと弟の愚痴を聞かされ続けた。勝手にしろといい放ち、病室をあとにした。申し訳なさそうに眉をひそめた弟の婚約者が廊下に立っていた。なんと声をかけてよいかわからず、無言で頭を下げて去った。やるせない気持ちのまま実家に帰るとやつれ果てた母が待っていた。実年齢よりも、軽く十歳は老けて見える。ずいぶん、気苦労をかけてしまったことを悔いた。

ダイニングチェアに腰かけ、ナギサに電話をかけたが留守電になったのですぐに切った。母が温かいほうじ茶をぼくの前にそっと置く。なにも訊いてはこないがいいたいことは全部わかっていた。

「仕事は順調だよ。絵を描く時間もそれなりにあるしね」

そこで、母の顔をちらりと見てお茶を啜った。

「今度はナギサも一緒に連れてくるから」

母は、静かにうなずくとぼくの顔を眺めて目を細めた。

泊まっていこうかとも考えたが、また弟とケンカになることを危惧してすぐに帰ることにした。

母からのお土産を受け取り、満面の笑みを作って手を振った。元気でね、という言葉が背中にしみてひりひりする。振り返ったら泣いてしまいそうだったので、急いでタクシーに乗り込んだ。

すぐにナギサに電話を入れたが電源が入っておりませんと冷たいアナウンスが流れた。とりあえず、もうすぐ帰るよとメールを送る。いつものことだ。窓の外をぼんやりと見て頭を空にして時間を過ごした。壊れかけたものを修繕するのは、新しいものを作るより難しい。良くも悪くも現状維持。がたんがたんと規則的な音とゆれが少しずつ心地よくなっていく。

＊

家に帰ると、萩原が遊びに来ていた。あまり、他人と会話したくない気分だったがとりあえず笑顔で対応する。昔に比べ、太ったせいか老けた印象がある。化粧っけもなく、服装もだいぶ地味だ。声のトーンもなんだか低い。こうなったのは、まちがいなくぼくのせいだ。責任は感じていてもどうしてあげることもできないまま、ただ彼女の好意に甘え続けている。

萩原は、ナギサの出産を見届けた後、スペインに長期留学するといった。勝手だとはわかっていたけど、土壇場でそれを阻止した。彼女は、日本に残る引き替えに自分の絵を描いてほしいといった。考える間もなく、その場にあった紙とペンを手に取り、サラッと描いて渡した。萩原は不服そうな面でぼくを睨むと、ひとこと「わかった」と呟いた。ナギサには、萩原の存在が必要だった。

ナギサは、ぼくには見せない笑顔できゃっきゃとはしゃいで楽しそうだ。お土産をテーブルに置き、萩原にナギサの相手を頼むと寝室で横になった。お腹が空《す》いて目を覚ますと、もう二十三時を過ぎていた。

「送ってくよ」萩原と二人で車に乗り込んだ。

「どう？　学校は？」

「まあなんとか」

「本当？　鷹宮くんが先生なんて未《いま》だに信じられないんだけど」

「それは、自分でも感じてるよ」

「なんで、先生なんかになろうと思ったの？　私、鷹宮くんは、まだ画家になる夢を捨ててないんだとばかり思ってた」

「ははは。どこかでは、捨ててないんだろうな」

「絵は、描いてるの？」

「それが、全然描けないんだ」

「芸術家の描けないっていうのが私にはよくわからない感覚なんだけど」

「描きたいものが見つからないんだ」

「別に、そんなものなくたっていいじゃない。描いてればいつか感覚が戻るんじゃない？」

「だといいけど」

「それって、やっぱりあのことが原因なの？　赤ちゃんのこと」

「わからない。いつから描けなくなったのか、自分でもわからない」

ナギサだけではなく、ぼくの扱いにも慣れてきた萩原の対応は昔に比べるとずいぶんあっさりとしてきた。フランクでつきあいやすくなったせいか、ついつい愚痴がこぼれる。「あ、ここで降りる。じゃあね」萩原は、車を降りるとアパートの近くのコンビニに入って行った。


駐車場からの道すがら、コンビニでビールを買って飲んだ。体質的にアルコールが合わないらしく、すぐに胃がきりきりと痛む。このところ、その痛みがないと寝付けなくなってしまった。酔いからくるのではなく、蝕《むしば》まれている感じ。決してこの痛みが快楽に変わることはない。ぼくは、ただ自分を痛めつけたいだけなんだ。独りよがりで愚かでどうしようもないダメなやつ。ふらふらとアパートの外階段を登る。もう寝ているだろうと思い、そっとドアを開けて家に入ると、ナギサが足に鋭利なものを突き刺していた。

「おい、なにやってる？」

「おかえり」

よく見ると、アクリル絵の具で足の爪にペインティングしているだけだった。白い花が器用に描かれていく。

「カトレアか」

「うん。昔、了くんがプレゼントしてくれたよね」

「珍しいな。ナギサが過去の話をするなんて」

「さっき、誓ちゃんと色々思い出話したから」

「ずいぶん、楽しそうだったな」

「誓ちゃんは、わたしのこと責めたりしないから」

「どういう意味だよ」

「了くんは、いつもわたしを責めてる。なにもいわないくせに、目はいつもわたしを責めてる」

〝口ではいいませんが、目はいつもわたしを責め続けていました〟ナギサの母親がいっていたことを思い出した。

「子供のこと、いってるのか？」

「それだけじゃない」

「ぼくの気持ちを考えたことはあるのかよ」

テーブルの上のグラスを壁に投げつけて怒鳴った。

「了くん、わたしにいったよね？　君はぼくがいないとダメなんだって」

それは、ぼくが何度も呪文のように語りかけた言葉だった。

「あなたは、わたしがダメだから一緒にいてくれるんでしょ？　本当は、最初から好きじゃないのに」

「ちがう。ぼくは、君が好きだから。大切だからいっしょにいるんだ」

「あなたの目がわたしを絶望の淵に立たせる。わたしの中にある無力感が膨らんでこの次元にいることを苦痛に感じさせる。これ以上、押し寄せる孤独に抗《あらが》うことができない」

呪文のような声。ナギサがぼくを睨みつけた。

ぼくの中の細胞がぶちっと一本ずつ切れていくような感覚と、熱いものがふつふつと沸き上がっていくような血の流れを感じた。この感覚をぼくは知っている。あのときと一緒だ。ゆっくりとにじり寄るようにナギサに近づいていくと、ガラスの破片が足の裏に突き刺さった。じわりと温かいものが床に広がる。痛みは感じなかった。ぼくの足下から流れ出てきたどろりとした液体を見たナギサがふふっと息を漏らす。おかしくもないのに人が笑うのは狂気じみていて恐ろしい。視線を床に落とし、破片を見つめるナギサ。次の行動が予測できてぼくは咄嗟に叫んだ。

「止めろ」

間に合わなかった。ナギサは、破片を拾い上げるとそれで自分の腕を切りつけた。

ナギサの肩をつかむとそのままソファに押し倒し、乱暴に服を脱がせ、乳房をつかむ手に力を込めた。自分が自分ではないように感じ、意識が朦朧《もうろう》としてきた。ナギサの顔が歪んでいく。ぼくは、ズボンとパンツを下ろし、硬くなったものをナギサの中に無理やり突っ込んだ。暴れ狂うナギサを押さえつけ、股を開かせ激しく突きまくった。そうやって乱暴に扱うことでぼくの心は軽やかになっていった。ああ、もうこれで全部が終わるかもしれないという絶頂の中で果てた。ナギサの中でぼくのペニスが小刻みに痙攣《けいれん》を起こしていた。

翌日、目を覚ますとナギサの姿はなかった。だけど、ぼくは探さなかった。もう、わかっていたんだ。いつかこんな日が来るだろうと。

警察からの連絡でナギサが自殺を図ったことを知った。体中に傷があったが、致命傷となったのは頸動脈《けいどうみやく》を切ったことだと説明された。救急車で運ばれる際に息を引き取ったらしい。

＊

新年度が始まっても、ぼくの体内時計は完全に狂ったままだ。桜の開花を楽しむ余裕すらなく、アトリエにこもっては涙を流した。様々な技法を凝らして筆を滑らせても、納得のいく絵など一枚も描けない。校内は、ナギサの死をおもしろがるような噂で持ち切りだった。「大丈夫ですか？ 生徒になにか訊かれてもいっさい答えなくてかまいませんから」教頭が親切心でいってくれたのか、マニュアルに則《のっと》っていったのかはわからない。ただ、ぼくに直接訊ねてくる生徒は誰一人としていなかった。

昼休み、職員室の前で栞を見かけた。助けを求めるように視線を送ったが、すぐに逸《そ》らされてしまった。なんでもいいから栞と話がしたいと思った。ぼくの心を癒してくれるのは彼女だけのような気がしていた。なぜそう思ったのかは自分でもわからない。

だけど、栞にぼくの痛みを押し付けることは躊躇われた。どうにもならない独りよがりな思いがぐるぐると宙を彷徨う。誰にも邪魔されずアトリエにこもって絵を描き続ける生活は悪くなかった。ただ、描きたいものが見つからない。確実に手は動いているし、キャンバスは汚れていくのに一向に形にならないものが増え続ける。それでも、向き合っていないと自分がなくなっていくような気がして必死にすがりついていた。

ナギサの四十九日の法要は、ぼくと萩原で簡単にすませた。鷹宮家の墓に入れることも考えたが、子供の遺骨もまだ手元にあるので、気持ちの整理がついたら、近くの納骨堂にでもおさめようと考えている。

それからぼくは、栞がナギサの死についていつか訊きにくるだろうと、アトリエの鍵を開けて待った。誰にも邪魔されたくないと、かたくなに守ってきたその場所を開放した。

雨の多い時期に入った。なにげなく視界に入ったカレンダーや時計をモチーフとした絵を描きはじめた。油絵やアクリルに飽きたので、卵の黄身と水と酢と顔料を混ぜて使うテンペラという技法を試してみた。以前は、どうも匂いがきつくて断念してしまったけど、鼻が利かなくなったおかげで気にせず描くことができる。黄身の薄皮を破る瞬間は気持ちいい。張りつめていたものが解けると、一気に流れてくるのは強い感情だ。

栞がアトリエを覗いていることを知っていたのに、振り向いてその手をつかむことができなかった。ぼくの中で、ナギサと栞がせめぎあっていた。ときには分裂し、ときには統合しあった。栞に抱きつかれても驚きはしなかった。ぼくの孤独を感じ取ってそうしてくれたのだろうと黙って受け入れることにした。だけど、ぼくの性器は壊れた機械のように辛うじて立ち上がって作動しているだけだった。ナギサを襲って死に追いやったあの日、ぼくの下半身は確実に生気を失った。

何度も上気する栞の顔を眺めているうちに、失くしてしまった愛しいものを取り戻せたような気がした。ぼくの欲しかったものは、これだったのかもしれないと都合のいい考えが芽生える。栞の体はどこに触れても柔らかくて吸い付くように滑らかだった。ふと、胸元がはだけ、中の乳房が露《あらわ》になった。そのふくらみの上にほんの少し、赤く擦ったような傷を見つけた。

まさか……。

「君に絵を描かせてほしい」自然と口からこぼれていた。

栞がぽかんとした顔でぼくを見つめていて、それがとてもかわいらしかった。栞は、拒絶することを知らない。手早く制服を脱がせていく。緊張はしなかった。それよりも確かめたい一心だった。もし、ナギサと同じように体に傷をつけていたら……。

栞の体は、とても美しく、胸の上にできた赤い傷のようなものは、その一カ所のみだった。

勢いよく筆を走らせるともう止まらない。一心不乱に、ぼくが描き上げたのは胎児の絵だった。生きることを断たれたぼくたちの子供が栞の体に張り付いて眠っていた。

次の日も次の日も、栞はぼくの上で激しく乱れていく。壊れたなにかを再生しようと奮起するように体を上下に動かした。

美しさと残酷さ。たおやかさと激しさ。優しさと冷たさ。相反する個性がからまりながら唯一無二のバランスを造り上げていたナギサの存在をぼくは自ら消してしまった。そして、義妹の栞と体を交わらせることで変動しながら安定を保っているような感じがした。

＊

栞が十八歳を迎えた。ナギサがあの絵を描いた年齢と同じになった。だからというわけではないが、栞ならその真意がわかるかもしれないと期待をこめて、あの絵を見せることにした。

栞は、絵を見て「もしかして、これはお姉ちゃんの絵」と呟いた。すぐに、ナギサが描いたものだとわかったらしい。ぼくは、そうだと答えた。

そして、『花葬』というタイトルがつけられていることも話した。すると、彼女から意外な言葉が返ってきた。

「ねこ……」と呟いたのだ。反射的に、ムダイが思いだされた。

「猫がどうした？　詳しく教えてくれないか？」

「わたし、小さいころ、親に内緒で猫を飼ってたんです。家の裏の倉庫に隠して、餌をあげてました。でも、お姉ちゃんに見つかっちゃって」

「うん。そういうの、ぼくにも経験があるよ」

「お姉ちゃん、いっしょに育てようねっていってくれました。でも、その猫死んじゃったんです」

「なんで、死んだんだ？」おそるおそる訊ねた。

「車に轢《ひ》かれました。わたしとお姉ちゃんの目の前で。車は、何事もなかったようにさーって行ってしまって。その光景、未だに残ってるんですよ。かわいそうというより、なんか怖くて。しばらく、その場から離れられずにずっと死んだ猫を見てました。ただの障害物みたいな感じで避けてく車もあれば、そのまま踏んでいく車もあって。みんな見て見ぬ振り。誰も何もしてくれないんですよ。二人で泣きながら猫を道路脇に運びました。そのとき、お姉ちゃんがいったんです。カソウしなきゃねって」

「カソウ？」

「はい。お花で供養するのが花葬なのよって」

「どうやるの？」

「土の中に埋めて、花の種を蒔《ま》きました。お姉ちゃん、こうしたら、またお花として生き返るでしょうなんていってて。そのときは、ふつうのお葬式のこともわからないから、ああそうなのかなって。死んだらお花になるんだって。それから、わたしがそのへんのお花をたくさん摘んできて、その上に乗せました。お姉ちゃん、自分のつけた印をすぐ忘れちゃうから」

「印？」

「『花かくし』って知りませんか？　一人が鬼になって、目をつむって待つ。その間に、他の人は花をむしってきて適当に穴を掘って、そこに花を入れる。その上に小石とか葉っぱとかで自分だけにわかるような印をつけて、鬼に見つからないようにするっていう遊びです。でも、お姉ちゃん、いつも自分のつけた印を忘れちゃって、最後までなにが隠されていたかわからないってことがよくありました」

二人が猫を供養する姿が美しい絵となって頭の中に広がっていく。もしかしたら、ぼくはとんでもない勘ちがいをしていたのではないかと全身が震えた。

「先生？」と呼ぶ栞の声に反応ができない。栞は、すべてをわかったような顔で、ぼくを慰める。ぽつりぽつりと漏れる後悔の言葉を、丁寧に掬《すく》いとってくれた。

自分のまちがいを確かめるべく、萩原に電話をかけた。

「ムダイ、覚えてる？」

「うん」

「ナギサと二人で供養したんだったよな。ムダイは、なんで死んだんだ？」

「家の近くの道路で車に轢かれちゃったんだって。ナギサ、そこにちょうど居合わせてしまったらしくて」

「やっぱりそうか……」

「なによ、今さら？」

「なんで、信じてやれなかったんだろう」

「どういうこと？」

「ごめん……」

一方的に電話を切った。

ナギサは、なに一つ殺《あや》めてなどいなかったのだ。すべてを愛そうとしていただけなのに、ぼくはそれに気づいてやれなかった。守ろうとしていたんだ、彼女なりに。ひよこもムダイもぼくたちの子供も。

大事なものは、誰にも見つからないところに隠しておきたかった。つぶしてしまわないように、壊してしまわないように。だけど、どこに隠したかわからなくなってしまうといけないから、自分の手元に置いておこうとした。そう考えると、ひよこやムダイのことは納得がいく。

だけど、ぼくたちの子供は……。

ふと、過ったのはあの女の顔だった。ナギサの母親は、自分の不注意で何度もケガをさせてしまったと語っていた。はっきりしたことはわからない。だけど、ナギサにもそういった傾向があったのかもしれない。

自らつけた体の傷は、両親との思い出なんかではなく、守ることができなかった大事なものたちへの弔いの意味があったのではないか。
「大事。大事。ダイジダイジダイジダイジ……」
呪文のような声がよみがえる。

栞は、卒業とともにぼくの前から姿を消した。幻を見ているようだった。伝えたい思いをうまく言葉にできるほどぼくは器用じゃなかったし、好きだとか愛してるとかつきあおうとか、どの言葉も的確じゃない気がした。過ぎていく季節をいっしょに見ていたかっただけだといったら君は笑うだろうか。

どこまでも、ぼくは愚かで自分勝手だ。ナギサにはあって栞にはないもので安心感を覚え、ナギサにはなくて栞にはあるもので安らぎを覚えた。ナギサの才能に嫉妬し、自分のふがいない正義感に執着したことによる罰だ。

＊

萩原からの着信で目が覚めた。ナギサの一周忌を先延ばしにしていることへの催促の電話だろう。遺骨は、まだここにある。そろそろ納骨してあげないといけない。だけど、その前にやるべきことがあった。

今度こそ、ナギサの絵を手放そうと決めた。壊す以外の方法で。きっと、あそこなら大切にしてくれるはずだ。

「鷹宮くん。見せたいものがあるんだけど」

「なに？」

「今から、うちに来て」

「いや、これから用事があるんだ」

「すぐに終わるから」

身支度を済ませ、家を出た。萩原は、未だにナギサと暮らしていたアパートに住んでいる。なにを見せるつもりなのか見当もつかない。ナギサの遺品でも見つかったのだろうか。

十分で着いた。アパートは、以前と変わらず蔦《つた》の葉の緑が美しい。駐車場がないので、ハザードランプをつけて階段を登っていく。インターホンを鳴らすと、すぐにドアが開いた。

「これ、見て」玄関に置かれた鉢植えに視線をやる。

「カトレア？」

「鷹宮くんが昔、引っ越し祝いに持ってきてくれたやつだよ。もう花は咲かないかなってあきらめてたんだけど、今年、咲いたの」

「すごいな。ずっと世話してくれてたんだ」

「うん。私って、他人の分まで水やりするタイプだから」

「え？」

「ううん。なんでもない」

「よかったら、これ、ぼくに譲ってくれないか」

「いいけど」

「この花の下にナギサと子供の遺骨を入れて、供養してあげようと思う」

「なにそれ？」

「花葬っていうらしいんだ」

「カソウ……」

ぼくと萩原は、花葬の準備をするために車に乗り込んだ。立川駅を通り過ぎ、昭和記念公園の前で停まった。

「ちょっと、ここで待ってて。一軒、寄りたいところがあるんだ」

「どこ？」

「パン屋」

きょとんとする萩原を助手席に残したまま、トランクから五十号のキャンバスを取り出し、パン屋までの道を歩く。臭覚は未だに戻っていない。コーヒーと小麦の香りを想像したが、ダメだった。ゆっくりと扉を開けた。店の奥に視線をやると、以前ここでナギサの話をしてくれた男性店員を見つけた。すみません、と声をかける。大きな荷物を抱えた客が不自然だったのだろう。店員が眉間に皺《しわ》を寄せながら出てきた。

「この絵をここに飾っていただきたいのですが」

いきなりキャンバスを突きつけられた店員は一瞬驚いたようだったが、しばらく絵とぼくの顔を交互に見つめながら、「ああ、あのときの」と懐かしそうに目を細めた。

「やっぱり、実物は迫力があるな。本当に、これもらっていいの？」

「はい。彼女もそのほうが喜ぶと思うので」

「あの子、元気？」

「え……。まあ」と曖昧にうなずく。

「ありがとう。大切に飾らせてもらうよ」

店員は、ぎこちない手つきでナギサの絵を受けとると奥へ消えて行った。

車に戻ると、萩原が嬉しそうに声を上げた。

「よかった。やっと描きたいものが見つかったんだね」

「あれは、ぼくが描いたものじゃないよ。ナギサが高校時代に描いた絵なんだ」

「そうなの」

「でも、描きたいものは見つかったよ。実は、今――」

ぼくがいうと、萩原がひとこと「なんで」と呟いた。その反応を楽しむ余裕さえあった。

商店街を抜け、見通しのいい直線道路に差し掛かった。一気にアクセルを踏み込み、スピードを上げる。とても、気持ちのいい午後だった。

そのとき、突然道路脇から一匹の白い猫が飛び出してきた。避ける、止まる、進む。瞬時に判断ができず、ハンドルを切ったときはもう手遅れだった。

胸に強い衝撃を感じた。頭がしびれ、背中がぐにゃりと撓《たわ》む。容赦なく激しい目眩《めまい》が襲ってきた。遠のいていく意識の中、過去の残像がよみがえる。

どしゃぶりの雨――。暗い校舎――。冷たいアトリエ――。

ぼくの靴箱に水玉模様の折りたたみ傘を見つけた。こんなことをするのは栞にちがいない、と直感的に思った。

翌日、礼をいって返すと「使ってくれたんですね」と目を潤せた。

「君が、濡れただろう？」

「だって傘は、大切な人に渡すものですよ」

ぼくを見上げ、幸せそうに微笑んだ栞の顔——。

瞼《まぶた》を閉じると、あのときの姿が浮かぶ。忘れたくなかった。いつまでもそこに残しておきたいと思った。

真っ暗な闇の中、最後に思い出されたのは、栞と交わした何気ない約束だった。

「わたしにだって、あるよ。先生にしてほしいこと」

「なに？」

「わたしの絵を描いてください」

「いつか……」

いつか……

ぼくの絵は、もう少しで完成する。

了

〈初出〉『週刊ポスト』２０１６年８号〜23号に連載。単行本化にあたり、大幅に加筆改稿を行いました。

悠木シュン（ゆうき・しゅん）
1980年生まれ。広告代理店、デザイン事務所、印刷会社勤務を経て2013年「スマートクロニクル」で第35回小説推理新人賞を受賞し、14年『スマドロ』でデビュー。他著書に『トライアンフ』がある。

花葬

2017年4月16日　初版第1刷発行

著者　悠木シュン
発行者　飯田昌宏
発行所　株式会社 小学館
〒101-8001　東京都千代田区一ツ橋2-3-1
電話 03-3230-5961（編集）　03-5281-3555（販売）

DTP　ためのり企画
印刷所　凸版印刷株式会社
製本所　株式会社若林製本工場

 ISBN978-4-09-386466-4